新 潮 文 庫

他 人 の 顔

安部公房著

新 潮 社 版

1855

他人の顔

はるかな迷路のひだを通り抜けて、とうとうおまえがやって来た。「彼」から受け取った地図をたよりに、やっとこの隠れ家にたどりついた。たぶん、いくらか酔ったような足取りで、オルガンのペダルのような音をたてながら、階段を上りきった、とっつきの部屋。息をこらして、ノックをしてみたが、なぜか返事は返ってこなかった。かわりに一人の少女が、仔猫《こねこ》のように駈《か》けよってきて、おまえのために、ドアを開けてくれるはず。伝言でもあるかと、声をかけてみるが、少女は答えず、薄笑いを残して逃げ去った。

おまえは、「彼」を求めて、のぞきこむ。しかし、「彼」はおろか、「彼」の影さえ、どこにも見当りはしないのだ、廃墟《はいきょ》の臭《にお》いをただよわせている、死んだ部屋。表情を忘れた壁に見返されて、ぞっとする。後ろめたい思いで、引き返しかけたとき、テーブルの上の三冊のノートと、それに添えられた一通の手紙が目にとまり、やっとおまえも、罠《わな》にかけられたことに気づくのだ。いくら苦々しい思いが、こみ上げてきても、その思わせぶりの誘惑には、やはりうちかてまい。ふるえる手つきで、封を切り、今おまえはこの手紙を読みはじめている……

怒りもあるだろうし、屈辱もあるだろう、ともすれば用箋《ようせん》からはじき飛ばされそうになる視線を、じっとこらえて、どうかそのまま読みつづけてもらいたい。この瞬間をおまえが、無事くぐり抜けて、もう一歩こちらに歩み出してきてくれることを、ぼくがどんな思いで切望していることか。ぼくが「彼」に破れたのか、「彼」がぼくに破れたのか、ともかく仮面劇はこれで幕になったのだ。ぼくは「彼」を殺害し、犯人としてみずから名乗りをあげ、残さず一切を告白してしまおうと思っている。寛容からであろうと、その逆であろうと、とにかく読みつづけることにしてほしい。裁く権利がある者には、同時に、被告の陳述に耳傾ける義務もあるはずだ。

そうとも、こうして跪《ひざまず》いているぼくを、そう簡単に見棄《みす》てたりしては、おまえまでがあらぬ共犯の嫌疑《けんぎ》をかけられぬとも限らない。さあ、ゆっくり腰などおろして、くつろぐとしようよ。部屋の空気が悪ければ、すぐに窓を開けるがいい。必要ならば、台所には、急須《きゅうす》もあれば湯呑《ゆのみ》もある。おまえが腰を落着けしだい、ここは迷路の果の隠れ家から、たちまち法廷へと早替りしてくれるのだ。おまえが調書しらべをしているあいだ、ぼくは仮面劇の終りを、さらにいっそう確かなものにするために、幕のほころびに継ぎでも当てながら、何時《いつ》まででも待ちつづけることにする。「彼」の追憶だけでも、ここ当分、まず退屈の気遣《きづか》いなどはなさそうだから。

――それでは、ここで、しばらくぼくの時間に遡《さかのぼ》ることにしよう。たぶん、おまえの今から三日前の、午前〇時《れいじ》。蜜《みつ》をとかしたような雨まじりの風が、今夜もせがむようにして、窓を枠《わく》ごとゆさぶりつづけている。昼間は、汗ばむようでも、日が暮れると、つい火の気が恋しくなるほどだ。新聞によると、寒さ返りなのだそうだが、日が長くなったことは隠しようもなく、この雨があがれば、もうじき夏なのだろう。それを思うと気が気でない。ぼくの現状は、まさに蠟細工《ろうざいく》のようなもので、暑さに対してはからきし意気地がないのだ。照りつける太陽のことを思っただけでも、ぷつぷつ皮膚の表面が沸騰《ふっとう》しはじめる。

そこでぼくは、夏がくるまえに、なんとかけりを付けてしまいたいものだと考えた。長期予報によれば、大陸の高気圧が張り出してきて、夏型の気圧配置になるのは、ここ三、四日のうちらしい。つまり、三日以内に、おまえを迎える準備をととのえ終り、そっくりこの手紙の冒頭につなげることが出来れば、申し分ないわけだ。しかし三日は、決してじゅうぶんな日数とは言いがたい。なにぶん、問題の調書は、ごらんのとおり、大判のノート三冊にぎっしり書き込まれた、一年間にわたる記録なのである。それを一日一冊の割で、加筆し、削除し、訂正して、納得のいくものに仕上げねばならないとなると、これはなかなかの大仕事だ。気負い立ったぼくは、たっぷりニンニクをきかせた肉饅頭《にくまんじゅう》を夜食用に買いこんだりして、さっそく今日はいつもより二、三時間も早く戻《もど》ってきた。

だが、その結果は……いまいましいことに……ただ時間の絶対的不足を、あらためて思い知らされただけのことだった。じつは、ひと通り読み返してみて、そのあまりにも言いわけがましい調子に、われながらうんざりしてしまったのだ。ただでさえ滅《め》入《い》りがちな、この水びたしの夜ふけに、さらにしめっぽさが気になるというのだから、これはよくよくのことに違いない。幕切れが、かなり惨澹《さんたん》たるものであったことを、否定したりするつもりはないが、それでもぼくなりに、つねに目覚めているのだという確信だけは持ちつづけてきた。その確信もなしに、アリバイの裏付けになってくれるものやら、逆に有罪の証拠物件にされるものやらも分らない、こんなノートを、飽きもせずに書きつづけてきたり出来るはずがあるまい。まったくの話、負け惜しみでもなんでもなく、ぼくは自分が追い込まれた迷路を、あくまでも論理上の受難だったのだと、いまだに固く信じ込んでいるのである。……しかし、予期に反して、ぼくのノートは、まるで閉じこめられた野良猫《のらねこ》みたいに、いかにも哀れっぽい声で鳴きつづけていたのだ。いっそ、三日などという事にはこだわらずに、気がすむところまで、手を入れるべきなのだろうか。

いや、もう沢山だ。せっかく、一切を打ち明けてしまおうと、観念の臍《ほぞ》をかためた矢先、嚙《か》み切れなかった肉の筋が、喉《のど》の途中に半分ひっかかったような気分は、これ以上もう真っ平である。悲鳴をあげているような部分は、いずれ末梢《まっしょう》的なことなのだから、適宜、読みすごすようにしてもらえば、それですむことだ。たとえば、おまえは、電気ドリルと、ゴキブリと、板ガラスをこする音が、大の苦手だが、だからといって、まさかそれを人生の重大事などとは言い出しはすまい。電気ドリルは、歯医者の機械からの連想だろうと、おおよその見当はつけられるが、あとの二つについては、一種の心理的蕁麻疹《じんましん》だろうくらいしか言いようのない代物《しろもの》だ。蕁麻疹で命をとられたなどという話は、まだ聞いたこともない。

だが、もういい加減にして、きりをつけるとしよう。弁解についての、弁解を、いくら重ねてみたところで、どうにもなるものではない。そんなことより、大事なのは、現にいまおまえが、この手紙を読みつづけていてくれることなのだ。ぼくの時間が、そのままそっくり、おまえの現在に重なり合っていてくれることなのだ。そして、引きつづき、ノートの方にも、そのまま読みすすんでくれること……ぼくがおまえの時間に追いつく、最後のページまで、投げ出すことなく読みすすんでくれること……
(いまおまえは、くつろいでくれているだろうか？　そうそう、煎茶《せんちゃ》は丈の低い緑色の缶《かん》の中だ。湯も、沸かしたてのやつを魔法瓶《まほうびん》につめてあるから、そいつを使ってもらいたい。)

《黒いノート》

——ちなみに、ノートの順は、表紙の色で、黒、白、灰色となっている。色と内容とのあいだには、むろんなんの関係もない。ただ、区別しやすいようにと、行き当りばったりに選んでみたまでである。

まず、この隠れ家のことからでも、始めるとしようか。どこから始めようと、いずれ大差はないのだ。ただ、あの日のことなら、切り出しやすい。半月ほどまえ、ぼくが一週間の予定で、関西に出張することになった日のことである。退院して以来、はじめてのまとまった旅行だったし、たぶんおまえにも印象深い日だったと思うのだ。旅行の名目は、大阪のある印刷インク工場の工程管理の視察ということだったが、むろん口実で、実はあの日以来、このS荘にこもって、計画の最後の仕上げにかかりきりになっていたのである。

その日の日記をくってみると、次のように書いてある。

《五月二十六日。雨。新聞広告をたよりに、S荘をたずねてみる。私の顔を見て、前の中庭で遊んでいた子供が泣きだした。しかし、地理的条件もいいし、部屋の配置もほぼ理想的なので、ここに決める。新しい材木と塗装の臭《にお》いがひどく刺戟《しげき》的だ。隣はまだ空室《くうしつ》のままらしい。なんとか、疑われずに、隣の部屋も借りられるといいのだが……》

だがぼくは、S荘で、べつに変名もつかわなければ、身分を偽ろうともしなかった。無分別にみえるかもしれないが、自分なりの計算もあったのである。ぼくの顔は、いまさら小手先のごまかしくらいでは、どうなるものでもない。現に、玄関先で遊んでいた、そろそろ小学生だと思われる何処《どこ》かの娘が、ぼくを一と目みるなり、夢のつづきでも見ているように泣きじゃくりはじめたほどだった。もっとも、肝心の管理人は、客商売のせいもあってか、馬鹿《ばか》に愛想がよかったが……

いや、愛想がいいのは、なにも管理人ばかりとは限らない。残念なことには、ぼくと出会ったほとんどすべての人間が、愛想だけは惜し気もなく支払ってくれた。こちらが、ある地点から深入りしようとしないかぎり、誰《だれ》もがすこぶる気前のいい払いっぷりをみせてくれた。無理もない。ぼくの顔をまともに見まいとすれば、せめて愛想くらいはよくせずにいられまい。おかげでぼくも、無用の穿鑿《せんさく》は避けられるというものだ。愛想の壁でさえぎられて、ぼくはいつも、完全に孤独だった。

S荘は、新築して間もないせいか、十八ばかりある部屋の、半数ちかくがまだ空室のままだった。管理人は、頼みもしないのに、万事飲込み顔で、二階のいちばん奥まった、非常階段の隣の部屋を選んでくれた。つまり、そんなふうだったのである。もっとも、その部屋は、たしかにわざわざ選んでくれただけの値打ちはあった。浴室はむろんのこと、上等ではないが、机に二脚の椅子《いす》が備えつけになっていたし、それに、ほかの部屋にはない、テラス風の出窓までがついていた。おまけに、非常階段の下が、

四、五台分の駐車場になっていて、そこから直接、横の路地に出られるように出来ている。むろん、それ相応に値も張っていた。しかし、ある程度の投資は、はじめから覚悟の上のことだったので、すぐにその場で、三カ月分の敷金を払込んだ。ついでに、近くのふとん屋から、夜具を一式、とどけさせることにする。管理人は、ますますうれしさを隠しきれないとでもいうように、通風の加減や、日当りの具合などについて、際限もなく喋《しゃべ》りつづけた。そのうち、話題がつきようものなら、身の上話でもはじめかねない勢いだった。が、運よく、差出しかけた部屋の鍵《かぎ》を、私の手にとどくまえにはなしてしまったので、鍵は鋭い音をたてて床にころがった。管理人は、やり場のない表情で、あわててガスの元栓《もとせん》の封印を引きちぎると、そそくさと退場してしまってくれた。やれやれである……こんなふうに、嘘《うそ》の上塗りがいつも剝《は》げやすいものだったら、どんなにか気楽なことだろうに……

すでに、顔のまえにひろげた手の指が、数えられないほどの暗さになっていた。まだ、人間を住まわせた経験のない、その部屋は、いかにもよそよそしくて無愛想だ。しかし、愛想のいい人間などよりは、このほうがまだずっとましである。それに私は、例の事件以来、暗闇《くらやみ》というものに、ひどく親近感を覚えはじめていた。まったくの話、この世のすべての人間が、一瞬にして眼球を失うか、光の存在を忘れてしまうかしてくれたら、どんなにか素晴らしいことだろう。たちまち、あらゆる「形」に、和解が成立する。三角パンも、丸パンも、要するにパンはパンなのだということを、万人が納得する。……そういえば、さっきの小娘だって、目をつぶったまま、ぼくの声だけを聞いていればよかったのだ。そうすれば、ぼくたちは一緒に遊園地に出掛け、並んでアイスクリームを食べあうような仲にだってなれていたかもしれないのに……なまじ光があったばかりに、彼女は三角パンを、パンではなくて三角だと思い違えてしまった。光というやつは、自身透明であっても、照らしだす対象物を、ことごとく不透明に変えてしまうものらしいのだ。

しかし、現に光がある以上、闇はせいぜい期限つきの執行猶予《しっこうゆうよ》にしかすぎない。窓を開けると、雨まじりの風が、黒い蒸気のように吹込んできた。思わず、咳込《せきこ》み、サングラスを外《はず》して、涙をぬぐうと、通りをへだてた商店街の、電線や、電柱の頭や、並んだ軒の縁などが、往き交《か》う車のライトを受けて、拭《ふ》き残した黒板のチョークの跡のように淡く光っていた。

廊下を近づく足音がした。習慣になった動作で、眼鏡をかけなおす。ふとん屋が、管理人を通じてたのんでおいた、寝具一式を、届けに来たのだった。代金をドアの下から押しやって、ふとんは廊下に置いたままで、引取ってもらった。

これでなんとか、スタートの用意はととのったようである。上衣《うわぎ》をぬいで、洋服箪《ようふくだん》笥《す》を開けると、扉《とびら》の裏に、鏡がはめこんであった。もう一度、眼鏡をはずし、マスクをとり、鏡をのぞきこみながら、顔の綳帯《ほうたい》を解きはじめる。三重にまかれた綳帯は、ぼってり汗を吸込んで、朝まいたときの二倍の重さに感じられた。

やがて、解き終えたところから、わがもの顔に這《は》い出してくる、蛭《ひる》の塊り……からみ合い、赤黒くふくれ上った、ケロイドの蛭……まったく、なんという醜悪さだ！ほとんど……日課にして繰返していることなのだから、もうそろそろ馴《な》れてくれてもいいように思うのだが……

そのことさらしい驚きに、いっそう、むしゃくしゃさせられるのだ。考えてみれば、なんの根拠もない、非合理な感性である。たかだか、人間の容器、それもほんの一部分にすぎない顔の皮膚くらいに、なんだってそんな大騒ぎをしなければならないのか。むろん、そうした偏見や、固定観念は、べつに珍しいものでもなんでもない。たとえば、まじないの信仰……人種的偏見……蛇《へび》に対するいわれのない恐怖（あるいは、さっき手紙でも触れた、ゴキブリ恐怖症）。……だからといって、憧《あこが》れに生きているニキビ面《づら》の青二才ならともかく、れっきとした研究所の一部門をあずけられ、船の錨《いかり》くらいの重さでは、しっかり世間に結びつけられているはずのぼくが、いまさらそんな、心理的蕁麻疹《じんましん》に悩まされたりするようでは困るのだ。蛭の巣に対する、直接の嫌悪《けんお》以上には、べつだん理由がないと知りながら、それでも苦悩を断ち切れずにいる自分が、なんともやりきれなかったのである。

むろん、自分なりに、一応の努力はしてみたつもりである。いたずらに、避けて通るよりは、むしろ事態を直視して、それに馴れてしまうのが一番だろう。こちらが、なんとも思わなくなれば、相手もこだわるのをよすにちがいない。そう思ってぼくは、研究所でも、すすんで自分の顔を話題にするようにしたものだ。たとえば、自分を、テレビの漫画に出てくる、覆面の怪人になぞらえて、わざと大げさにからかってみたりする。向うからはこちらの表情を見られずに、覗《のぞ》く一方という便利さを、わざと誇張して面白がってみせたりする。まず、他人に馴れてもらうことが、自分を馴らすなによりの早道にちがいない。

そして、それなりの効果はあったようだ。やがて、研究室のなかでは、さほどぎごちなさは感じずにすませられるようになっていた。覆面の怪人も、単なる虚勢ではなくなり、連中がテレビや漫画本に、飽きられもせずに繰返し登場してくるのには、ちゃんとそれなりの根拠があるような気さえしはじめていたほどだ。たしかに、覆面には——下に蛭どもが巣くっているという現実さえなかったら——ある居心地のよさがあったことも また事実である。肉体を、衣服で覆《おお》ったのが文明の進歩なら、将来、覆面が常識になることだって、ないという保証はどこにもない。これまでにだって、重要な儀式や祭などの場合には、しばしば実際に使用されているのだ。うまく言いあらわすことは出来ないが、覆面は他人との関係を、素顔のとき以上に普遍的なものに高めてくれるのではあるまいか……

徐々にではあったが、快癒《かいゆ》に向っているのだと、信じかけている時もないではなかった。だが私は、顔の恐ろしさを、まだ本当には知っていなかったのである。そうした間にも、繃帯の下では、蛭の侵蝕《しんしょく》がちゃくちゃくと進行しつづけていたのだ。液体空気による凍傷などは、火傷《やけど》ほどには影響が深くなく、したがって恢復《かいふく》も早いはずだという、医者の保証にもかかわらず……テラシンの内服、コーチゾンの注射、放射線の照射と、手をかえ品をかえした、何重もの防禦陣《ぼうぎょじん》をのりこえて……蛭の軍勢は、つぎからつぎへと、新手の兵をくりだし、ぼくの顔の奥深く占領区域をひろげて行っていたのである。

たとえば、ある日のこと……ちょうどぼくが、同僚たちと、他の部署との連絡会議を終えて引返してきた昼休み……今年学校を出たばかりの、若い女の助手が、いわくありげな表情で、なにかの本のページをくりながら近づいて来た。

——ほら、先生、すごく面白い絵。笑いを含んだ、細い指の下にあるのは、《偽りの顔》と題した、クレーの、ペン描《が》きのデッサンだった。その顔は、幾本かの平行線で水平に仕切られていて、見方によっては、繃帯でぐるぐる巻きにしたようにも見えなくはない。眼《め》と、口のところだけが、わずかに狭い割目になっていて、無表情の表情が、残酷なまでに強調されていた。いきなりぼくは、言いようのない屈辱感におそわれた。むろん、彼女に、悪意があろうはずがない。しかも、彼女に、そんな気を起させたのは、もとはと言えば、ぼくの意識的な誘導のせいだったのだし……そうとも、落着くんだ！ここで腹を立てたりしては、せっかくの苦心が水の泡《あわ》じゃないか！……そう言いきかせながらも、ついに我慢しとおすことが出来ず、やがてぼくには、その絵が、まるで彼女の眼にうつった、ぼく自身の顔のようにさえ見えてくる……。見られるばかりで、見返すことの出来ない、偽りの顔……そんなふうに、彼女から見られていたのだと思うのは、やはりなんとも、やりきれないことだった。

いきなり、その画集を、二つに引裂いてしまっていた。いっしょに、ぼくの心も引裂かれた。その裂け目から、ぼくの中身が、腐った卵のように流れ出した。脱《ぬ》け殻《がら》になったぼくは、破れたページを重ね合わせ、おずおずと彼女に返していた。だが、もう手後《ておく》れだ。ふだんなら、聞こうとしてもなかなか聞えない、恒温槽《こうおんそう》のサーモスタットが、トタン板を曲げるような大げさな音をたてていた。彼女は、スカートの下で、二つの膝《ひざ》を、まるで一本の棒にしてしまおうとでもいうように、強くこすり合わせつづけていた。

そのときの狼狽《ろうばい》の奥にかくされた意味を、ぼくはまだ本当には理解出来ずにいたようだ。身もだえするほど恥入りながら、しかし何に対してそれほど恥入っているのか、まだ正確にはつかめずにいた。いや、その気になれば、出来なくはなかったのかもしれないが、本能的に深みを覗《のぞ》くことを避けて、せいぜい「大人気ない行為」といった、ありきたりな慣用句の陰に身をさけていたのかもしれぬ。どう考えてみても、人間という存在のなかで、顔くらいがそれほど大きな比重を占めたりするはずがない。人間の重さは、あくまでもその仕事の内容によって秤《はか》られるべきであり、それは大脳皮質には関係しえても、顔などが口をはさむ余地のない世界であるはずだ。たかだか顔の喪失によって、秤《はかり》の目盛に目立った変化があらわれるとすれば、それはもともと内容空疎《くうそ》であったせいにほかなるまい。

しかし、ほどなく……たしか、あの画集の事件から、数日後……ぼくは、顔の比重が、そうした希望的観測をはるかに上まわるものであることを、いやというほど思い知らされることになったのである。その警告は、ひっそり足音もたてずに、内側からやってきた。外に向っての防備だけに気を奪われていたぼくは、不意をつかれ、あっけなく撃ち倒された。撃ち倒されながらも、すぐにはそれと理解できなかったほど、鋭く突然の攻撃だったのである。

その夜、家に戻《もど》ったぼくは、珍しくバッハを聴いてみようという気をおこしていた。べつに、バッハでなければならないというわけではなかったが、この振幅の短くなった、ささくれだった気分には、ジャズでもないし、モーツァルトでもなく、やはりバッハがいちばん適しているように思われたのだ。ぼくは決して、音楽のよき鑑賞者ではないが、たぶんよき利用者ではあるだろう。仕事がうまくはかどってくれないようなとき、そのはかどらなさに応じて、必要な音楽を選びだすのだ。思考を一時中断させようと思うときには、刺戟《しげき》的なジャズ、跳躍のバネを与えたいときには、思弁的なバルトーク、自在感を得たいときには、ベートーベンの弦楽四重奏曲、一点に集中させたいときには、螺旋《らせん》運動的なモーツァルト、そしてバッハは、なによりも精神の均衡を必要とするときである。

だが、一瞬、ぼくはレコードを間違えたのではないかと疑った。でなければ、きっと、機械が故障してしまったのだ。それほど、その曲は狂っていた。こんなバッハは、聞いたこともない。バッハを、魂の塗り薬だとすれば、こんなものは、毒にも薬にもならない、ただの粘土の塊りにすぎない。意味もなく、愚かしげで、通過する時がことごとく、ほこりまみれの飴細工《あめざいく》のように思われた。

おまえが、二杯の紅茶をいれて、部屋に入ってきたのはちょうどその時だった。ぼくが黙りこんでいると、たぶん聴き惚《ほ》れているとでも思ったのだろう、そのまま足音をしのばせて、出て行ってしまった。すると、狂っているのは、やはり自分のほうだったらしい！　それにしても信じられない……顔の傷が、聴覚にまで影響するだなんて……しかし、いくら耳をすませてみても、融《と》けたバッハがもとに戻らない以上、そう考えるしかなかったのだ。繃帯《ほうたい》の割目にタバコを押し込んでやりながら、ほかにも顔といっしょに失ったものがありはしないかと、おずおずとした物腰でたずねまわる。どうやら、顔に関するぼくの哲学は、根本的な修正をせまられているようだった。

それからいきなり、時間の床が抜けたみたいに、ぼくは三十年も昔の記憶のなかにいた。あれ以来、一度だって思い出したこともない、その出来事が、色刷りの生々《なまなま》しさで、唐突によみがえってきたのである。ことのおこりは、姉の髭《かもじ》だった。うまく言葉では言いあらわせないが、ぼくはその髭に、なんとも言えず卑猥《ひわい》で、不道徳なものを感じ、あるときこっそり、火にくべて焼いてしまったのだ。ところが、どういうわけだか、母に発見されてしまった。母は妙に意気込んで、ぼくを詰問《きつもん》し、ぼくは正義を行ったつもりだったのに、いざ詰問されてみると、なんと答えたらいいのか分らず、ただもじもじと赤面するばかりだった。いや、無理をすれば、答えられないこともなかったかもしれない。だが、そんなことは、口にするだけでも穢《けが》れるようで、潔癖感が口をつぐませていたのだと思う。……そして、その髭を、顔という言葉でおきかえれば、あの我慢のならないもどかしさは、そのままそっくり、崩壊したバッハの空虚なひびきに重なり合うのだった。

レコードを止め、追立てられるようにして書斎を出ると、おまえはちょうど、飯台に並べたガラスのコップを拭《ふ》いているところだった。つづいて起きたことは、自分にもよく後をたどれないほど、発作的な衝動だった。おまえの抵抗に出会ってみて、やっと自分の姿勢の意味が理解できたような始末だ。ぼくは、右手でおまえの肩をおさえ、左手をおまえのスカートの下に差込もうとしているのだった。おまえは、うめき声をあげると、いきなりばねのように膝《ひざ》をのばして跳上《とびあが》った。椅子《いす》が倒れ、コップが一つ落ちて砕けた。

倒れた椅子をはさんで、ぼくたちは、息もつかずに立ちすくんでいた。たしかに、ぼくのやり方は、乱暴すぎたかもしれない。しかし、ぼくの方にだって、多少の言い分はあったのだ。顔の傷にさえぎられて、見失いかけているものを、一挙にとり返すための、せいいっぱいの試みだったのである。あの事故があって以来、ぼくたちは、ずっと関係を絶ったままだった。理屈の上では、顔に付随的な意味しか認めないようなことを言いながら、けっきょくは顔との対決を避けて、逃げまわっていたのかもしれない。しかし、ここまで追いつめられては、正面切って反撃に出るしかなかった。ぼくは、顔の格子《こうし》が幻影にすぎないことを、その行為で立証してみるつもりだったらしいのだ。

だがその試みも失敗に終った。指先にはまだ、蠟石《ろうせき》の粉をまぶしたようなおまえの内股《うちもも》の感触が、小さな鬼火になって火照《ほて》りつづけていた。喉《のど》には、棘《とげ》だらけの叫びが、束になって突きささっていた。なにか言おうとするのだが……言いたいことは、いくらでもあるはずなのに……かえって、一言も、口にすることが出来ない。弁解？……なぐさめ？……それとも、非難？　喋《しゃべ》るとすれば、その何《いず》れかに整理しなければならないわけだが、とてもそんな整理くらいでは間に合いそうになかった。弁解や、なぐさめを選ぶのなら、むしろ煙のように消えてしまいたい。攻撃を選んでいたとしたら……そう、たぶんおまえの顔を掻《か》きむしって、すくなくもぼくと同じか、あるいはそれ以上の化物にしてやっていたことだろう。急におまえが、泣きじゃくりはじめた。断水した蛇口《じゃぐち》から空気がもれるみたいな、人を狼狽させる泣きかただった。

とつぜん、ぼくの顔に、ぽっかりと深い洞穴《ほらあな》が口をあけた。その洞穴は、ぼくが体ごと入り込んでも、まだゆとりがありそうなほど深くえぐられていた。腐った虫歯から出る膿《うみ》のような液体が、どこからともなくにじみ出て、ぴちゃぴちゃ音をたてながら、したたっている。その音を聞きつけた、部屋じゅうの臭気という臭気が……椅子の腹から、戸棚《とだな》の隅《すみ》から、流し場の排水口から、昆虫《こんちゅう》の死骸《しがい》で変色した電球の覆《おお》いから……ゴキブリのようにむらがってくる。なんでもいいから、ぼくは顔の穴をふさぐ栓《せん》がほしかった。これ以上、鬼のいない鬼ごっこのような真似《まね》は、もうお終《しま》いにしてほしかった!

ここから、仮面の計画までは、あともうほんの一と息のことだった。もともと、着想としては、珍しくもなんともない、雑草の種のようなものなのだから、ほんのちょっぴり、受入れる地面と、水の雫《しずく》があれば、それで沢山だったのである。さほど意気込みもせず、むきにもならず、その翌日から、まるで予定していたことのようにぼくは古い学会機関誌の目録をしらべはじめていたものだ。問題の、プラスチックによる人工器官の記事が出ていたのは、たしか、一昨年の夏頃《ごろ》だったはずである。そう、プラスチックの仮面をつくって、顔の穴をふさいでやろうというのが、ぼくのねらいだったのだ。もっとも、一説によれば、《仮面》は単なる補塡物《ほてんぶつ》という以上に、自分を超越した何かに変身したいという、すこぶる形而上学的《けいじじょう》な願望の表現なのだそうである。ぼくだって、べつに、好きに脱ぎ替えできる、シャツやズボンなみに考えていたわけではない。しかし、偶像を信じていた古代人や、思春期の若者たちにならいざ知らず、いまさら第二の人生のために、仮面を祭壇に飾ってみたりしたところではじまるまい。顔が幾つになろうと、ぼくがぼくであることに、なんの変りもないはずだ。ただ、ちょっとした《仮面劇》で、開きすぎた人生の幕間《まくあい》を、埋めてみようというだけのことである。

目当ての雑誌は、すぐに見つかった。その文献によると、すくなくも外見上のことだけなら、ほとんど実物と変らないものが出来るらしい。ただし、あくまでも形態の上だけのことで、運動性などについては、まだまだ未解決な点が多いようだった。しかし、どうせ作るなら、やはり表情があったほうがいい。表情筋の動きに合わせて、泣いたり笑ったり、自由に伸縮がきくものがほしい。現在の高分子化学の水準からすれば、不可能ではないにしても、出来合いの知識だけでは、ちょっと間に合いそうになかった。だが、その可能性にすがるだけでも、当時のぼくには、けっこういい解熱《げねつ》剤《ざい》になってくれたのである。さしあたって、歯の治療が出来ないのなら、せめて痛み止めでも飲むしかあるまい。

とりあえず、その人工器官の記事の筆者であるK氏に会って、話を聞いてみることにした。

電話に出たK氏の受け応《こた》えは、しかし、ひどくぞんざいで、いかにも気がなさそうだった。あるいは、ぼくが同じ高分子の仕事にたずさわっている人間であることに、抵抗を感じていたのかもしれない。それでもとにかく、四時以後一時間ばかり、時間をあけて待っていてくれる約束をしてくれた。

残業組の責任者に、スイッチ点検の引継ぎをすませ、残っていた二、三の伝票類を片づけると、すぐに出掛けた。街並は、研《と》ぎ出したように明るく、風に木犀《もくせい》の匂《にお》いがにじんでいた。ぼくは、その明るさと、匂いに、ひりつくような妬《ねた》みを感じた。タクシーを待つあいだ、八方から、闖入者《ちんにゅうしゃ》を見る目つきで見据《みす》えられているような気がした。——だが、これらはすべて、黒と白が逆になった陰画にしかすぎず、仮面を手に入れさえすれば、すぐまた陽画を取戻《とりもど》せるのだと、じっとその明るすぎる日差しを耐えていた。

めざす建物は、環状線の駅にちかい、ややこしく入り組んだ住宅街のなかにあった。《K高分子化学研究所》と、あまり目立たない標札が掛っているほかは、ごくありふれた普通のしもた屋である。門を入ったすぐのところに、兎《うさぎ》の飼育箱が三つ、無造作に積上げてあった。

狭い待合室には、古びた木製のベンチと、脚《あし》のついた灰皿《はいざら》と、月おくれの雑誌が何冊か置いてあるだけだった。……なんとなくぼくは後悔しはじめていた。研究所などと、聞えはいいが、これではまるっきり、その辺の町医者と選ぶところがない。患者の弱みにつけこんだ、単なるぺてん師にすぎないのではあるまいか。振向くと、薄よごれた額縁に、二枚の写真が飾ってあった。一枚には、下顎《したあご》の欠けた野鼠《のねずみ》のような面相の女の横顔。もう一枚には、たぶん整形手術を受けたあとなのだろう、いくぶんはましになった顔が、ぼんやり薄笑いを浮べながら写っていた。

つもった不眠が、重いしこりになって、眉間《みけん》の奥にひろがりはじめ、固いベンチの坐《すわ》り心地が、いよいよ我慢できなくなりかけたころ、やっと、看護婦の案内で次の間に通された。日除《ひよ》けごしの光が、白く乳色によどんでいた。窓ぎわの机には、注射器こそ置いてないが、なにやら見馴《みな》れない幾とおりかの器具が威嚇《いかく》的に並んでおり、そのわきに、カルテの整理棚《だな》と、肘《ひじ》つきの廻転椅子《かいてんいす》……向い合って、患者用の廻転椅子……やや離れて、鉄枠《てつわく》の衝立《ついたて》に、車のついた腰高の脱衣籠《だついかご》……形どおりにそろったお膳立《ぜんだて》が、ますますぼくを憂鬱《ゆううつ》にさせてしまうのだった。

タバコに火をつけた。灰皿を探そうとして、腰を浮かしかけ、ふと、机の上の琺瑯《ほうろう》引《びき》の皿のなかみに、ぎくりとする。耳が一つに、指が三本、手首が一箇に、眼瞼《がんけん》から唇《くちびる》にかけての頰《ほお》の片面が一枚……いま引きちぎって来たばかりの生々《なまなま》しさで、無造作に並べられているのだ。胸が悪くなってきた。実物以上に、実物らしい。そっくりということが、これほどむごい感じを与えるものだとは、考えてもみなかった。切り口を見れば、まぎれもなくプラスチックの模型以外の何物でもないのに、つんと死臭を嗅《か》がされたような、錯覚にさえとらわれる。

いきなり、衝立の陰から、K氏が現われた。しかし、意外にものやわらかな風貌《ふうぼう》に、ほっと胸をなでおろす。薄いちぢれっ毛、コップの底のような厚い縁なしの眼鏡、肉づきのいい下顎……おまけに、K氏の体のまわりには、日頃嗅ぎなれている薬品の臭《にお》いが、いかにも親しげにたちこめていた。

だが、今度は、相手の方がまごつく番だった。あっけにとられた表情で、手にした名刺と、ぼくの顔を見くらべながら、しばらくは口もきけないでいる。

「すると、あなたは……」と、K氏は、口ごもり、もう一度名刺に視線をおとしながら、電話のときとはまたちがった控えめな調子で、「患者さんとして、いらっしゃったわけですか？」

たしかに患者にはちがいない。しかし、K氏の技術がいくら優《すぐ》れていようと、そのままぼくの希望を満たしてくれる見込はありえないのだ。期待できるのはせいぜい助言どまりである。かといって、まともにそれを告げて、相手を傷つけるのも大人気なかった。K氏は、ぼくの沈黙を、気おくれのせいだと判断したらしく、いたわるように言葉をつづけて、「お掛けになって下さい……どうなさったんです？」

「実験中に、液体空気を爆発させてしまいましてね。ふだん、液体窒素を使いつけていたので、つい油断してしまって……」

「ケロイド瘢痕《はんこん》ですか？」

「ごらんのとおり、顔いちめんですよ。ケロイドが出来やすい体質らしいんですね。診《み》てもらっていた医者からも、下手《へた》にいじくったりすると、それが刺戟《しげき》になって再発するだけだからと、あっさり見離されてしまったくらいです。」

「でも、唇の辺は、無事らしいじゃないですか……」

ぼくは、ついでにサングラスも取ってみせ、「おかげで、眼《め》も無事でした。近視の眼鏡をつかっていたのが、さいわいしたのかもしれません。」

「そいつは運がよかった！」まるで、自分のことのように、熱を入れて、「なんといったって、眼と唇ですからね……これだけは、動いてくれなければ駄目《だめ》だ……いくら形ばかり作っても、ごまかしがききません。」

仕事熱心な男らしかった。じっとぼくの顔を見据えたまま、どうやら心の中では、すでに下図の作成中らしい。相手を失望させまいとして、急いで話題を変え、

「お書きになったもの、拝見させていただきました。たしか、去年の夏でしたっけ……」

「そう、去年でしたね。」

「それにしても、驚きましたよ。まさか、これほど精巧なものだとは、思いもかけませんでした。」

K氏は満足そうに、しなびた指を一本とりあげると、掌《てのひら》の上で、静かにころがしながら、

「根のいる仕事でしてね。指紋なんかも、本物と変りないでしょう？　おかげで、警

察から、登録してくれだなんて、妙な注文をつけられたりしましてね……」

「型取りは、やはり、石膏《せっこう》ですか？」

「いや、糊状《のりじょう》のシリコンを使っています。石膏だと、どうしても細部が、飛んでしまいますから……ほら、爪《つめ》の付根のささくれまでが、はっきり出ているでしょう？」

こわごわ、指先でつまんでみると、ねっとりとした生き物の感触があり、細工物だと分っていながら、《死》を感染させられそうで薄気味悪かった。

「……なんだか、冒瀆《ぼうとく》的な感じがしますね……」

「いずれこんなものですよ、人間の体なんて……」K氏は、得意そうに別の指をとり上げると、切り口を下にして、机の表面に垂直に立てた。死人が、机の板を破って、指を突き出したように見えた。「……ところで、こんなふうに、わざと薄汚《うすぎた》なく仕上げるのが、こつなんでしてね。患者の、きれい事のお付き合いをしていたんじゃ、とんだちぐはぐなものが出来てしまう……たとえば、これは中指ですから、第一関節の裏側に、こんな色斑《しきはん》を着けてみました。ちょっと、タバコの脂《やに》に見えるでしょう？」

「筆かなにかで、塗るわけですか？」

「とんでもない……」K氏は、はじめて、声をたてて笑った。「塗ったりしたのでは、すぐに剝《は》げてしまうじゃありませんか。違った色の材料を、下から順に重ねていくのです。たとえば、爪《つめ》の部分には、酢酸ビニール……必要ならば、爪の垢《あか》をちょっぴり……関節部分や、皺《しわ》の陰影……静脈にそったところには、微《かす》かな青味といった具合にね。」

「工芸品なみじゃありませんか。誰《だれ》にでも出来るというものじゃない……」

「それはそうです。」小刻みに膝《ひざ》をゆすって、「しかし、顔面の細工にくらべると、こんなものは、まだほんの序の口でしてね。なんといっても、顔ですよ……第一、表情というやつがあるでしょう？……〇・一ミリばかりの、皺や、隆起でも、顔に置いたとたんに、たちまち意味深長な意味をもちはじめるんですからな……」

「でも、まさか、動かせるわけじゃないでしょう？」

「そいつは、無理です。」K氏は、膝をひらいて、向きなおった。「外観をつくるのがせいいっぱいで、とても運動性にまでは手がまわりません。やはり、動きの少ない場所をえらんで、局部的な補塡をするしかないわけです。それに、もう一つ、通気性の問題というやつもある。あなたの場合、じっさいに拝見してみなければ、分りませんが……お見受けしたところ、繃帯《ほうたい》の上からでも、かなり汗をかいておられるようだ……たぶん、汗腺《かんせん》は、生き残っているのでしょう。汗腺が生きている以上、通気性のないもので、すっぽり顔を被《おお》ってしまうわけにはいきませんからね。生理的に、弊害があるだけでなく、第一、息苦しくて、半日とは辛抱できますまい。ほどほどがいいのですよ、こういうことは。老人が、子供みたいな白い歯をしたら滑稽《こっけい》なのと同じことです。むしろ、修正したことを、他人に気づかれない程度の修正のほうが、ずっと効果的なんです……繃帯、ご自分で、お取りになれますか?」

「取れますが……しかし……」相手が思っているような、患者ではないことを、どうやって伝えればいいのかを思案しながら、「実を言うと、まだ、はっきり決心がつかなくて、困っているのです……なにもいまさら、そんな姑息《こそく》なことをしてまで、顔の傷にこだわる必要もあるまいと思って……」

「ありますとも。」K氏は、はげますように、語気を強め、「身体、とくに顔の損傷は、単に形態上の問題だけで片付けられるものではありません。むしろ、精神衛生学的な領域に属することと言うべきでしょう。さもなけりゃ、誰が好きこのんで、こんな邪道めいた仕事に精を出したりするものですか。私にだって、医者としての自尊心がありますからね。けっして模造品づくりの職人なんかに甘んじているわけじゃありません。」

「ええ、分りますよ。」

「どうですかな?」唇の端に、皮肉の色をちらつかせながら、「私の仕事を、工芸品なみだとおっしゃったのは、あなたですよ。」

「べつに、そんな意味で言ったわけではありません。」

「ご心配なく……」K氏は、もの分りのいい教師の鷹揚《おうよう》さで、「いざとなると躊躇《ちゅうちょ》するのは、なにもあなただけじゃない。顔の加工に、抵抗を感じるのは、むしろ一般的な思想なのです。たぶん、近世以後のね……いまでも未開人は平気で顔を加工するし、この思想の根拠がどこにあるのか、残念ながら、専門でない私にはよく分りません……しかし、統計的には、かなりはっきりしていますよ。たとえば、外傷をとりあげてみると、顔面損傷は、四肢《しし》の損傷にくらべてほぼ一・五倍という数字が出ている。にもかかわらず、実際に治療を求めてくる者は、四肢の、それも指の欠損が、逆に八割以上を占めているんですからね。あきらかに顔に対するタブーがある。その点では、医者仲間だって、大差なしです。ひどいのになると、私の仕事を、金が目当ての高等美容師あつかいなんですからな……」

「しかし、外観よりも、内容を尊重するのは、べつにおかしな事でもないでしょう……」

「容《い》れ物《もの》のない、中身を、尊重することができますか？……信用しませんね……私は、人間の魂は、皮膚に宿っているのだとかたく信じていますよ。」

「むろん、譬喩《ひゆ》としてなら……」

「譬喩なんかじゃない……」おだやかながら、断定的な口調で、「人間の魂は、皮膚にある……文字どおり、そう確信しています。戦争中、軍医として従軍したときに得た、切実な体験なんですよ。戦場では、手足をもぎとられたり、顔をめちゃめちゃに砕かれたりするのは、日常茶飯事《さはんじ》でした。ところが、傷ついた兵隊たちにとって、何がいちばんの関心事だったと思います？　命のことでもない、機能の恢復《かいふく》のことでもない、何よりもまず外見が元通りになるかどうかということだったのです。はじめは、私も、一笑に付しましたよ。なにしろ、襟章《えりしょう》の星の数と、頑健《がんけん》さ以外には、どんな価値も通用しなくなった戦場のことなんですからね……ところが、あるとき、顔をひどくやられた以外には、べつに故障らしい、故障もなかった兵隊が一人、退院まぎわになって、急に自殺してしまうという事件がおきました。ショックでしたよ……それ以来です、私が、負傷した兵隊たちの様子を、注意深く観察するようになったのは……そして、最後に、一つの結論に到達したわけですよ。外傷、とくに顔面の傷の深さは、まるで写し絵みたいに、そっくり精神の傷になって残るという、悲しむべき結論にね……」

「それは……そういう場合も……あるでしょう。しかし、いくら沢山の例があるからといって、ちゃんとした理論上の裏付がないかぎり、一般的な法則とみなすわけにはいかないと思いますね。」急に耐えがたい苛立《いらだ》ちがこみ上げてきた。ぼくはべつに、身の上相談をしに来たわけではなかったのだ。

「現に、ぼく自身、まだそれほど深刻になっているわけでもありませんし……どうも、申しわけないことをしてしまいました……せっかくの貴重な時間をさいていただきながら、ひやかしみたいなことになってしまって……」

「まあ、お待ちなさい。」自信ありげに、含み笑いさえ浮べながら、「押しつけがましく聞えるかもしれないが、私なりに確信があって、申上げていることなのです……もし、そのままにしておいたら、あなたはきっと、一生を繃帯したままで送ってしまうにちがいない。現に、そうしていること自体が、いまの繃帯の下にあるものよりも、幾分かでもましだと考えていらっしゃる証拠ですからね。まあ当分は、傷つく以前のあなたの顔が、なんとか周囲の人々の記憶のなかで、生きつづけていてくれるからでしょう……しかし、時間は、待っていてはくれませんよ……しだいにその記憶も薄らいでいく……さらに、あなたの顔を知らない連中が次々に現われてきて、ついには、繃帯の約束手形に、不渡りが宣告される……あなたは、生きながらにして、世間から葬《ほうむ》り去られてしまうんだ。」

「大げさな！　何をおっしゃりたいんです？」

「同じ身体障害者でも、手足が不自由な連中になら、その辺でいくらでもお目にかかることが出来る。盲人や、聾唖者《ろうあしゃ》だって、さほど珍しいとは言えません……しかし、何処《どこ》かで、顔のない人間をごらんになったことがありますか？　たぶん、ないはずだ。連中はいったい、何処に蒸発してしまったとお考えです？」

「知りませんよ。他人のことなんかに興味はない！」

思わず声を荒げてしまっていた。まるで、盗難届けをしに行った交番で、さんざんお説教をされたあげくに、錠前を押し売りされたようなものである。しかし相手も負けてはいなかった。

「どうも、よくお分りになっていないらしい。顔というのは、つまり、表情のことなんですよ。表情というのは……どう言ったらいいか……要するに、他人との関係をあらわす、方程式のようなものでしょう。自分と他人を結ぶ通路ですね。その通路が、崖崩《がけくず》れかなにかで塞《ふさ》がれてしまったら、せっかく通りかかった人も、無人の廃屋かと思って、通り過ぎてしまうかもしれない。」

「けっこうですよ。無理に寄ってもらったりする必要はない。」

「つまり、わが道を行く、とおっしゃりたいんでしょう？」

「いけませんか？」

「幼児心理学なんかでも、定説になっていることですが、人間というやつは、他人の目を借りることでしか、自分を確認することも出来ないものらしい。白痴か、分裂病患者の表情をごらんになったことがありますか？　通路をふさぎっぱなしにしておくと、しまいには、通路があったことさえ忘れてしまうものなのです。」

　ぼくは、追いつめられまいとして、ろくに狙《ねら》いも定めずに、反撃をこころみる。

「なるほど、表情のことは、そういうことにしておきましょう。しかし、矛盾した話じゃありませんか。顔のどこか局部だけに、一時しのぎの覆《おお》いをかけるようなあなたのやり方が、一体どうして、表情の回復になったりするんです？」

「ご心配なく。その点なら、おまかせねがいたいですね。当方の専門なんですから。すくなくも、繃帯よりはましにして差上げるくらいの自信はあります。……とにかく、繃帯をとってみていただきましょうか。何枚か、写真をとらせていただいて、それをもとに、分割消去法で、表情回復に必要な要素を等級順に選び出すわけです。その中から、なるべく運動性のすくない、固定しやすい場所を……」

「失礼ですが……」もう逃げ出すことしか念頭になかった。体面をつくろうことも忘れて、ただすがるように懇願しはじめていた。「それよりも、その指を、一本、ゆずっていただくわけにはいかないでしょうか？」

　さすがにK氏も、あっけにとられたらしく、手首の腹を、膝のあたりにこすりつけながら、

「指って、この、指をですか？」

「指が駄目なら、耳でもなんでも結構ですが……」

「だって、あなたは、顔のケロイドのことでいらっしゃったんでしょう？」

「申しわけありません。駄目なら、あきらめますけど……」

「分りませんね、どうも……べつに、おゆずり出来ないわけじゃないが……しかし、こんなものでも、案外と値がはるんですよ……なにしろ、一つごとに、アンチモニイの型をとらなければなりませんしね……材料費だけでも、五、六千円というとこかな……すくなく見積ってですよ……」

「けっこうです。」

「分りませんな、何を考えていらっしゃるんだか……」

　分るはずがなかった……いずれ、ぼくたちのやりとりは、ろくすっぽ測量もせずに置かれた、二本のレールのようなものだったのだ。財布《さいふ》を出して、金をかぞえながら、ぼくはただひたすらに、詫《わ》びを繰返すしかなかった。

ポケットの中で、つくりものの指を兇器《きょうき》のように握りしめながら、外に出ると、夕暮の光と影は、あまりに鮮明すぎて、この方がかえって作り事めいて見えた。狭い路地でキャッチボールをしていた少年たちが、ぼくを見るなり、顔色を変えて塀《へい》にはりついた。洗濯挟《せんたくばさみ》で耳をはさんで吊《つ》り下げられたような顔をしている。繃帯をとって見せてやったら、もっと肝をつぶすにちがいない。本気で繃帯をむしり取って、その貼《はり》紙細工《がみざいく》のような風景のなかに飛び込んで行ってやりたいような衝動にかられた。しかし、顔のないぼくには、この繃帯の面から、一歩だって先に進むことなど出来はしないのだ。ポケットの中の模造の指をふりかざして、その風景を力まかせに切り裂く情景を思い浮べながら、「生きながらの埋葬」という、K氏のいやがらせを、奥歯の詰物のようにかろうじて嚙《か》みしめる。まあ、見ているがいい、いまに、ぼくの顔が、そっくり本物と区別できない贋物《にせもの》で包まれてしまえば、どんなにつくりものめかした風景だって、もうぼくをのけものにすることなど出来はしないのだから……

その夜……ゆずり受けてきた模造の指を、蠟燭《ろうそく》のように机の上に立て、ぼくはまんじりともせずに、本物よりもまだ本物らしいその「嘘《うそ》」について、あれこれ際限もなく、思いめぐらしつづけたものである。

ぼくは、その向うに、やがて自分がそこに登場するかもしれない童話の仮面舞踏会でも想像していたのかもしれぬ。だが、空想のなかでさえ、「童話の」とただし書きを付け加えずにいられなかったというのは、じつに象徴的なことではあるまいか。前にも書いたことだが、ぼくはこの計画を、さした決断もなしに、ほんのどぶ川を渡るくらいの軽い気持で、選んだのだった。ということは、しかし、かならずしも考えつくしたあげくの結論だったということにはならない。むしろ、顔の喪失が、べつに本質的なものの喪失ではありえないという、終始一貫した自己防衛的見解の延長として、無意識のうちに、仮面そのものをも気軽に考えようと努めていたせいではなかろうか。だから、見ようによっては、仮面自体が問題だったのではなく、顔と、顔の権威に対する、果し状的な意味のほうが、大きく作用していたようでもある。例の、崩壊したバッハや、おまえの拒絶などに会って、ここまで追いつめられた気持になっていなかったとしたら、もっとさりげなく、顔をからかってやるくらいの気持にさえ、なっていたかもしれないほどだ。

だが、そうしながらも、心の奥底では、コップにたらした墨汁《ぼくじゅう》のように、黒々と影をひろげてくるものがあった。例の、顔は人間同士の通路だという、K氏の考え方だった。いまになって思うと、もしぼくがK氏から、多少とも不快な印象を与えられていたとしたら、それは彼の独《ひと》りよがりや、治療の押し売りのせいなどではなく、やはりその思想のせいだったらしい。もし、その考え方を認めるなら、顔を失ったぼくは、永遠に通路のない独房に閉じ込められてしまったことになり、したがって仮面も、おそろしく深刻な意味を負わされることになる。ぼくの計画は、人間の存在を賭《か》けた、脱獄のこころみになり、したがって現状も、それにふさわしい、絶望的な状況だということになる。真に恐ろしい状態とは、恐ろしいと自覚した状態のことだろう。意地でも受け入れかねる考え方だった。

それはぼくだって、人間相互に通路が必要であるくらいは、じゅうぶんに認めている。認めていればこそ、こうして、おまえにあてた文章を書きつづけてもいるわけだ。だが、顔だけが、はたして唯一無二《ゆいいつむに》の通路なのだろうか。そんなことは信じられない。レオロジーに関するぼくの論文は、まだ顔を見たこともない人間にだって、ちゃんと伝達され、理解されるのだ。むろん、理詰めの論文だけで、人間の交流を片付けてしまおうなどというつもりはない。現におまえに求めているのも、もっと違った別のものなのだ。魂だとか、心だとか呼ばれる、輪廓《りんかく》ははっきりしないが、ずっとふくらみのある人間関係の記号だ。それでも、体臭だけで自己表現をするような、野獣の関係よりは、はるかに複雑だから、顔の表情くらいが、ちょうど手頃《てごろ》な伝達経路なのかもしれない。あたかも貨幣が、物々交換にくらべれば、問題なく進んだ交換制度であるように。だが、その貨幣にしても、結局は一つの方便にしかすぎず、いかなる条件においても万能というわけにはいかないのだ。ある場合には小切手や電報為替《がわせ》が、また別の場合には宝石や貴金属が、かえって便利なことがある。

魂や心だって、同じことで、顔でしか流通させられないと思うのは、習慣からくる一種の先入観なのではあるまいか。百年間、顔を見合わせているよりも、一編の詩、一冊の本、一枚のレコードが、はるかに深く心を交《か》わせる道である場合は、けっして珍しいことではない。第一、顔が不可欠なものだったとしたら、盲人には、人間の資格がないことになってしまうではないか。そんなふうに、顔の習慣に、安易によりかかることで、かえって人間同士の交流をせばめ、型にはめる結果になっているのではないかと、ぼくはむしろそれを案じているくらいなのである。現に、そのいい例が、皮膚の色に対するあの馬鹿気《ばかげ》た偏見だ。黒だとか、白だとか、黄色だとか、たったそれだけの相違で機能を停止してしまうような、不完全な顔に、魂の通路などという大任をまかせるのは、それこそ、魂をなおざりにする態度としか言いようのないことだ。

（追記――いま読み返してみると、顔に縛られまいとする余り、ぼくはいくつか、見えすいた言いのがれをしていたようである。たとえばぼくが、なによりもまずおまえの顔を通じて、おまえを見初《みそ》めたのだという、あのまぎれもない事実。そして今も、おまえとの距離を思うとき、その尺度になっているのは、ほかでもない、おまえの表情のその遥《はる》かな遠さなのである。そうだ、ぼくはもっと早くから、お互いの立場が逆になり、顔を失ったのがおまえだった場合のことを、卒直に想像してみるべきだったのかもしれない。顔の過小評価も、過大評価も、作為的である点に変りはないのだ。そういえば、例の姉の髭《かもじ》のことだって、自分では、顔にこだわりたくない気持を説明するために、引き合いに出したつもりだったらしいが、はたして適当なものかどうかは、考えてみるとすこぶる疑わしい。要するに、思春期にありがちな、化粧への関心と反撥《はんぱつ》にすぎず、顔に対するこだわりの例にこそ、むしろ相応《ふさわ》しいものだったのではあるまいか。あるいはぼくは、姉がどこかに向って顔の扉《とびら》を開こうとしていることに、うすうす嫉妬《しっと》しはじめていたのかもしれぬ。

ついでに、もう一つ、いつぞや新聞だか雑誌だかで、日本人と混血の朝鮮人が、より朝鮮人らしく見えるために、わざわざ整形手術を受けたという、妙に考えさせられる記事を読んだことがある。これは、明らかに顔の復権の主張ではあるが、しかし、偏見に組するものだとは、いかなこじつけを持ち出してきても言いえまい。結局ぼくには、なに一つ分ってなどいなかったのだ。機会があったら、その朝鮮人が、顔を失《な》くしたぼくに、どんな忠告を与えてくれるか、ぜひとも聞いてみたいものである。）

やがてぼくは……いっこうに進展しない、顔をめぐる自問自答に疲れはて……そうかといって、せっかく乗りかかった計画を、とくに打ち切らねばならぬという理由もなく……もっぱら技術的な観察に専念しはじめていた。

技術的にも、その模造の指は、いろいろと興味深いものを持っていた。見れば見るほど、まったく上手《うま》く出来ている。まるで生きた指ほども多くのことを、語りかけてくれるのだ。皮膚の張り具合からすると、三十前後というところだろうか？　平たい爪《つめ》……ひしゃげた指の股《また》……深い関節の皺《しわ》……鮫《さめ》の鰓《えら》のように並んだ四本の小さな切傷……おそらく、軽い手仕事に従事していた人間にちがいない。

……それにしても、この醜さは、いったいどういうことなのだろう……醜い！……生き物にも、死んだものにもない、一種特別な醜さだ！……いや、何処《どこ》かが狂っているというわけでもなさそうである……むしろ、再現が、あまりに忠実すぎたせいなのか……（すると、ぼくの仮面も）……だから、言わないことではない、形にこだわりすぎると、かえって現実から遠ざかってしまう結果にも、なりかねないのだ……顔にこだわるのもいいが、まずこの醜さを見てからにしてほしいものである！　そのとおりかもしれない。しかし、それでは、はたして形態のない指を、思い浮べたり出来るものだろうか？　長さのない蛇《へび》、容積のない壺《つぼ》、角のない三角定規……そんなものが存在する星にでも行かないかぎり、まずお目にかかれる代物《しろもの》ではないだろう。だとすれば、表情のない顔だって、例外ではないわけだ。いつか、顔と呼ばれたものではあっても、もはや顔ではありえない。やはり、仮面にも、それなりの存在理由があるということだ。

するとあるいは、動物性に問題があるのだろうか。そもそも、動けない「形」が、形を名乗ったりするのがおかしいのかもしれない。この指だって、動くことさえ出来れば、もっとましに見えるはずである。ためしに、その指を取上げて、動かしてみた。なるほど、机に立てておいたときよりは、かなりましに見える。だが、その点についてなら、心配はご無用。だからこそぼくは、最初から動く仮面でなければならないと、強く主張もして来たわけである。

しかしそれでも、まだ何かしら、釈然としないものが残されていた。いったい何が、これほど気掛りの種になっているのだろう。自分の指と見くらべながら、ありったけの注意を集中して、目をこらす。違いがあるのは、たしかなのだが……切断された、部分のせいでもなく、動きの問題でもないとすると……皮膚の質感だろうか？……そうかもしれない、色や形だけではごまかしきれない、生きている皮膚だけに固有な何か……

《欄外の挿入《そうにゅう》Ｉ》――表皮の質感について。

人間の表皮は、色素を含まないガラス様物質で保護されているように思われる。したがって、表皮の質感は、その表面で反射された光線と、いったんそこを通過し、色素面で再反射された光線との、複合的効果なのではあるまいか。しかるに、この模型の指の場合は、直接色素面が露出してしまっているので、その効果は認められない。

表皮のガラス様物質の、成分、ならびに光学的性質について、専門家に問い合わせのこと。

《欄外の挿入Ⅱ》――当面研究すべき課題、左のとおり。

一　磨耗《まもう》性の問題。
一　弾性ならびに伸縮の問題。
一　固定手段。
一　境界線の処理。
一　通気性の問題。
一　原型の入手とその処理。

もっとも、こんなことを、いくら克明に記録してみたところで、おまえを退屈させてしまったのでは、元も子もなくなってしまう。ただ、ぼくの気持などには、お構いなしに、いささか独走の気味で育って行った仮面の生い立ちについてだけは、せめて雰囲気《ふんいき》なりと知っておいてほしいと思うのだ。

まず、表皮のガラス様物質について言えば、それはケラチンと呼ばれる、微量の蛍《けい》光《こう》物質を含んだ角質蛋白《たんぱく》の一種だった。また、境界線の処理についても、仮面のふちの厚さを、なるべく小皺《こじわ》の深さ以下にとどめるようにし、あとは適当に付けひげでも工夫《くふう》すれば、なんとか切抜けられそうな見込みだった。さらに、最高の難関が予想された、伸縮性の問題にしても、表情のメカニズムを生理学的に考えてみれば、決して不可能なことではなかったのである。

表情の基本は、言うまでもなく、表情筋だ。表情筋には、それぞれ、一定の方向性があり、その方向にそって伸び縮みする。その上に、やはり一定の方向性をもった皮膚の組織がかぶさっており、両者の細胞繊維は、ほぼ直角に交わっているらしい。図書室で借り出してきた医学書によると、その皮膚の繊維の配列は「ランゲル線」と呼ばれていた。この二つの方向の組合せで、それぞれ固有の皺や、固有の陰影が創《つく》り出されるというわけだ。……だから、仮面も、生きた動きを与えてやろうと思えば、「ランゲル線」に合わせて、繊維の束を重ねていけばいい。さいわい、ある種のプラスチックは、方向性を与えたとたんに、強い伸縮性を示すようになる。手間さえ惜しまなければ、これでほぼ解決したようなものだった。

さっそく実験室の隅《すみ》をつかって、扁平《へんぺい》上皮細胞の弾性テストを始めることにした。ここでも、同僚たちは、すこぶる寛大だった。ほとんど怪しまれずに、設備を大いに利用することが出来た。

しかし、《原型の入手とその処理》の項目についてだけは、どうも技術的処理だけですませられそうになかった。原型、つまり最初の型取りは、皮膚の細部を再現しようとするかぎり、いやでも誰《だれ》か他人の顔を借りなければならないわけである。むろん、他人から借りるのは、皮脂腺《ひしせん》や汗腺などのような、ほんの皮膚の表面だけで、それを私の骨格に合わせて変形してしまうのだから、べつに他人の顔をそのままぶら下げて歩くことにはならない。他人の顔の版権を侵害するような気遣《きづか》いは、まずありえなかった。

しかし、そうなると……すこぶる深刻な疑問がわいてくるのだが……その仮面は、けっきょくぼくの元もとの顔と、さして変りのないものになってしまうのではあるまいか？　ある種の熟練した職人は、頭蓋骨《ずがいこつ》の上に、肉づけをして行き、生きていたときとそっくりの容貌《ようぼう》を再現してみせるということだ。それが事実だとすれば、容貌を決定するのは、けっきょく下地になる骨格だということになり、骨をけずるか、表情の解剖学的原則を無視する——それはすでに表情とは呼びえない——か、以外には、生れついた自分の顔から外に出ることは、絶対に不可能だということになる。

この考えはぼくをまごつかせた。いくら巧みに出来ていても、ぼくが、ぼくとそっくりな仮面をかぶっていたのでは、せっかくの仮面の意味が、まったく無いことになってしまいはせぬか……

さいわい、高校時代の友人に、古生物学を専門にしている男がいたのを思い出した。古生物学者ならば、発掘した化石に肉づけしたりすることも、たぶん仕事のうちに入っているはずだ。名簿をくってみると、運よく、そのまま大学の教室に残っていることが分った。ぼくは、簡単に電話だけですますつもりでいたのだが、なにぶん卒業以来のことだったし、古生物学などをやっていると、かえって人恋しくなるのかもしれない、当然のことのように、何処《どこ》かで会おうと言いだして、後に引く気配もみせないのだ。ぼくも、顔の繃帯《ほうたい》に気おくれを感じる気持に対する抵抗からか、つい断わりきれずに、応じてしまっていた。しかし、すぐに、はげしい後悔にさいなまれる。なんてつまらぬ意地を張ったものだ。繃帯だけでも、かなりの好奇心をそそることだろうに、その繃帯男が、自分の専門でもない顔の解剖学や、肉づけの技法などについて、根ほり葉ほり穿鑿《せんさく》しはじめるのだから、まさに空巣が日中、覆面のままでうろついてみせるようなものである。同じ気まずさを与えるくらいなら、むしろ最初から断わってしまっておけばよかった。それにぼくは、街というやつが大嫌《だいきら》いなのだ。どんなに遠慮勝ちな、さりげない視線にでも、そいつを受ける身になってみなければ分らない、腐蝕《ふしょく》性の恐ろしい毒をまぶした針がかくされている。街はぼくを、くたくたに疲れさせてしまうのだ。……かといって、取消しを言う機は、すでに逸した。ぼくは恥辱で、油雑巾《あぶらぞうきん》のようになりながら、それでもしぶしぶ、指定の場所におもむくしかなかった。勝手知った大学街の一角だったおかげで、ためらわずに約束のコーヒー店の正面にタクシーをつけ、店のドアまでは、ほとんど目立たずにたどり着くことが出来た。しかし、わが友人の狼狽《ろうばい》ぶりは、逆にこちらが同情したくなるほどで、それ見たことかと、ぼくはむしろ意地の悪い落着きをさえ取り戻《もど》していたほどだ。いや、落着きといっては語弊がある。とにかく、自分が存在しているというだけで、同席者に対する嫌《いや》がらせになってしまう、野良犬《のらいぬ》同然のみじめさのことを、ほんのちょっぴりでもいいから想像してみてもらいたい。死にかけている老ぼれ犬の眼《め》のような、絶望的な孤独感だ。ゆいーん、ゆいーんと、レールをつたって響いてくる、深夜の線路工事の音のような虚《むな》しさだ。繃帯とサングラスの裏側で、いくら表情をつくってみても、いずれ相手には伝わらないのだという気持が、よけいにぼくを、かたくなにしてしまっていたようである。

「おどろいただろう。」と、ぼくは、聞く側の心理状態によってどんな色合いにでも変る、夜風のような声で、「液体空気を、もろにかぶってしまったのさ。ケロイドが出来やすい体質らしいんだ……うん、かなりひどい……顔じゅう、まるで蛭《ひる》の巣だよ。繃帯も、ぞっとしないだろうが、それでも、中身を公開するよりはまだましだと思ってね……」

相手は途方にくれた表情で、なにやら呟《つぶや》いているが、よくは聞きとれない。つい三十分ほどまえ、何度もはずんだ声で念をおしていた、落合ったらすぐに酒でも飲めるところに河岸《かし》を変えようという例の約束が、魚の骨みたいに、喉《のど》の奥に突き刺さっていたのかもしれない。だが、べつに嫌がらせが目的ではなかったから、すぐに話題を変えて、用件を切り出した。彼がこの助け舟に、すぐさま乗り移ってきたのは、言うまでもないことだ。

彼の説明を要約すれば、おおむねこんな事だった。いくら年季の入った名人だろうと、肉づけによる原型の忠実な再現などというのは、ひどい誇張で、骨の解剖学的構造から正確に推測できることと言えば、せいぜい腱《けん》の位置くらいのものなのだそうである。だから例えば、とくに皮下組織や脂肪層が発達した、鯨《くじら》などの場合、骨格だけをもとに再構成してみると、まるで犬とアザラシの合の子のような、似ても似つかない化物になってしまうものらしい。

「すると、顔の場合も、肉づけの結果に、かなりの誤差があると考えていいわけだね？」

「そんな芸当が出来たら、身許不詳《みもとふしょう》の白骨なんてものは、存在しないことになってしまう。鯨ほどではないにしても、人間の顔ってやつは、とにかく微妙なものだからね。たぶん、モンタージュ写真ほどにも、似せられはすまいな。だって、そうだろう、骨格から絶対に逃れられないものだとすれば、第一、美容整形などということが成り立つわけがない……」

そこで、ちらとぼくの繃帯に目を走らせ、気まずそうに言いよどみ、そのまま口をつぐんでしまったものである。彼が何にこだわったのかは、あらためて聞き返すまでもないことだった。いや、彼が思ったことなど、どうでもいい。面白くないのは、その気まずさを隠そうともせず、いかにも申しわけなさそうに、顔を赤らめてみせたりしたことだ。

(追記——この羞恥心《しゅうちしん》の正体は、いったい何なのだろう? ここでもう一度、例の髭《かもじ》焼却事件のことを、思い出すべきかもしれない。今度は、あの場合とはちょうど立場が逆になり、ぼくのほうが髭を見咎《みとが》められて、相手を赤面させることになったわけだが、それだけにいっそう気掛りでならないのだ。案外その辺に、顔の謎《なぞ》を解く意外な鍵《かぎ》も、隠されているのではあるまいか。)

それにしても、不器用な男がいたものである。せっかくこちらが、当りさわりのない、一般的な話題ですませてやろうとしていたのに、自分から足を踏み外《はず》して赤面しているのだから、世話はない。もっとも、計画に直接必要なことは、おおむねこれで聞き出してしまったわけだし、出会いの後味などは、向う委《まか》せにしておけばいいようなものだったが、なにぶん羞恥の感情にふれる類《たぐい》のものは、とかく噂《うわさ》の種になりやすい。鍵穴をのぞくような調子で、言いふらされたりしては、こちらが迷惑する。それに、どうやら、相手の恥らいが、ぼくにも感染しはじめているらしかった。つい、いたたまらぬ気持で、言わずもがなの弁明をしはじめていたものだ。

「君が何を考えているかくらい、見当はつく。ぼくのこの繃帯と、ぼくの質問とを結びつけてみれば、いいかげん想像をたくましく出来るだろうからね。しかし、断わっておくが、そいつはまったくの誤解だよ。いまさら、顔の傷に悩まされるような歳《とし》じゃなし……」

「君こそ誤解しているよ。いったいぼくが、どんな想像をしたっていうんだ。」

「誤解なら、けっこう。しかし、君だって、無意識のうちに、顔で他人を判断していることはあるだろう？　君がぼくのために、気にしてくれているのは、むしろ当然だと思うよ。しかし、よく考えてみれば、身分証明書かならずしも本人の証明だとは限らない。ぼくは、こんな目にあったおかげで、いろいろと考えさせられちゃったな。どうも、われわれは、身分証明書にこだわりすぎているのじゃないか。そのおかげで、偽造や改竄《かいざん》に浮身をやつす、片輪者が出てきたりもする。」

「同感だな、まったく……改竄はよかったな、まったく……厚化粧の女にはヒステリーが多いと言うが……」

「ところで、どんなものだろう、もしも人間の顔が、目も鼻も口もない、卵のようにのっぺりしたものだったとしたら……」

「うん、区別できなくなるだろうな。」

「泥棒《どろぼう》も、巡査も……加害者も、被害者も……」

「おまけに、うちの女房と、隣の女房もだ……」彼は救いを求めるように、タバコに火をつけながら、くすりと小声で笑って、「こいつは面白い。面白いが、ちょっぴり問題もあるな。それで一体、人生は便利になるのか、それとも不便になってしまうのか……」

ぼくも一緒に笑って、この辺でしまいにすべきだったのだろう。しかし、顔を中心にした円運動に、すでに制動のきかないはずみがついてしまっていた。遠心力が、ロープを引きちぎってしまうまでは、危険を承知で、旋回しつづけるしかなかったのである。

「どっちにもなりっこないさ。どちらか一方なんてことは、第一、論理的にも成り立ちえないじゃないか。対立がない以上、比較もありえない。」

「対立がないとなると、そいつは退化だな。」

「するとなにかい、君のつもりじゃ、たとえば皮膚の色のちがいが、歴史になんらかの利益をもたらしたとでもいうのかな？　ぼくには、そんな対立の意義など、まったく認めかねるがね。」

「おやおや、君は民族問題を論じていたのか。しかし、そいつはいささか、拡大解釈がすぎるんじゃないのかい。」

「出来ることなら、いくらだって拡大してやりたいよ。この世の、ありとあらゆるものの顔にまでね……ただ、この面《つら》してじゃ、言えば言うほど、ひかれ者の小唄《こうた》になるだけだからな。」

「民族問題にかぎって、言わせてもらえばだな、やはり無理だろうさ、顔だけにすべての責任をおっかぶせてしまうというのは……」

「では、聞くが、ほかの天体に住むかもしれない異星人のことを空想するときでさえ、まずその容貌《ようぼう》についての臆測《おくそく》から始めるというのは、一体どういうことなんだ。」

「これはまた、一段と遠い話になってしまった……」彼は三口しか吸っていないタバコを、ぐいぐい灰皿《はいざら》におしつけて消しながら、
「要するに、好奇心のせいだと解釈すれば、それですむことだろう。」
　とつぜん変った相手の口調の意味を、痛いほど感じながら、しかし皿まわしの皿も
同様、廻《まわ》しやめたとたんに、ぼくの偽顔《ぎがん》はあるべき位置から剝《は》がれ落ちてしまうのだ。
「ちょっと、そこの絵を見てみたまえ。」
　と、なおもこりずに、ルネッサンス風の肖像画の複製らしい、見るからに甘ったる
い壁の飾りを指さしながら、「君はそいつを、どう思う？」
「どうって、うっかり答えるとまた嚙《か》みつかれそうだが、とにかく愚劣だね。」
「そうだろう。あんなふうに、顔に後光をそえるということが、一つの思想なんだな。
虚偽と欺瞞《ぎまん》の思想だよ。ああいう思想のおかげで、顔が嘘《うそ》をつくことを教えこまれる
……」
　相手の顔に、奇妙な笑いが浮んだ。すでに気がねさえなくなった、物を見るような、
遠い笑いだった。
「駄目《だめ》なんだよ、おれは。いくら、そんなふうに、大げさに言われても、理解する以
前に、まず何も感じることが出来ないんだ。共通の言葉がないってことかな。古生物

なんかやっているけど、こと美術に関するかぎり、これでもいっぱしのモダン派なんでね。」

いや、苦情を申し立てても、始まるまい。むしろ、ああいう目つきに、早く馴《な》れてしまうこと。もっとましな結果があり得たかもしれないなどと、そんな期待は、かえって自分を甘やかすだけのことだ。それに、必要な情報は、すっかり手に入れることが出来たのだし、もともと、こうした屈辱を切り抜けるのが目的で、始めた計画でもあったのだから。

そんなことより、あの古生物学者を、心底から憎むようになったのは、せっかく獲物だと思って、持ち帰ったものが、じつは食えない餌《えさ》にすぎなかったことに、気づかされたときだった。いや、食料品には違いないらしかったが、あいにく調理法が皆目わからず、おあずけ同然のていたらくだったのである。

同じ骨格から出発しても、肉づけによる誤差に、かなりの巾《はば》が認められるということは、たしかに仮面の可能性を、一歩押し進めてくれるものだった。しかし、言葉を変えて言えば、土台の如何《いかん》にかかわらず、どんな顔でもお望み次第ということになりはすまいか。よりどり見どりと言えば、いかにも気軽で、たのしげだが、しかしいずれその中から、どれか一つを選ばなければならないのだ。無数の可能性を篩《ふるい》にかけて、自分の顔を、どれか一つに決めなければならないのだ。顔をはかる秤《はかり》は、いったいどんな尺度によればいいのだろう。

べつだん、顔にかくべつの意味を与えるつもりはなかったから、どんな顔でも構わないとはいうものの……せっかく作るのに、なにも心臓病みの水ぶくれにすることはなかったし……かといって、まさか、映画俳優をモデルにするわけにもいくまい。この自由さは、一見気楽なようでいて、じつはひどく厄介《やっかい》な問題だったのである。なにも、理想の顔などという、そんな無理な注文をつけているわけではない。また、そんなものが存在するはずもなかった。しかし、選択する以上は、何かしら規準になるものが必要だ。せめて、これは困るという、不都合な顔の規準でもあれば、まだなんとかなったのだろうが……主観的なものにせよ、客観的なものにせよ、まるっきり見当もつかず……けっきょく半年近くも、ずるずると結論をひきのばすことになってしまったのである。

（欄外註《ちゅう》――これを、単純に、規準のあいまいさだけで片付けては間違いになる。

むしろ、規準を拒もうとする、ぼくの内心の衝動も計算に入れて考えるべきだろう。規準をえらぶということは、とりもなおさず、他者への志向に身をゆだねてしまうことだ。しかし人間は、自分を他者から区別しようとする、逆の願望も同時に持っている。そしてこの二つは、たぶん、次のような関係にあるはずだ。

$$\frac{A}{B}=f\left(\frac{1}{n}\right)$$

A……他者志向率　B……他者抵抗率　n……年齢

f……自我粘性度（すなわちこの低下は、自己の確立であると同時に、自己の硬化でもある。おおむね年齢に逆比例するが、その軌跡の曲率は、性別，性格，職業等によって，かなりの個人差が認められる）

つまり、年齢だけからしても、ぼくの自我粘性度はかなり低下しており、いまさら顔を取り替えるということ自体に、強い抵抗を感じていたに相違ないのである。そういえば、厚化粧の女はヒステリーだという、例の古生物学者氏の意見も、なかなかうがった説だったと言わなければなるまい。精神分析学的に言うと、ヒステリ

—とは、一種の幼児化現象なのだそうだから。）

もっとも、その間、ただ手をこまねいていたわけではない。扁平《へんぺい》上皮の材料テストなどといったような……それにかまけていさえすれば、いくら対決をずるずる延ばしにしても、立派な口実になってくれそうな……もっぱら技術的な仕事が、山積していてくれたのである。

とくに、その扁平上皮には、想像以上の手間をとらせられた。量的にも、皮膚の主要部分だったが、それにも増して、動く皮膚の質感が出せるかどうかの、成否がかけられていたのである。研究所の連中の遠慮をいいことに、かなり大胆に設備や資材を利用してやったつもりだったが、それでもたっぷり、三カ月以上もかかってしまった。すくなくも、その間だけは、顔の形を決めずに仮面の計画をすすめるという、こっけいな矛盾のことも、さほど気にせずにすませていられたように思う。だがいつまでも他人の軒で雨宿りしていられるわけではない。この時期が過ぎると、こんどは、対照的に仕事がはかどりはじめ、ぼくはいよいよ窮地に追い込まれることになるのである。

表皮のケラチン層は、アクリル系の樹脂で適当なのが、簡単に見つかった。真皮は、上皮と同じ材質のものを、海綿状に泡立《あわだ》てて固めてやればそれでいいらしい。また脂肪層は、それにさらに、液状のシリコンを含ませ、被膜でつつんで気密にしてやるだけで、問題なしに合格のようである。おかげで、年が明けて、二週間目には、材料に関する限り、すっかり準備がととのってしまっていた。

こうなるともう逃げ口上は言っていられない。どんな顔にするのか、とにかく決めてしまわなければ、この先一歩も進むことが出来ないのだ。しかし、いくら考えてみても、ぼくの頭の中は、ただ様々な顔の見本で、博物館の倉庫のように雑然としてしまうだけだった。だが、いつまで尻込《しりご》みしていても、らちのあくことではない。勇気をふるって、一つ一つに当って行くしか、手はあるまいと、参考までに倉庫の保管目録を借り受けてみたとする。ところが、その目録の第一ページ目には、「分類法の心得」などと、思いがけなく親切な指示が出ていたりして、胸をときめかせながら読みすすむと、

一　顔の価値規準は、あくまでも客観的なものであり、私情にまどわされて贋物《にせもの》をつかまされるような誤ちをおかしてはならない。

二　顔に価値規準などというものはない。あるのは快と不快だけであり、選択の規準はあくまでも好みの洗練によってつちかわれなければならない。

案のじょうだ。黒であると同時に、白でもあるという、こんな忠告だったら、むしろ無いほうがましである。しかも、読みくらべているうちに、そのどちらもが、同じように正当性があるような気がしてくるのだから、事態はますます紛糾の度を深める一方だった。ついには、あれこれの顔が存在することを考えただけでも、胸が悪くなるほどで、なぜあのとき、いっそ計画の中止に踏み切ってしまわなかったかと、いまだに首を傾《かし》げずにはいられないのである。

再び肖像画について——古生物学者からは、軽く一笑に付されてしまったが、やはりこだわらずにはいられない。美術的にはともかくとして、肖像という概念には、なお問うに価《あたい》する哲学があるように思うのだ。

たとえば、肖像が普遍的な表現として成り立つためには、まずその前提として、人間の表情に普遍性が認められなければならないだろう。つまり、同じ表情の向うには、かならず同じ風景が見えているはずだと、大多数の人間が共通して思い込むことが必要なわけである。その信念を支えるものは、むろん、顔とその心が一定の相関性をもっているという、経験的な認識にほかなるまい。もっとも、経験がつねに真実であるという保証は、どこにもない。さりとて、経験がつねに嘘《うそ》のかたまりだという断定も、同様に不可能なのだ。むしろ、手垢《てあか》にまみれた経験であればあるほど、つねに何割かの真実を含んでいると考えるほうが、より妥当なのではあるまいか。……そのかぎりでは、客観的な価値規準の主張にも、いちがいに否定しがたいものがあるように思われる。

反面、その同じ肖像画が、時代とともにその性格を変え、顔と心の古典的な調和から、むしろ調和を欠いた個性の表現へと視点をうつして行き、ついにはピカソの八面相や、クレーの《偽りの顔》にまで、むざんに崩壊してしまったという事実も、無視することはできまい。

では、一体、どちらを信じればいいというのだろう?……私の個人的希望を言わせてもらえば、むろん、後者の立場である。犬の品評会じゃあるまいし、顔に客観的な規準をあたえるなどというのは、なんとしても幼稚すぎるように思うのだ。私だって、少年時代にならば、あんなふうになりたいという理想的人格を、ある特定の顔に結びつけて考えたりしたこともあった。

（欄外註——すなわち、高い自我粘性度による、高い他人志向性である。）

しぜん、ロマンチックで、反日常的な容貌《ようぼう》が、舌っ足らずのレンズをとおして、像を結ぶことになる。……しかし、何時《いつ》までもそんな夢にひたっているわけにはいかないのだ。どんな約束手形よりも、やはり現金が値打なのである。現に持っている顔で、払えるだけのものを払うしかないのである。男の化粧が、うとまれるのも、つまりは自分の素顔に責任をとらないことへの、反撥《はんぱつ》なのではあるまいか。（もっとも、女は……女の化粧は……思うに、現金が底をついてしまったせいでもあろうか……）

さて、いっこうに結論が出ないまま……風邪《かぜ》をひく直前のような、不安定な気持で……しかしこの悩みは、顔の表面にだけ関したものだったから、それ以外の箇所についての技術的処理は、おかまいなしに独走をつづけていたのである。

材料のつぎは、いよいよ、仮面の裏側の型取りだった。いくら勝手を許してもらっているといっても、まさか研究所の中で、そこまでするわけにはいかず、道具一式を家に搬《はこ》んで、書斎を仕事場にすることにした。（ああ、おまえはぼくの仕事熱心ぶりを、顔の傷の埋め合わせだと思ったらしく、涙ぐまんばかりにして、手を貸そうとしてくれたっけ。たしかに、埋め合わせにはちがいなかったが、しかしおまえが考えているような、熱心さではなかったのだ。ぼくは書斎のドアを閉めきり、錠までかって、夜食を搬んでくれようとするおまえの優しささえ、閉め出してしまったのだった。）

その閉めきったドアの中で、ぼくが熱中していた仕事というのは、こんなことだったのである。

まず顔がすっぽり入るくらいの洗面器を用意して、アルギン酸のカリウム塩と、石膏《せっこう》と、燐酸《りんさん》ソーダと、シリコンの混合液を流しこみ、すべての表情筋の緊張を完全にぬいた状態で、すばやくその中に顔をつける。三分から五分で、溶液が、ゴム状のアルギン酸カルシウムに変化する。その間、まさか息をとめておくわけにはいかないので、細いゴム管をくわえて、洗面器の外に出しておくようにした。しかし、何分間ものあいだ、露出しっぱなしのカメラの前で、じっと表情を固定しておかなければならなくなった場合のことを、想像してもらいたい。けっこう骨の折れることなのだ。鼻がむず痒《がゆ》くなったり、眼《め》の下を痙攣《けいれん》が走ったり、さんざん失敗を繰返したあげく、なんとか得心のいくものを取ることができたのは、始めてからやっと四日目のことだった。

それが終ると、次は、その内側に、ニッケルの真空鍍金《めっき》をする作業である。これはさすがに、家では出来ないので、こっそり研究所に持ち込み、なんとか人目を盗んでやり上げてしまった。

それからいよいよ、最後の仕上げである。その夜、おまえが寝つくのを見とどけてから、携帯用のプロパンガスに、アンチモニイと鉛の合金をいれた鉄鍋《てつなべ》をかけた。融《と》けたアンチモニイは、牛乳をいれすぎたココアのような色をしていた。鍍金をしたアルギン酸の型のくぼみに、そっと流しこんで行くと、白い蒸気の粒が、静かに湧上《わきあが》って渦《うず》をまいた。青い透明な煙が、呼吸のためのゴム管の穴から、つづいて型の周囲のいたるところから、威勢よく噴き出しはじめる。アルギン酸が焦《こ》げているのだろう。あまり臭《にお》いがひどいので、窓を開けると、凍りついた一月の風が、いきなりぼくの鼻を爪先《つまさき》ではじいた。固まったアンチモニイを、逆さにふって型から抜き、いぶりつづけているアルギン酸の台を、洗面器の水にほうりこんで消した。鈍い光をたたえた、銀白色の蛭《ひる》の巣が、ぼくの肉色の蛭の巣を、まじまじと机の上から見返していた。

だが、すぐには、それがぼくの顔であるとは、どうしても信じることが出来なかったのだ。違う……違いすぎる……これが、いつも鏡をとおして、嫌《いや》になるほどなじんでいたあの蛭の巣だとは、なんとしても思えない……もっとも、このアンチモニイ製の顔型と、鏡に映った自分とでは、左右がちょうど逆になっているわけだから、ある程度の違和感はやむをえないことかもしれないが……それにしても、その程度の相違なら、写真をとおしてすでに何度も経験ずみのことだし、あらためて持出すほどのことではないだろう。

と、すると、色彩の問題だろうか？　図書館で見つけた、アンリ・ブランというフランスの医者が書いた『顔』という本によると、顔の色と、表情のあいだには、想像以上に密接な関係があるようだ。たとえば、同じ石膏のデスマスクが、彩色の加減一つで、男になったり、女になったりしたというのである。また、女に変装していた男が、白黒の写真に撮られたおかげで、あっさり正体を見破られてしまったというような例も示されていた。そう思って見ると、たしかに、そんな気もしないではない。このアンチモニイの顔型の、光にすかして見なければよく分らない程度の、微妙な隆起……この程度だったら、なにも仮面だなんだと騒ぎ立てるほどのこともなさそうな、かすかな凹凸《おうとつ》……一瞬ぼくは、幻影におびえ、独り相撲《ひとりずもう》をとっていたのではないかと思ったほどである。しかし、この金属製の蛭の巣だって、赤味をおびた肉の色に染められてしまえば、けっこう一人前の醜怪さを発揮してみせるのかもしれない……たぶん、そうなのだろう……まったく人間が、金属製でなかったというのは、つくづくと残念なことだった……

　だが、彩色がそれほど重要なことだとすると、最後の肉づけの際の着色は、よくよく慎重にやらなければならないことになる。ぼくは、盲人が感触をたのしむような気分で、まだぬくもりが残っているアンチモニイの顔型の表面を、いたわるようにさすってやりながら、一つの作業の仕上りが、すぐつづいて別の難問を用意することになる、この仮面製作のけわしさに、つくづくと感じ入っていたものだ。まったく、とんだ挑戦《ちょうせん》を企てたものである。仕事の量や、つかった時間のことだけから言えば、もうかなりのところまで来ていてもいいはずだのに、考えてみれば、肝心の顔型の選択でさえ、まだほとんど手つかずのままなのだ。その上、さらに、着色というあらたな難関までが加えられた。こんなことで、はたして何時《いつ》か、他人の顔の中でぼくが再生するという、そんな夢が実現されるときが来るものだろうか……

　いや、かならずしも、悪いしるしばかりというわけでもなかったのだ。こんな、わずか数ミリの余分な隆起物のために、まるで皮膚病やみの野良犬《のらいぬ》みたいに追い立てられなければならない、顔のもつ不合理な役割のことなどを、合金の蛭の巣の襞《ひだ》の間をぬって思いめぐらしているうちに、とつぜん霧が晴れたように、ぼくは重大な敵の急所を発見していたのである。

この金属製の蛭の巣は、それ自身としてはむろん、仮面の裏側をつくるための、陰画的な存在でしかありえない。言ってみれば、仮面によって覆《おお》われ、打ち消されるべき、否定的な存在なのだ。だが、それだけだろうか？……たしかに、否定的存在にはちがいないが、しかし、これを土台にしなければ、打ち消すほうの仮面だって、同様に存在不可能なのである……つまり、この合金の台は、仮面が抹殺《まっさつ》すべき目標であると同時に、仮面を形成するための出発点でもあるわけだ。

もうすこし具体的に考えてみよう。たとえば、眼の部分について言えば、位置も、形も、大きさも変更なしに、そのままを利用するしかないわけである。あえて手を加えるとすれば、眼の位置を境界線にして、上部の額だけをせり出させるか、反対に下半分だけを出張《でっぱ》らせるか、さもなければ、全体を突出させて眼を金壺眼《かなつぼまなこ》にしてしまうかの、いずれかしかありえない。同じようなことが、鼻についても、口についても、言えるわけで、顔型の選択は、どうやらこれまで考えていたような、曖昧《あいまい》なものではないらしいのだ。制約といえば、制約かもしれないが、何んでも百円式の、いいかげんな自由さにくらべると、この方がはるかにぼくの性分にも合っていた。とにかく、これなら、すべきことの目安もつく。たとえ、試行錯誤的なまわり道を重ねることになるにしても、まず実際に肉づけをこころみて、どんなタイプが可能であるかを、実物に即しながら検討していけばよい。たしかに、ぼくに似合いのやり方である。(科学者というよりも、むしろ単なる技術者にすぎないという、同僚たちのぼくに対する非難も、まんざら当っていなくもなさそうだ。)

ぼくは、その合金の台の上に、あらゆる角度から指をあてがい、両手をかざし、覆ってみたり、かげらせてみたりしながら、いつか夢中になってしまっていたものだ。なんとも微妙なものである……指一本分の狂いで、兄弟や、従兄弟《いとこ》以上の、他人に変ってしまう……手のひら一枚の変形では、もう見知らぬ赤の他人だ……この仮面づくりにかかって以来、ぼくがこれほど積極的な気持になれたのは、おそらくこれが始めてだったのではあるまいか。

……そう、たしかにあの夜の経験は、この出来事全体のなかでも、かなり重要な峠の一つであったと言えそうだ。さほど険《けわ》しくもないし、また聳《そび》え立つというほどでもなかったが、しかし水源地の水に一定の方向をあたえ、やがて川の流れに導きこむくらいの影響力はもった、大事な地形上の一地点ではあったと思うのだ。すくなくも、これがきっかけで、それまではまるっきりの平行線にすぎなかった、顔の選択の規準と、技術的処理の問題とのあいだに、不確かながら、水路らしいものが開けたことは事実なのだから。つまり、アンチモニイの顔型は、べつに方法上の見通しなど持たなくとも、具体的な作業を積み重ねていきさえすれば、いずれ可能性がひらけるものだという、じつに心強いはげましになってくれたのである。

そこでぼくは、翌朝からさっそく粘土を買いこみ、肉づけの練習をはじめることにした。目標は決らなくても、ともかく手探りで、さぐっていこうというわけだ。表情筋の解剖図を参照しながら、粘土の薄片を一枚一枚、たんねんに積み重ねていく作業は、まるで一人の人間の誕生に内側から立ち合っているような、劇的な緊張があったし、それに、なんともつかみどころが無かった選択の規準さえ、ゼラチンが冷えて固まっていくような感じで、しだいに手ざわりのあるものに、形をととのえて行くようだった……ちょうど、寝椅子《ねいす》に坐《すわ》って犯人当てをする、天才型の探偵《たんてい》もあれば、こつこつ足で歩いて証拠固めをする、凡才型の探偵もあるように、やはりぼくには、手を動かしているのが何より性に合っているらしいのだ。

まえにもちょっと触れた、アンリ・ブランの『顔』という本に、あらためて関心を抱《いだ》きはじめたのも、ちょうどこの頃《ころ》だった。以前目にしたときは、そのもっともらしい分析を、いかにも学者らしい分類癖くらいにしか受け取れず、こちらは具体的な実行をせまられていただけに、そんな解説がなんの役に立つかと、むしろ腹立たしい思いをさえ、させられたものである。ところが、顔の生い立ちを、じっさいに指先でたどってみるに及んで、ブラン氏の形態論に、単なる標本箱以上のものを、やっと見つけ出せたというわけだ。知っている土地の地図が、見知らぬ外国の地図とは、まるで違って見えるようなものだろう。

さて、そのブランの分類を要約すれば、おおむね次のようになる。

まず、鼻を中心にして、鼻と顎《あご》の先の距離を半径にした大円を描き、つぎに、鼻と唇《くちびる》の距離を半径にして小円を描く。その両者の関係によって、中心突起型と、中心陥没型とに二分し、さらにそのそれぞれを、骨質と脂肪質とに区別して、計四つの基本型を考える。

㈠ 中心陥没型、骨質――額、頰《ほお》、顎に、強い肉質の隆起。
㈡ 中心陥没型、脂肪質――額、頰、顎に、やわらかい脂肪質のふくらみ。
㈢ 中心突起型、骨質――鼻を中心に、鋭くとがった顔。
㈣ 中心突起型、脂肪質――鼻を中心に、やわらかく前面に隆起。

むろんこれだけで、すべてのタイプが言いつくされるわけではない。この四つの幹が、さらに相反する要素の合成や、部分的強調や、細部の陰影などによって、無数の小枝をくりひろげていくわけだ。しかし、ぼくとしては、そこまでの微妙さを気にする必要はなかった。いずれ、組織の一枚一枚を、下から積み重ねていくのだから、そう計算どおりにいくはずもない。基本さえ忘れなければ、あとは成行きに委《まか》せておけばいい。

ところで、上の四つの基本型を、いわゆる心理形態学的方法にてらしてみると、次のようなことになるらしい。はじめの二つは、内向型であり、あとの二つは、外向型である。また、奇数番のものは、外界に対して敵対、もしくは対抗的であり、逆に偶数番のものは、融和、ないしは調和的な傾向をもつ。この二つの分類の組合せによって、それぞれの型の特徴的性格が決定されることになる。

そして、この分類法の上に、同じブランの《表情係数》という考え方を重ね合せてみると、問題がいっそう実際的に整理されてくる。——《表情係数》というのは、三十あまりの表情筋のなかから、運動性の大きさの順に十九の運動点を選び出し、それぞれが、表情におよぼす影響を、量的にあらわしたものである。その算定方法がまた面白い。約一万二千のモデルの、笑いと困惑の表情を、連続撮影して、それを網目投影法によって地図のような等高線に分割しながら、各運動点の動きの平均値をとったのだそうである。その結論を要約すれば、次のとおりだ。表情係数の濃度は、小鼻から唇の端にかけての三角地帯がもっとも高く、次は口輪から頬骨にまたがる鞍状部《あんじょう》、それから眼瞼《がんけん》下部、眉間《みけん》という順に次第に薄くなり、額がもっとも稀薄《きはく》な場所になる。つまり表情の機能は、顔の下半分、それも唇の周辺に集中しているというわけだ。

以上は、部位による係数の分布だが、さらにこれが、皮下組織のつき具合によって、影響をうけ、修正されることになる。皮下組織の厚さに比例して、濃度が低下していく……ただし、係数が稀薄だということと、無表情ということは、かならずしも一致はしないらしい。濃度が高くても、無表情な場合がありうるし、濃度が低くて、表情が豊かという場合も充分にありうるのだ。つまり、濃度が高い無表情もあれば、濃度が低い無表情もあるということである。

（追記――こころみに、ブランの分類法を、ぼくらの顔に応用してみようか。まずおまえの顔。どちらかといえば、やはり中心突起型とみなしてもいいだろう。皮下組織は、やや脂肪質。すなわち、傾向としては、㈣の、鼻を中心に柔く前面に隆起という夕イプだ。心理形態学的には、外向的で、調和的ということになる。表情係数はいくぶん低目で、ためらいの少ない、安定した表情だ。

どうだろう、こうしてみると、なかなか的を射ているようにも思うのだが。そういえば、おまえは学生のころ、「菩薩《ぼさつ》」という綽名《あだな》で呼ばれていたとか言っていたっけ。はじめてそれを聞かされたとき、ぼくはいきなり笑い出してしまったものだが……一体なにがそんなにおかしかったのか……考えてみると、ぼくは菩薩か、あるいはおまえについて、何やらひどい思い違いをしていたらしいのだ。むろん、外見だけを言えば、おまえはどんな仏像とも似ても似つかない顔をしている。そんな枯淡の味など、薬にしたくても無い。むしろ、癖の強い、感覚的な顔立ちだと言ってもいいだろう。だが、いったん内側から見なおしてみると、ブランの分類が示しているように、なるほどおまえには菩薩の相がある。外向的で、調和的だということは、たとえば厚さ一メートルの生ゴムの壁のようなものだろう。無限にしなやかだが、しかし、決して傷つくことがない。仏像の相を、半眼微笑というのだそうだが、あれこそまさに無手勝流の相である。遠眼《とおめ》には、いかにも誘いかけるような微笑を浮べていながら、近づくにつれて、その微笑は霧のようなものに変り、ぼくの目をさえぎってしまうのだ。「菩薩」というおまえの綽名の発明者に、ここであらためて心からの敬意を表したい。

……嫌味《いやみ》に聞えただろうか？　もし、何処《どこ》かにそんな棘《とげ》がまじっていたとしたら、それはあくまでもぼくだけのせいで、おまえにはなんの責任もないことだ。他人の優しさが、ただ苦痛にしか感じられないような、そんな負い目もあるのである。

では次に、ぼくの顔は……いや、よそう……失《な》くなってしまった顔のことを、いまさら云々《うんぬん》してみても始まるまい。それより、たとえばサラカバ族のように、すでに分類のどの項目にも該当しないほど変形加工されてしまった顔の、内面については、一体どんなふうに考えたらいいのか、機会があったら一度ブラン氏のお説を拝聴してみたいものである。）

そして、期待にたがわず、ぼくの指先は、頭だけではとても辿《たど》り着けなかっただろう、一応の成果を、見事にあげて見せてくれたのだ。たしか十日ほどかけて、四つの基本型のそれぞれを、一と通り試してみた結果、そのうちの二つは失格ときまり、残る二つのうちから、どちらか一つを選べばいいというところまで、しぼられてきてくれたのである。

まず最初に失格したのは、「鼻を中心に、柔く前面に隆起」という、四番目の型だった。この型は、もっとも係数濃度が高い部分を、脂肪層でくるまれてしまっているので、それだけ安定度も高く、いちど出来上ってしまえば、それで通すしかないという、まことに融通のきかない顔なのだ。それだけに、最初から、出来上りをきっちり計算してかからなければならず、工作もそれ相応に面倒にちがいない。……心残りもあったが、一応見送ることにしたわけだ。(追記の追記――この報告のすぐ前に、あの追記では、さもいわくありげだが、誓って他意はないつもりだ。第一、本文と追記のあいだには、ほぼ三カ月近くものひらきがあるのだから……)

次は、「額、頰、顎に、強い肉質の隆起」という、一番目の中心陥没型。心理形態学的に言えば、つまり、内向的で、対立的で、しかも安定を欠いた表情ということになる。どうひいきめに見ても、せいぜい、一度も損をしたことがない高利貸といったところが落ちだろう。すくなくとも、誘惑者の仮面などといった柄《がら》ではない。そんな、まったく印象的な理由だけからだったが、なんとも気にくわなくて、中止することにしたわけである。

さて、こんなふうにして篩《ふるい》にかけられ、残った二つというのが――

「額、頰、顎に、やわらかい脂肪質のふくらみ」……心理形態学的に言いかえれば、内向的で、調和的、もしくは自制力のある内省型の顔。

「鼻を中心に、鋭くとがった顔」……心理形態学的に言いかえれば、外向的で、非調和的、もしくは行動力のある意志的な顔。

ぼくはすっかり、先が見えたような気持になっていた。同じ選ぶにしても、四つと、二つとでは、大変な違いがある。四は、単に二の二倍なのではなく、じつは六個の、比較のための対がふくまれているのである。つまり、六分の一の労力ですませられることになったということだ。それにこの二つは、かなり違いが目立つ、対照的な型だったし、まぎらわしくて判定に苦しむなどということは、まずありえない。これまでどおりに、とにかく肉づけのテストを重ねていきさえすれば、いずれは目的の顔にたどり着くはずである。

この二つの型の比較検討に、しばらくは我を忘れて熱中したものだ。しかし、土台になる顔型が一つきりなので、そのたびに毀《こわ》しては創《つく》りなおさなければならないのが、なんとも不便だった。思いついて、ポラロイド・カメラを買込んだ。シャッターを切ると、すぐにその場で現像のできるやつだ。時をおかずに、並べて比較できるばかりでなく、製作過程までを、刻々に記録し保存していけるという便利さがあった。

そう、あのころぼくの心臓は、羽化《うか》しかけているさなぎの予感に、はじめて触れて、まるで蟬《せみ》のように鳴きつづけていたようだ。いずれまた、行き詰りが来るかもしれぬなどとは、思ってみもせずに……

ある日、南の風に空がけむり、つけっぱなしの暖房が、暑くるしく感じられるようなことがあった。暦を見ると、もう二月も半ばを過ぎている。さすがにぼくもうろたえた。出来れば、寒いあいだに、完成させてしまいたかったのだ。ぼくの仮面は、質感や運動性の面でなら、ほぼ間違いのないところまで行っているつもりだったが、通気性の処理までは、やはり手がまわりかねたのだ。汗をかく季節になっては、いろいろと具合が悪い。固定もしにくいし、生理的にも弊害が予想される。……だが、S荘に隠れ家を見つけた、書き出しの部分に辿《たど》り着くまでには、それからさらに、三月もの廻《まわ》り道をしなければならなかったのである。

いったい何が理由で、そんな廻り道をしなければならなかったのだろう。一見したところ、仕事はいかにも順調にすすんでいた。ぼくは二つの型のそれぞれを、空で描けるまでに習熟してしまい、どちらかの型に属する顔を見れば、ただちに要素に分解して、想像のなかで修正してやれるほどまでになっていた。さあ、材料は出そろったのだから、どちらでも好きな方を選べばいい。だが、いくら二つに一つでも、規準が与えられなければ、やはり選ぶわけにはいかないのだ。いくら赤か、白か、とせめられても、それが切符の色であるのか、旗の色であるのかも分らないのでは、選びようもないわけである。ああ、またもや規準ごっこ！　やはり足で歩いただけでは、解けない謎《なぞ》もあるということなのか。むろん、以前と今とでは、規準の意味がちがってきている。しかし、選ぶ対象がはっきりしているだけに、苛立《いらだ》たしさもまた一としおなのだった。調和型には、調和型のよさがあり、非調和型には、またそのよさがある。ここに価値判断を持込んだりする余地はない。知れば知るほど、ぼくはその両者に、ほとんど差別しがたい興味と関心を抱《いだ》きはじめていたものだ。追いつめられて、捨鉢《すてばち》になり、いっそサイコロで決めてしまおうかと思ったことさえ何度かあった。だが、顔に、わずかでも形而上《けいじじょう》の意味があるかぎり、まさかそんな無責任なことは出来まい。これまでの検討の結果だけからしても、容貌《ようぼう》が、心理や性格と、多少の相関性をもっていることは、いやでも認めざるをえないようである。

……だが、蛭《ひる》にくい荒され、空洞《くうどう》になってしまった自分の顔の残骸《ざんがい》を思い出したとたん、顔のどんな意味も一切よせつけまいとして、たちまちぼくはびしょ濡《ぬ》れの犬みたいに、激しく身震いをしてしまうのだった。——心理や性格が、一体なんだと言うのだ！　ぼくの研究所での仕事に、そんなものが、何時《いつ》かなにかの役に立ったことがあっただろうか。どんな性格の人間が考えようが、一プラス一が二であることに、変りはないのである。顔がその人間を秤《はか》る尺度になるような、ごく特殊な場合……たとえば、俳優、外交員、接客業、秘書、詐欺師《さぎし》……といった職業についてでもいないかぎり、性格などに、木の葉のギザギザ以上の、どんな意味もありうるはずがない！

そこで、思い切って、十円玉を投げてみることにする。しかし、あまり何度も投げすぎたので、裏表平均すれば、けっきょくまた同数になってしまうだけのことだった。

ただ、幸か不幸か、顔型の結論を出さずに出来る仕事が、まだ一つだけ残されていたのである。仕上げに使う、顔の表面を手に入れる仕事だ。これは性質上、二度と接触の可能性のない、赤の他人から買い取るしかなく、心理的にもはなはだ負担の大きなことだったから、よほど追いつめられた状況でもなければ、なかなか腰を上げる気にはなれなかったにちがいない。その点、すこぶるおあつらえ向きだったわけである。

もっとも、この仕事をやり終えたとたん、のっぴきならない最後通牒《つうちょう》をつきつけられることは、重々承知のことだったが、しかし、毒をもって毒を制するの譬《たと》えどおり、二つの毒が相殺《そうさい》し合って、ぼくは束《つか》の間《ま》の平穏を手にすることが出来たのだ。三月に入って、最初の日曜日、型取りの道具一式を鞄《かばん》につめ、朝から電車に乗って、いよいよ街に出掛けることにした。

郊外行の電車は、かなりの混《こ》みようだったが、上りのほうは、まだ比較的すいていた。それでも、何ヵ月ぶりかの人ごみは、やはりかなりの苦痛だった。一応の覚悟はして来たつもりだったが、ドアのわきに外を向いてつっ立ったまま、車内を振向いて見ることとさえ出来ない始末なのだ。そればかりか、むし暑いほど暖房がきいているというのに、立てた外套《がいとう》の襟《えり》に耳まですっぽりと埋めてしまったきり、われながら滑稽《こっけい》だとは思いながらも、死んだふりをしている虫みたいに身じろぎ一つ出来なくなってしまっているのである。こんなことで、見知らぬ他人に声をかけたり出来るものだろうか。電車が停《と》まるたびごとに、ドアの金具をにぎりしめて、引返しそうになる弱気と闘《たたか》わなければならなかった。

それにしても、一体なにをそれほど、恐《こわ》がらなければならないというのだろう？べつに、誰《だれ》から咎《とが》められたというわけでもないのに、まるで罪人になったみたいに、あらぬ疚《やま》しさにすくみ返ってしまっている。もし表情が、人格にとってそれほどかけがえのないものだとしたら、電話でしか口をきいたことのない相手には、人格が認められないとでもいうのだろうか？　闇《やみ》のなかでは、すべての人間が、互いに怖《おそ》れ、疑い、敵視し合うしかないとでもいうのだろうか？　馬鹿気《ばかげ》ている。けっきょく顔なんてものは、眼《め》と、口と、鼻と、耳があって、それぞれの機能が不自由なく働いていてくれさえすれば、それで沢山なのだ！　他人に見せるためのものではなくて、自分自身のためのものであるはずだ！（いや、そんなことを気にしているわけじゃない……と、もう一人のぼくが、気まずそうに言いわけをしはじめる……ただ、表情のない顔をわざわざ見せて、用もない他人をまごつかせることもないと思って、遠慮しているだけのことなのさ……）しかし、本当にそれだけだったろうか。ぼくのサングラスは、普通より濃いめの特別あつらえで、誰もぼくの視線を感じてとまどったりする気づかいなど、少しもなかったはずなのだが……

電車がカーブして、ぼくの立っている側が西に面するようになったので、ドアのガラスに、後ろの席にいた子供づれの家族が映し出された。なにかの車内広告——あとで、風呂《ふろ》桶《おけ》の月賦《げっぷ》広告であることが分った——を指しながら、熱心に喋《しゃべ》り合っている若い両親の間で、その五歳ばかりの男の子は、紺のリボンがついた羅紗《ラシャ》地の帽子のつばの下から、いまにもおっこちそうな目つきで、じっとぼくに眺《なが》め入っているのだ。

驚異、不安、怖れ、発見、疑惑、ためらい、陶酔……と、好奇心のすべてを、そのちっぽけな瞼《まぶた》の下に詰めこみ、ほとんど無我の境地におちいっているらしい。ぼくはしだいに冷静さを失いはじめていた。黙ってたしなめようともしない親たちも親たちだと思う。いきなり振向いてやると、さすがに子供はぎくりと母親の袖《そで》にしがみつき、親のほうでも、肘《ひじ》で小突いて、子供の不用意を叱《しか》りつけるのだった。

……黙ってその親子のまえに立ちはだかり、困惑を尻目《しりめ》に、眼鏡を外《はず》し、マスクをとり、繃帯《ほうたい》を解いて見せてやったらどうだろう。困惑が狼狽《ろうばい》に変り、さらに哀願に変っていく。それでもかまわずに解きつづける。効果を高めるためには、最後を一気にむしり取る。繃帯の上縁に指をかけ、一気に下にずりおろす。だが、現われた顔は、それまでのぼくの顔とは、もうまったくの別物だ。いや、ぼくの顔と違っているだけでなく、すでに人間の顔とさえ、すっかり違ったものになっていることだろう。青銅色か、黄金色、さもなければ透き通った蠟《ろう》の純白さが似合いそうだ。だが、相手には、それ以上をたしかめる余裕はない。神か、あるいは悪魔のようだと、ちらとかすめた印象をまとめる暇もなく、親子三人そろって、石か、鉛か、それとも昆虫《こんちゅう》のようなものに変貌《へんぼう》してしまうのだ。ついでに、のぞき見した他の乗客たちも、道連れにして……

ふと車内が大きくざわめき、我に返った。目的の駅に着いているのだった。追われるようにしてホームに降りながら、ぼくは萎《な》えるような疲労を感じていた。ホームの端にベンチがあった。ぼくが掛けると、敬遠されたのか、誰も一緒に掛けようとする者はなく、ぼくだけの貸切になってしまった。渦巻《うずま》く乗降客の流れをぼんやり眺めながら、悔恨のあまり、ぼくは泣き出したいような気持になっていた。

いささか、事態を甘く考えすぎていたようである。こんな冷酷で我儘《わがまま》な群集のなかに、ぼくに顔を売ってくれそうなお人好《ひとよ》しが、はたしているものだろうか？　まず見込みはなさそうだ。仮に、誰か一人を選んで声をかけたとしても、たぶんホームの全員が、非難がましく、いっせいにぼくを振向いてにらみつけるにちがいない。ホームの屋根を飾っている大時計……すべての人間に共通の時……それにしても、顔を持っている連中の、あの屈託のなさは、何《ど》ういうことなのだろう？……顔を持っているということが、なにかそれほど重大な資格になりうるのだろうか？……見られることが、見る権利の代償だとでもいうのだろうか？……いや、なによりもいけないことは、ぼくの運命が、あまりにも特殊で、個人的すぎることだったのだ。飢えや、失恋や、失業や、病気や、破産や、天災や、犯罪の露見などとはちがって、ぼくの苦しみには、他人と共有しあえる要素が、まったく欠けている。ぼくの不幸は、あくまでもぼくだけに限ったことで、他人と共通の話題には、絶対になりえない。だから、誰でも、すこしの疚《やま》しさも感じずに、ぼくを無視してしまうことが出来るわけである。そして、その無視に、抗議することさえ許されていないのだ。……あるいは、あのとき、ぼくは怪物になりかけていたのではあるまいか。鋭い爪《つめ》をたて、電気鋸《のこぎり》のような寒さをふりまきながら、ぼくの背骨をよじのぼって来ていた奴《やつ》が、怪物の心だったのではあるまいか。きっとそうだ。あのときぼくは怪物になりかけていたに相違ない。僧服が僧侶《そうりょ》をつくり、制服が兵士をつくると、カーライルは言っているそうだが、怪物の心も、たぶん怪物の顔によってつくられるのだ。怪物の顔が、孤独を呼び、その孤独が、怪物の心をつくり出す。もしも、あのこごえるような孤独が、あともうちょっぴりでも、温度を下げるようなことがあったとしたら、ぼくを世間につなぎとめていた、あらゆるきずなが音をたてて砕け、ぼくはなりふり構わぬ怪物になりきっていたことだろう。ぼくが怪物になったら、いったいどんな種類の怪物になって、どんな事をしでかすのか。なってみなければ分らぬことではあったが、想像するだけでも、吠《ほ》えたくなるほどの恐ろしさだった。

(欄外註《ちゅう》――フランケンシュタインの怪物のことを書いた小説は面白い。ふつう、怪物が皿《さら》を割れば、それは怪物の破壊本能のせいにされがちなものだが、この作者は逆に、その皿に割れやすい性質があったためだと解釈しているのである。怪物としては、ただ孤独を埋めようと望んだだけだったのに、犠牲者の脆《もろ》さが、やむなく彼を加害者に仕立て上げたというわけだ。そうなると、この世に、割れるもの、砕けるもの、焼けるもの、血を流すもの、息絶えるもの……そうしたあらゆる犯されるものが存在するかぎり、怪物はそのすべてを、際限もなく犯しつづけるしかないことになる。もともと怪物の行為に、発明などありっこなかったのだ。彼こそまさに、犠牲者たちの発明品にほかならなかったのだから……）

いや、口にこそ出さなかったが、ぼくはすでに吠えかけていたのだと思う。……助けてくれ！……そんな目つきで見るのはよしてくれ！……いつまでもそんな目つきをされていると、本当に怪物になってしまうじゃないか！……それから、ついにいたたまれず、洞穴《ほらあな》めざして逃げ込んで行くけもののように、人間の密林をかきわけながら、ぼくはすぐ近くの映画館——怪物にとっては、唯一《ゆいいつ》の安息の地である、「暗黒」の売り場——に、必死の思いで駈《か》け込んでいったものである。

どんな映画をやっていたかは、よく憶《おぼ》えていない。二階の隅《すみ》に席をとり、ぼくはぬくもりをおびた人工の闇を、襟巻《えりまき》のようにしっかり掻《か》き合わせていた。やがて、穴を見つけた土竜《もぐら》のように、徐々に落着きをとりもどしはじめる。映画館は、長い無限につづくトンネルのようだった。そこでぼくは、座席を疾走する乗物なのだと想像する。ぼくは闇を切り裂き、疾駆しつづけた。これだけのスピードで飛んで行けば、どんな世間だって、あとを追えまい。ぼくは奴等《やつら》をおいてきぼりにしてやるのだ。永遠の夜の世界に、先まわりしてしまってやるのだ。そして、星の光と、夜光虫と、露の雫《しずく》しかない国の王を名乗ろう……。そんな、子供の落書のような空想を、ぼくはまるで盗み食いでもするみたいに、こっそり味わいたのしんでいたのである。いくらちっぽけな闇の一角だからといって、それを嘲弄《ちょうろう》したりしてはいけない。宇宙的規模で考えれば、闇こそ、現実世界の大部分を占める要素なのだから……

ふと、前の列の座席が、不自然な振動をしはじめた。すぐ斜め前の闇の中から、鼻にかかった女の含み笑いが聞えてきた。しっ、と男が制して、振動が止《や》んだ。客はまばらだったし、音楽がありったけの音量で場内をふるわせつづけている最中だったから、たぶん他に気付いた者はいなかっただろう。人ごとながら、胸をなでおろす。そのくせぼくは、そのあたりにじっと目をこらし、どうしても目を離すことができないのだった。画面が明るくなって、二人の陰影がくっきりと浮び出た。女は白いモヘヤの外套の襟から、子供っぽく内巻にした細い襟足を後ろにそらせ、その肩のあたりに、男の頭が俯《うつむ》きかげんに重なっている。しかも、二人いっしょに胸から下を、男物の黒い外套ですっぽりくるんでしまっているのだった。その下で、二人はいったいどんな具合に組合わされているのだろう？

目立っているのは、やはり女の白いうなじのあたりだった。その白い部分は、同じく白い外套の襟のなかに、しだいに沈み込んでいくようでもあり、また反対に、浮び上ってくるようでもある。実際に、女が上下に揺れているのかもしれなかったし、逆に私の眼のほうが、焦点を決めかね、ふらついているのかもしれなかった。しかし、男のほうは、もっと不確かだった。女の前をのぞきこむような頭の位置……よりそった左の腕は、女の腋《わき》の下にまわすことも出来れば、尻《しり》の下にくぐらせることも出来るだろう……空いている右肩は、ぐっと内側にまきこまれ、これは何をしようとまったくの自由である。私はその右肩に、眼から汗を流さんばかりにして、視線をこらしてみた。だがこれはもう、黒板に描いた墨絵も同じことである。その肩がうねっているように見えれば、それはぼくがそうしたいと願ったからであり、律動しているように見えたとすれば、そう願ったからにほかならない。けっきょくぼくは、自分で自分の熱中ぶりに熱中していたようなものだった。

とつぜん女が、大声をあげて笑いだした。ぼくは、平手打をくったように、身をすくめ、その唐突な笑いが、自分の責任であるかのような錯覚にとらわれていた。だが、実際に笑ったのは、その女ではなく、スクリーンの後ろの拡声器だったのだ。まるでしめし合わせでもしたように、スクリーンの上でも、やはり肉の沸騰《ふっとう》が演じられていたのである。

白い女の喉《のど》が、画面いっぱいに大写しになっていた。苦痛を訴えるように、激しく首を左右にふりながら、しだいに画面からずれて行き、やがて焼きたての腸詰のような唇《くちびる》があらわれると、その唇は、規定量をはるかに超えた笑いのために、思いっきりねじ曲げられるのだった。それから、ひしゃげたゴムホースを輪切にしたような鼻の穴が……つづいて、皺《しわ》の束にまぎれ込んでしまいそうなほど、固く閉ざされた上下の瞼《まぶた》が……そして笑いは、うろたえた野鳥のはばたきのような息遣《いきづか》いに変っていく……

ぼくは不愉快になってきた。なんだってこんな処《ところ》にまで、顔がのさばり出て来る必要があったのか？　映画というやつは、もともと闇のなかだけでの見世物だったはずである。覗《のぞ》く者に、顔がないのだから、覗かれる方にだって、顔など無用のはずだと思うのだが……

だが、現実には、着物までならいくらでも剝《は》ぎ取ってみせるくせに、顔まで剝いでみせようという俳優は、一人だっていはしない。それどころか、顔を中心に円を描くことを、演技だと心得ているらしい様子さえある。せっかく観客を暗闇のなかに誘いこんでおきながら、これではまるで、詐欺《さぎ》も同然ではないか。……それとも、覗きは恥ずべきことだが、その真似事《まねごと》なら健全だとでも言うつもりなのか？　おかしな気取や偽善は、ほどほどにしてもらいたい！　（顔をなくした片輪者が、こんな自己主張をするのは、滑稽《こっけい》だろうか？　しかし、光の意味を一番よく知っているのは、電気屋でも、画家でも、写真家でもなく、成人してから失明した盲人なのだそうである。豊饒《ほうじょう》には豊饒の智慧《ちえ》があるように、欠如にも欠如の智慧があるはずだ。）

助けを求めるように、前の二人に、視線を戻《もど》してみた。今度は、二人とも、まるでひっそり、身じろぎ一つ見せないのだ。どうしたというのだろう？　すると、あの肉の沸騰も、けっきょくはぼくの妄想《もうそう》にすぎなかったのか？　繃帯の隙間《すきま》を、ねばねばした汗が、虫のように這《は》いずりはじめる。暖房のききすぎばかりではなかったようだ。なにか、辛子《からし》のようなものが、ひりひり全身の毛穴を刺していた。（まやかしは、この闇ではなくて、あんがいぼくの顔の方だったのかもしれない！）もしも、この瞬間に、とつぜん場内の明りが点《つ》けられたら……ぼくはそれこそ、闖入者《ちんにゅうしゃ》として、観客たちから、いっせいに非難と嘲笑をあびせられるにちがいない……

観念の臍《ほぞ》をかためて、いさぎよく外に出ることにした。だがこの避難が、まったくの無駄《むだ》におわったとは言いきれない。ぼくは前よりも多少、挑戦《ちょうせん》的な気持になり、とりもなおさず、その分だけ、世間とのよりを戻したことにもなっていたわけだから。

そろそろ午前も終りに近づいていた。駅前の通りは、さすがに休日の盛り場らしく、ほとんど人の流れに絶え間がなかった。その流れにまぎれ、蠅《はえ》のような視線にあらがいながら、小一時間ばかりも、とにかくただ歩きつづけた。歩く、ということには、たしかにある種の精神的な効果が認められた。たとえば、軍隊の行軍にしても、二列、もしくは四列縦隊という隊形の型枠《かたわく》に流し込まれ、兵隊たちは、ただその隊形を支えるための、二本の足だけの存在になってしまうのだ。顔も心も失ってしまった、索漠《さくばく》とした荒廃感と同時に、その果てしもない歩行の反覆には、無心な安らぎがあったように思う。じっさい、長い行軍の途中に、勃起《ぼっき》を経験する者さえ、けっして珍しくはなかったのである。

だが、いつまでもただ蠅を追っているだけでは、どうにもなるものではない。むしろ、こちらから、青蠅の目になって、人ごみのなかを貪婪《どんらん》に飛びまわってやらなければならないのだ。そして、その中から、誰か顔の表面を売ってくれそうな人間を探し出さなければならない。性別は男……なるべく特徴のない、平均的な皮膚の持主……あとで伸縮は自在だから、目鼻立ちや、面積などは問わない……年齢は三十歳から四十歳……もっとも、金でそんな注文に応じてくれる四十男では、肌《はだ》も相当に傷《いた》んで、使いものにならない可能性があるから、実際問題としては、三十歳前後ということになるだろう……

なんとか気を取りなおそうとするのだが、その努力も切れかかった電球のように息づいて、なかなか緊張を持続させることは難かしかった。それに道行く人々は、互いに他人であるはずだのに、まるで有機化合物のように、しっかり鎖をつくって、割り込む隙《すき》など何処《どこ》にもない。検定済みの顔を持っているというだけのことが、そうも強い靭帯《じんたい》になりうるのだろうか。おまけに、着ているものまでも、どこかで互いに符牒《ふちょう》を合わせあっている。流行と呼ばれる、大量生産された今日の符牒だ。そいつはいったい、制服の否定なのか、それも、新しい制服の一種にすぎないのか。絶え間ない変化という点では、制服の否定だろうが、しかしその否定が、集団的に行われるという点では、やはりきわめて制服的であるように思われる。おそらくそれが、今日の心なのだろう。そして、その心のせいで、ぼくは異端の徒なのだった。その合成繊維でつくられた流行の一端は、たしかにぼくの研究に支えられたものだのに、顔のない人間には、心もないとでも思っているのか、彼等はぼくの仲間入りを許そうとさえしないのだ。ぼくは、歩いているだけでも、もうせいいっぱいなのだった。もし、この中の誰《だれ》かに、うかつに声をかけでもしようものなら、ぼくと周囲の関係は、たちまち濡《ぬ》れた障子紙のように、ぼそりと毟《むし》り取られてしまうにちがいない。ぼくは、人垣の中心に引き据《す》えられ、なんの斟酌《しんしゃく》も加えず、覆面の異形を問いつめられることになるだろう。駅前通りを端から端まで、六回以上も往復し、その間ぼくは、終始警告されつづけだったのである。いや、思いすごしなどではない。あれほどの混雑だったにもかかわらず、ぼくの行く先だけは、いつもぽっかり疫病《えきびょう》地帯のように隙間を空け、肩が触れ合うことさえ、一度もなかった始末なのだから。

まるで監獄の中だと思ったりした。監獄の中では、重苦しくせまってくる壁も、鉄《てつ》格子《ごうし》も、すべて研《と》ぎすまされた鏡になって、自分自身をうつしだすにちがいない。いかなる瞬間にも、自分から逃げ出せないというのが、幽閉の苦しみなのである。ぼくも、自分自身という袋の中に、厳重に閉じ込められて、さんざんもがきまわっていたものだ。焦《あせ》りが苛立《いらだ》ちに変り、苛立ちがさらに暗い怒りに変り、それからふと、デパートの大食堂に行ってみたらと思いついていた。そろそろ時間だったし、空腹のせいもあったかもしれない。だが、この思いつきには、はるかに挑戦《ちょうせん》的な意味がこめられていたのである。追いつめられた者の直観で、閉じ込められていた袋のほころびを、ぼくはまんまと探り当てていたのだった。

人間が孤独になり、一人きりになり、無防備になり、弱点をさらけだし、常になくつけこまれやすくなるのは、なんといってもまず睡眠と、排泄《はいせつ》、それから食事に熱中しているときなのではあるまいか。なかでもデパートの食堂は、とりわけ孤独なメニューがご自慢である。

エレベーターを降りたところは、なにか催し物の会場らしかった。食堂は、その真裏に当っているらしい。歩きだしたとたんに、正面から、いきなり《能面展》と大きな案内の文句が飛び込んできた。一瞬ぼくは、ぎくりと立ちすくみ、あわてて引き返しかけたが、むろん偶然にきまっている、そんなことをしたら、よけいにからかわれた事になるのだからと、すぐに思い返して、食堂に出る迂回路《うかいろ》はあったのだが、かまわずその会場に乗り込んで行ってしまっていた。

おそらく、食堂をねらおうという、思いつきで、気持にはずみがついていたせいもあるだろう。挑戦に先立つ、小手調べ、といったつもりもあったかもしれない。それにしても、覆面男の、能面見物というのは、なんとも尋常ならざる組合せだ。火の輪をぐるぐるくらいの、覚悟はしていたつもりである。

だが、幸運にも、せっかくの意気込みがひょうし抜けしてしまうほど、入場者はひどくまばらだった。おかげでぼくは、いやに神妙な気持になり、ともかくそれらしい態度で、会場を一巡してみることにした。しかしべつだん、何かを期待していたわけではない。名前は、同じ仮面でも、能面と、ぼくが求めているものとでは、あまりに異質すぎる。ぼくに必要なのは、蛭《ひる》の障害をとりのぞき、他人との通路を回復することなのに、能面のほうは、むしろ生に結びつくすべてを拒否しようとして、やっきになっているようでさえある。たとえば、会場を満たしている、このいかにも黴臭《かびくさ》い、一種末期的な空気がそのいい証拠だ。

むろん能面に、ある種の洗練された美があることくらい、ぼくにだって理解できないわけではなかった。美とは、おそらく、破壊されることを拒んでいる、その抵抗感の強さのことなのだろう。再現することの困難さが、美の度合の尺度なのである。だから、仮に大量生産が不可能だとしたら、薄い板ガラスこそ、この世でもっとも美しいものとして認められるに違いない。それにしても、不可解なのは、そんな偏狭な洗練のされかたを求めなければならなかった、その背景にあるもののことだ。仮面の要求は、ごく常識的に言って、生きた俳優の表情だけでは飽き足らなくなった、それ以上のものへの願望であったはずだ。だとすると、なんだってわざわざ表情を窒息させたりする必要があったのだろう？

ふと、一つの女面の前に足をとめていた。鉤型《かぎがた》に折れた、二つの壁面をつなぐ、中《なか》仕切《じきり》の正面に、特別の意匠をこらして飾りつけられた面だった。欄干《らんかん》をかたちどった、白塗りの木枠《きわく》のなかで、黒い布を背景に、その面はぼくの視線にこたえるように、いきなり顔を上げてみせたのだった。まるで待ち受けでもしていたように、顔いっぱいに、あふれるような微笑をひろげながら……

いや、むろん錯覚だった。動いているのは、面ではなく、面を照らしている照明のほうだった。木枠の裏に、いくつもの豆電球が並べて埋め込んであり、それが順に移動しながら点滅して、独特な効果をつくり出していたのである。実によく出来たからくりだ。だが、からくりであることが分ってしまっても、驚きはそのまま余韻をひいて残っていた。能面には、表情がないという素朴《そぼく》な先入観を、なんの抵抗もなくくぐり抜けて……

単に、意匠に工夫《くふう》がこらされているというばかりではなかったようだ。その面の出《で》来栄《きば》えも、ほかとくらべて、ひときわ目立っていたように思う。

ただ、その違いは、よく飲込めず、もどかしくてならなかった。しかし、もう一度会場を一巡して、その女面のところに引返してきたとき、急にレンズの焦点がぴったりと合って、その謎《なぞ》を解き明かしてくれたのだ。……そこにあるのは、顔ではなかった。顔をよそおってはいるが、実は、薄皮をはりつけた、ただの頭蓋骨《ずがいこつ》にしかすぎなかったのである。ほかにも老人の面などで、もっとはっきり骸骨《がいこつ》めいたものもあるにはあったが、一見、ふくよかに見えるその女面が、よく見ると、ほかのどれよりもはるかに頭蓋骨そのものだったのだ。眉間《みけん》や、額や、頬《ほお》や、下顎《したあご》などの、骨の継目が、解剖図を思わせるほどの正確さで浮彫りにされており、光の移動につれて、その骨の陰影が、表情になって浮び出る。……古い陶器の肌を思わせる、膠《にかわ》のにごり……その表面を被《おお》う、こまやかな亀裂《きれつ》の網目……風雨にさらされた流木の、白さと、ぬくもり……もともと、能面のおこりは、頭蓋骨だったのではあるまいか？

しかし、どの女面もが、そんなふうだったというわけではない。時代が下るにつれて、ただののっぺりとした、あの甘瓜《あまうり》の皮をむいたような顔に変ってしまうのだ。おそらく、創始期の作者たちの意図を読みちがえ、ただ肉づけとしてとらえたために、肝心の骨を見失い、単なる無表情の強調だけに終ってしまったのだろう。

それから突然、ぼくは恐るべき仮説のまえに引き立てられていた。初期の能面作者たちが、表情の限界を超えようとして、ついに頭蓋骨にまで辿《たど》り着かなければならなかったのは、一体どういう理由だったのか？　おそらく、単なる表情の抑制などではあるまい。日常的な表情からの脱出という点では、ほかの仮面の場合と、おなじことだったのだ。強《し》いて違いを探すとすれば、普通の仮面が正の方向への脱出をはかったのに対して、こちらは、負の方向を目指しているというくらいのことだろう。容《い》れようと思えば、どんな表情でも容れられるが、まだなんにも容れていない、空っぽの容器……相手に応じて、どんなふうにでも変貌《へんぼう》できる、鏡のなかの映像……

　もっとも、いくら洗練されているからといって、すでに蛭の巣などで、こってり肉づけされてしまっているぼくの顔を、いまさら頭蓋骨に引戻《ひきもど》したりするわけにはいかない。しかし、顔を空っぽの容器にしてしまった、その能面の思い切った行き方には、あらゆる顔、あらゆる表情、あらゆる仮面を通じて言える、基本原理のようなものがありはすまいか。自分がつくり出す顔ではなく、相手によってつくられる顔……自分で選んだ表情ではなく、相手によって選ばれた表情……そう、それが本当なのかもしれない……怪物だって、被造物なのだから、人間だって、被造物でいいわけだ……そして、その造物主は、表情という手紙に関するかぎり、差出人ではなくて、どうやら受取人の方らしいのである。

　ぼくが顔型を決めかねて、あれこれ思い惑っていたというのも、つまりはそういうことだったのではあるまいか……宛名《あてな》のない手紙では、いくら切手をはって出しても、返送されてくるだけのことである。……それなら、いいことがある、参考として撮《と》り溜《だ》めておいた顔型のアルバムを、誰かに見せて、選んでもらうことにしたら何《ど》うだろう……誰かって、誰に？……きまっているではないか、むろんおまえさ……おまえ以外に、ぼくの手紙の受取人などいようはずがない！

はじめは、遠慮勝ちに、ごく小さな発見のつもりだったのだが、やがてあたりの光が、徐々にその波長を変えはじめ、それにつれてぼくの心の中にも、しだいにこみ上げてくる笑いのような茜色《あかねいろ》がにじみ、ぼくはそのにじみを吹き消されまいとして、そっと両手でかこいながら、斜面をころげるような気持で会場を後にしていた。

そう、もしも実現してくれれば、これは決して小さな発見ではない。手続き上のことでは、いろいろと問題もありそうだったが……あるにきまっていたが……とにかくこれで、一切が解決してくれるかもしれないのである。ぼくはためらいも見せず、食堂に突進していた。《能面展》の会場とは対照的な、わずか二ページのメニューのなかに、あらゆる食欲の型をもらさず網羅《もうら》している大食堂にふさわしい熱気めざして、恐れ気もなく突き進んでいた。勇気のせいではない。先に希望が見えてきたことで、むしろ臆病《おくびょう》になっていたくらいだ。ぼくは、手紙と宛名の関係を、一刻も早く見きわめたさに、たぶん、耳をふさいで暗闇《くらやみ》を駈《か》けぬける、子供のような気分になっていたのだろう。

そして、そんなぼくの前に、たまたまあの男が立ちふさがっていたのである。男は未練がましく、見本の陳列棚《だな》を、いつまでも見やめようとせず、その寒々とした感じが、いかにもぼくが探していた人物にふさわしいのだ。年の頃《ころ》もいい加減である、顔に傷跡などがないのを確かめると、ぼくは即座に、その男に決めてしまっていた。

やっと決心した男が、食券売場で、ラーメンの券を買ったのにつづいて、ぼくもコーヒーとサンドイッチの券を注文した。それから、なにくわぬ顔で――いや、もともと、顔など持合わせていなかったのだが――男といっしょのテーブルに、黙って向い合わせに坐《すわ》りこんでやった。ほかに空席がなかったわけではないので、男はあからさまに不快の色を見せたが、口に出しては、べつになにも言わなかった。給仕の少女が、食券を切り、水を置いて行った。マスクをとって、タバコをくわえ、相手に気後《きおく》れの色が浮ぶのを見とどけてから、おもむろに切り出してやった。

「お気の毒ですね、お邪魔して……」

「いや、べつに。」

「しかし、あそこの子供は、あんなに夢中だったアイスクリームのことも忘れて、ぼくの顔に見呆《みほう》けている。もしかすると、君のことも、ぼくの相棒だと思っているかもしれませんよ。」

「じゃあ、他《ほか》の席に行っちまえよ！」

「そりゃ、そうしてもいい。だが、そのまえに、単刀直入に一つだけうかがって……君は一万円、ほしくないかな？……いらなきゃ、すぐ他の席に移りますけど。」

相手の表情に、気の毒なほど敏感な反応があらわれ、すかさずぼくは、網をたぐりはじめる。

「……べつに面倒な頼みがあるわけじゃない。危険なことは絶対にないし、大した手間はとらせずに、一万円は確実に君のものです。どうかな？　先の話を聞いてもらえるか、それとも、席を移すか……」

男は、黄色い歯を舌先でせせりながら、瞼《まぶた》の下を神経質にふるわせた。ブラン式に分類してみれば、中心陥没型で、やや肉質。つまり、ぼくが除外してしまった、非調和型の、内向性タイプである。しかし、こちらに必要なのは、肌の質だけだから、型がなんであろうと、問題はない。ただ、こういうタイプの人間に対しては、強く出ながら、しかも傷つけないように、よく気をくばっておく必要があるだろう。(追記――自分に対しては、顔を尺度にされることを、極力拒みながら、他人に対しては、けっこうその手を使っている。勝手と言えば勝手だが、しかしそんな扱いをしてもらえるということ自体、ぼくからみればずいぶん贅沢《ぜいたく》なことなのだ。持たない者ほど、とかく意地の悪い批評家になりがちなものである。)

「そう言われても……」と、ぼくの顔を見ないでもすませられるように、椅子《いす》の背に片肘《かたひじ》をまわし、上半身をねじって、子供たちに景品の風船をくばっている屋上への通路のへんを透かすように見ながら、「そりゃまあ、ものは相談でしょう……」

「安心しました。席を移すのはいいが、どうもここの女給仕たちは無愛想だからな。しかし、そのまえに、一つだけ約束しておいてほしいことがある。ぼくも、君の職業などについては何も尋ねないから、君もそういった質問は一切しないこと。」

「どうせ聞いていただくような職業じゃなし、それに、知らなきゃ、あとで誰《だれ》かに言い訳する手間もはぶけるわけだしね。」

「すんだ後は、お互いなにも見なかったことにして、忘れてしまってもらいたい。」

「いいでしょう。いずれ、思い出したくなるほどの話でもなさそうだから……」

「そいつはどうかな。現にいまだって、君はまともにはぼくの顔を見られずにいる。

つまり、それだけ気にしている証拠じゃないか。君はきっと、ぼくの繃帯《ほうたい》の下がどうなっているか、知りたくてうずうずしているんだ。」

「めっそうもない。」

「すると、恐《こわ》いのかな？」

「恐いなんてことはないですよ。」

「じゃあ、どうして、そんなふうにぼくを避けるんです？」

「どうしてって……そんなことにまで、いちいち返事をしなきゃならないんですか？……それとも、これも、一万円分の仕事のうちなのかな？」

「いやなら無理に答える必要はない。聞かなくても、いずれ答えは分っているんだ。ただ、すこしでも君の負担を軽くしてあげられればと思ってね……」

「それで、結局のところ、どうしろって言うんです？」

いらだたしげに男は、つぶれたタバコの箱を上衣《うわぎ》のポケットから取出しながら、ひらきなおったように下唇《したくちびる》をつき出した。しかしすぐに、口輪筋が浮んだ薄い頰《ほお》のあたりを、昆虫《こんちゅう》の腹のようにぴくぴく痙攣《けいれん》させはじめる。追いつめられた、被害者の表情である。だが、そんなことがあり得るだろうか。子供相手になら、その不安定な空想を刺戟《しげき》して、かなりの恐慌《きょうこう》におとしいれうることは経験的にも知っていたが、なにぶん相手はれっきとした大人なのだ。連中が、ぼくから目をそむけるのは、つねに優者の不快感だったはずである。それを知っていたからこそ、ぼくも一万円という餌《えさ》で、せいぜい疑似的な対等しか釣《つ》り上げようとはしていなかったのに……

「では、さっそく、用件に入りましょうか。」ぼくは注意深く、わざと不親切な言いまわしで、探りを入れてみる。「じつは、君のその顔をゆずってもらえまいかと思ってね……」

彼は答えるかわりに、深刻ぶった表情で、力いっぱいマッチをすった。すったマッチの軸《じく》が折れ、折れた軸が燃えながら、テーブルの上に飛んだ。あわてて吹き消し、爪先《つまさき》で床にはじいて、いまいましげに鼻を鳴らしながら、新しい軸に点《つ》けなおす。案のじょうだった。時間にすれば、ほんの数秒のことだったが、彼はその間ありったけの注意を集中し、「顔をゆずる」という言葉の意味を探り当てようとして、やっきになっていたのである。

たしかに、そのつもりになれば、幾通りもの解釈が可能だったろう。まず、殺人、恐喝《きょうかつ》、詐欺《さぎ》などの身替り役という、ごく世間的な解釈から始まり、じっさいの顔の売り買いという、しごく幻想的な場合に至るまで……。決して単なる臆測《おくそく》などではないつもりだ。もしも彼に、冷静な判断力が残されていたとしたら、一万円というごく現実的な条件のことを、さっそくにも思い出さなかったはずがない。一万円で買えるものなど、たかが知れている。考え込んだりするまでもなく、折り返しその意味を聞き返すのが、まず常識的だったのではあるまいか。彼がぼくの繃帯に圧倒され、夢の中で理屈責めにされているような、ぎごちない状態になっていたのは、ほぼ疑う余地のないことだった。どうやら、食堂をねらったぼくの勘に、狂いはなかったようである。……それに、なにより気に入ったのは、彼がぼくの繃帯の下にあるものよりも、むしろ繃帯そのものに、ちょうど陣地をとりまく鉄条網にさえぎられたみたいに、こだわってくれていたことだ。

そうと意識したとたんに、ぼくの内部では、手品使いの名人がさっとハンカチを一と振りしたような、おどろくべき変化がおきていたのである。見えない空中のくぼみから、ひょいと一匹の蝙蝠《こうもり》が飛び立つように、ぼくは容赦のない加害者に生れかわり、研《と》ぎ澄ました牙《きば》を相手の喉首《のどくび》に擬していたのだ。

「なに、顔といっても、ほんの皮だけでいいんだ。繃帯がわりにしたいと思ってね……」

男の表情は、ますます霧がかかったように、唇もせわしくタバコを吹かすだけで、本来の役目はいぜん忘れたままらしい。ぼくは最初、なるべく抵抗を避けるために、この男にだけは、ある程度真相を告げてもいいつもりでいたのだが、もうそんな必要もなさそうだ。繃帯の下で、ぼくは思わず、ひそかな苦笑を浮べてしまっていた。鬱《うっ》憤《ぷん》ばらしも、たまにはいい健康法である。

「いや、心配はご無用。べつに皮を剝《は》いでもらおうというわけじゃない。ぼくがほしいのは、ほんの肌《はだ》の表面だけなんだ。皺《しわ》だとか、汗腺《かんせん》だとか、毛穴だとか……つまり、そういう肌の感じを、型にとらせてもらうだけでいいのです。」

「ああ、型か……」

男はほっと、肩の緊張をとき、喉仏《のどぼとけ》を大きく上下にさせながら、何度も小刻みにうなずいてみせたが、しかしまだ本心から疑いをはらしたわけではなさそうだった。何を気にしているのかは、あらためて聞くまでもない。ぼくが、彼とそっくりな顔をかぶって、一体なにをしでかそうとしているのか、それが不安でならなかったのだろう。それでもすぐには、その疑いを解いてやろうとせず、やがて搬《はこ》ばれてきた注文の品を平らげている間じゅう、小出しに意地の悪いやりとりを重ねて、わざと疑いを抱《いだ》かせたままにしておいてやったものだ。べつに彼に対する個人的な恨みがあったわけではない。ぼくはおそらく、顔の約束というやつに対して、せめてもの復讐《ふくしゅう》をこころみようとしていたのだ。

たしかに、蛭《ひる》に悩まされてさえいなかったら、繃帯にもなかなか捨てがたい味があったようである。たとえば、この繃帯の効用――覆面的効果――には、顔の本質的な意味が、じつによく要約されているように思うのだ。覆面というのは、顔の約束を逆手にとった、嫌《いや》がらせのゲームであり、顔を消すことによって、ついでに心も消してしまう、いわば忍法の一種だと考えてもいいだろう。昔の死刑執行人や、虚無僧《こむそう》や、宗教裁判官や、未開地のまじない師や、秘密結社の祭司や、さらには空巣強盗のたぐいにとって、覆面が欠かすことの出来ない必需品だった理由も、それで納得がいく。単に人相を隠すという消極的なねらいだけでなく、表情を隠すことで、顔と心との関連を絶ち切り、自分を世間的な心から解放するという、より積極的な目的があったに違いあるまい。もっと卑近な例をとれば、まぶしくもないのにサングラスをかけたがる、あの伊達者《だてしゃ》の心理に通ずるものだ。心の羈絆《きはん》から解放されて、限りなく自由に、したがってまた、限りなく残酷にもなれるというわけである。

……しかし、考えてみると、ぼくが繃帯の覆面的効用にふれるのは、べつにこれが始めてというわけでもないようだ。そう……最初はたしか、例のクレーの画集事件に先立つ時期……相手からは見られず、見る一方だというので、自分を透明人間になぞらえたりして、得々としていたっけ。それから、あの、人工器官のK氏を訪ねた時のこともある。K氏は覆面の麻薬的性格を強調して、ぼくが結局は繃帯の中毒患者になってしまうだろうと、真剣な警告をよせてくれたものだった。……すると、今度で、もう三度目の繰返しという計算だ……半年以上もかかって、ぼくは同じところを、ただどうどう巡《めぐ》りしていただけなのだろうか？　いや、それなりの違いはあるようである。最初はただの強がりだったし、次は他人からの忠告だし、こうして覆面間者《かんじゃ》の窃《ひそ》かなたのしみを、実際に味わったというのは、やはりこれが始めてだったのだから。どうやらぼくの思考は、螺旋《らせん》状の運動をしているらしい。もっとも、その運動方向が、はたして上昇線をたどっているのか、それとも逆に墜落をはじめているのか、その辺のことになると、いささか心もとない気がしないでもないのだが……

だから、一応は加害者の姿勢をつづけたまま、男をデパートから誘いだし、近くの旅館に部屋をとって、二時間後には、例の蛭の巣の型をとったやり方で、無事顔の地《じ》肌《はだ》を手に入れはしたものの……仕事を終えた男が、一万円札をポケットにねじ込み、こそこそ逃げるようにして立去って行くのを見送ると、ぼくは急に、たまらない寂《せき》寞感《ばくかん》におそわれ、全身の力が脱《ぬ》け落ちていくような思いをしたものだ。素顔の約束が空虚なら、覆面だって、けっきょくは同じくらい空虚なものなのかもしれないのだ。

（追記——いや、その考え方は正しくない。そんなふうに感じた理由は、たぶん、仮面の完成による心の変化を、覆面の場合と、似たようなものに想像してしまったせいだろう。たしかに、そんなことになっては、通路の回復という所期の目的からは逸脱することになり、不安をおぼえるのが当然かもしれぬ。だが、もともとそうした類推自体に、無理な飛躍があったのだ。素顔でないからといって、仮面を覆面あつかいにするのは、白を黒と言いくるめるようなものである。仮面を、通路の拡大だとすれば、覆面は通路の遮断《しゃだん》であり、むしろ対立的な関係にあるはずのものなのだ。さもなかったら、覆面から逃れようとして、やっきになり、こうして仮面を差しのべつづけている、ぼく自身、まったく馬鹿気《ばかげ》た道化になってしまうことになる。

ついでに一つ、いま思いついたことを書いておくと、仮面はもっぱら被害者によって求められ、覆面は逆に加害者によって求められるものなのではあるまいか。）

《白いノート》

やっと新しいノートに変りはしたが、事情のほうは、そうおいそれとは変ってくれなかったのである。本当に新しいページにたどりつくまでには、それからまた何週間かが、いぜんとして立ちすくんだような状態のまま、事もなく過ぎ去ってしまうのだ。眼《め》も、鼻も、口もない、いかにもぼくの覆面姿に似つかわしい、のっぺらぼうの何週間かが。強《し》いて触れるとすれば、資金調達のために特許を一つ手離したことと、今年の予算問題をめぐって、研究所の若手から、思わぬ非難をあびせられたことぐらいのものだろうか。特許のことは、実用化にはまだほど遠く、それにごく特殊なものだったから、さほど深刻に考えることもあるまい。しかし、予算問題については……仮面の計画とは直接関係はなかったにしても……事柄《ことがら》が事柄だっただけに、一応は考え込まざるを得なかった。連中に言わせるとどうやらぼくの政略的な陰謀だったということになるらしい。たしかに、いったんは積極的に若手グループの希望をとり入れて、特別な班を編成してやることに同意しておきながら、いざ肝心の予算編成という段になって、あっさり前言をひるがえすような結果になってしまったのだから。だが、決して、彼等が言うように、陰謀だとか、嫉妬《しっと》だとか、野心の封殺だとか、そんな手のこんだものなどではなかったつもりである。べつに自慢になることではないが、つい失念してしまったというだけなのだ。仕事に対して、真剣さを欠いていたという非難なら、甘んじて受けなければならないようにも思う。自分ではほとんど意識していなかったが、そう言われてみると、たしかにあれ以来、ぼくは仕事に対しても熱意を失いかけていたような気がする。そんなことは、あまり認めたくないことだが、やはり蛭《ひる》の影響なのだろうか？　もっとも、多少の後ろめたさは別にして、実を言うと、ぼくは彼等の抗議に、ある種の爽快《そうかい》さをさえ感じていたようである。とにかく、不具者に対する、あのつくり笑いなどとくらべれば、はるかに対等なあつかいをされたわけだから……

と、すると、前のノートの終りころ、いかにもそれで、顔の選択という大問題が、最終的に解決してしまったかのように書いた、例の《能面展》での発見は一体どういうことになってしまったのか？

それについて書くのは、いかにも心苦しいことだ。たしかに表情というやつは、人目をはばかる隠し戸でもないかぎり、玄関の扉《とびら》と同じことで、まず外来者の目を意識して作られ飾られている。また、手紙同様、相手かまわず送りつける広告用の印刷物でもないかぎり、宛名人《あてなにん》なしには成り立たないものであるらしい。その道理を認めたぼくは、さっそく選択権をおまえにゆだねることにし、ほっと肩の重荷を下ろしたようなつもりでいたのに、どっこいそうは問屋がおろさなかったというわけだ。

あの夜……泥水《どろみず》がそのまま湧《わ》き上ったような、にごった霧が、いつもより一時間も早く空を閉じ、よごれた街燈《がいとう》の光がこれ見よがしに、時の進行をうながすという越権行為をおかしていた、土器のような色をした夕べ……駅に向って、しだいに増してくる人ごみのなかを歩きながら、いましがた例の男との別れぎわにぼくを襲った、あのやりきれない寂寞感《せきばくかん》を、なんとかはらいのけてしまおうと、もう一度加害者の役をつとめてみようとするのだが、やはりデパートの大食堂あたりで一対一の対決をするのでなければ、ほとんど効果はないらしいのだ。いくら後ろめたげな、時間切れの日曜日の雑踏だとはいえ、いったん群集をつくってしまうと、彼等の顔は、アメーバのように互いに偽足をのばしあって鎖をつくり、もうぼくが割込んでいく余地など、何処《どこ》にもない。それでもぼくは、出掛けて来たときほどには、苛立《いらだ》っていなかった。霧をすかして、流れ、呼吸し、錯綜《さくそう》しつづける、巨大なネオンの群の華やかさを、華やかであると認めるくらいのゆとりも持っていた。多分ぼくが方策を持っていたせいなのだ。小脇《こわき》の鞄《かばん》のなかの、やっと買いうけたアルギン酸の顔の鋳型《いがた》も、ずっしりと重かったが……それは負けずにたっぷり霧を吸い込んだ、顔の繃帯の重みで、帳消しにするとしても……とにかくぼくは、試みるべき方策を持っていた。そして、その方策に対する待望が、ぼくに多少なりとも開いた心を与えてくれていたのだと思う。そうだ、あの夜は……ぼくの心は、すっぽり前を切り落されたみたいに、おまえに向って開きっぱなしになっていた。それも、単に選択の仕事を肩がわりさせようというような、受身な期待だけでなく……また、それで準備が完了し、いよいよ仮面を実現させる段階に入るのだという、功利的な動機だけでもむろんなく……どう言ったらいいのだろう……ちょうど、赤ん坊の唇《くちびる》のような、無心さで、草の上をはだしで歩いているような、なごやかさで、ぼくはおまえとの距離をたぐりつづけていたのである。それはおそらく、不当に思われるほど孤独だった、仮面づくりの作業に、間接的にもせよ、おまえを共犯者に誘う機会をつかめたという、安堵《あんど》と心強さだったのではあるまいか。ぼくにとって、おまえは、やはりなんといっても第一号の他人だったのである。いや、否定的な意味で言っているわけではない。まず最初に、通路を回復しなければならない相手、まず最初の手紙に、その名前を書き込まなければならない相手、そういう意味での、他人の筆頭だったと言っているのだ。（……なんとしても、おまえを失うことだけはしたくなかった。おまえの喪失は、そのまま、世界の喪失の象徴のように思われることだろう。）

しかし、いよいよおまえと向い合ったとたん、ぼくの期待は、水からあげた海草のように、原型もとどめぬ、一塊の襤褸《ぼろ》に変ってしまったのだった。いや、誤解してもらっては困る。ぼくを迎えたおまえの態度に、けちをつけようなどと思っているわけではない。それどころか、おまえは何時《いつ》だって、寛容すぎるくらい寛容に、ぼくをいたわってくれたものである。いつかのスカートの下の拒絶のことだけは例外だ。あれは、ぼくの方にも、というよりはむしろ、ぼくの方にこそ、咎《とが》められるべき点も多かったに違いない。歌の文句にもあるとおり、愛する者に、いつも愛される権利があるとは限っていないのだから。

その日もおまえは、何時ものとおり、目立たぬ気のくばりかたと、それにもまして、目立たぬ憐《あわれ》みをこめて、ぼくを迎えてくれたものだった。そして、あの沈黙も、むろん何時もと変りなく……

ぼくらの間に、あのこわれた楽器のような沈黙が支配するようになってから、もうどれくらいになるだろう。ありふれた噂話《うわさばなし》も、日常的なやりとりも絶えてなく、あるのはせいぜい、記号のような必要最小限の初等会話術ばかり。だが、その点についてだって、おまえを責めようなどとは思わない。それもまた、おまえのいたわりの一部であることくらい、じゅうぶんに心得ているつもりだ。こわれた楽器は、かえって騒音をたてやすい。そっと沈黙させておくにこしたことはないのだ。ぼくにもつらい沈黙だったが、おまえには更に何倍も苦しいことだったに相違ない。……だからこそ、ぼくらがもう一度会話を取り戻《もど》すためにも、この機会をなんとか生かすべきだと、大いに期待をよせていたわけだったのに……

それにしても、せめて、ぼくの外出の理由についてくらいは、聞いてくれてもよかったのではあるまいか。日曜日に、それに朝っぱらから、一日出掛けっぱなしという、最近では異例の出来事だったのに、いぶかる気配さえ見せようとはしないのだ。

おまえはストーブの火を手早く調節すると、すぐに台所に引返し、蒸しタオルを持ってきてくれたかと思うと、その足でまた風呂《ふろ》の湯加減を見に行ってしまう。ぼくを置き去りにはしないが、じっとそばに付いていてくれるわけでもない。むろん、家庭の主婦などというものは、いずれそんなものだろうが、ぼくが言いたいのは、その間のあまりに計算されすぎた均衡のことなのだ。たしかにおまえは手際《てぎわ》よくやっていた。ぼくたちの沈黙に、不自然さを与えまいとして、電気天秤《てんびん》ほどの正確さで、見事に時をさばいてくれていた。

ぼくは、その沈黙にうちかとうと、せめて腹を立てたふりでもしてみようと思うのだが、駄目《だめ》だった。おまえの、そのけなげなまでの努力を見ていると、ぼくはたちまち萎縮《いしゅく》して、自分の身勝手な独《ひと》りよがりを、今さらながら、つくづくと思い知らされてしまうばかりだった。ぼくたちの間にはりつめた沈黙の氷塊は、もっとはるかに根深いものだったらしい。何かにかこつけたくらいで、融《と》かせるような、そんな浅い氷ではなかったのだ。ぼくが道々用意してきた、質問——あるいは会話のきっかけ——など、まるで氷山にマッチの火を落した程のものでしかなかったのである。

むろん、ぼくだって、二つの顔型の見本を並べてみせ、さあどちらがお気に召しましたかなどと、セールスマンまがいの口上ですませられると思うほど、甘く考えていたわけではない。ぼくの仮面は、まず仮面であることを気取られないことが、第一の条件なのだから、まさか質問の真意を打ち明けるわけにはいかず、それではただの悪意に満ちた皮肉か、嫌《いや》がらせになってしまうだけだろう。これから催眠術の勉強でもするのでない限り、当然、もっと間接的な質問でなければならないのだ。しかし、ぼくの計算もその辺までで、足で歩く型の探偵《たんてい》をもって任じ、またそれでなんとかこなして来られたという幸運が、かえって仇《あだ》になってか、その場になれば、臨機応変、適当にやれるだろうくらいに高をくくっていたのである。たとえば、友人の誰彼《だれかれ》の人相批評でも、ごく軽い気持でやりながら、何気なくおまえの好みに糸をたれてみるといったやり方で。

しかしおまえは沈黙にすむ魚なのではない。沈黙はおまえの受難なのだ。誰の人相であろうと、軽々しくそんなことを口にして、まっさきに傷つくのはぼく自身であり、おまえはそれを案じて、かばってくれようとしているのだというのに……。ぼくは、おのれの軽薄さをなじりながら、黙ってその沈黙のわきを通りぬけ、書斎に戻り、型取りの道具と今日の獲物とを、鍵《かぎ》つきの棚《たな》にしまいこむと、さて何時ものとおり、クリームを塗って日課のマッサージでもしようといったんは繃帯《ほうたい》を解きかけたのだが、ふとその手が途中でとまり、またもや相手のない対話に迷いこんでしまうのだった。

——いや、これは単なる餌《えさ》なんかではない……この沈黙を融かすために、いったい何千万カロリーの火が必要なのか、それを知っているのは、ただ失われたぼくの顔だけなのだ……そして仮面が、多分その答えだ……しかしおまえの助言がなければ、その仮面も作れない……これではまるで三すくみもいいところではないか……どこかでこの悪循環を絶ち切らなければ、同じ順序で繰返す、馬鹿《ばか》のじゃんけんのようなことになってしまう……ここで匙《さじ》を投げ出したりしてはいけないのだ……沈黙全体を融かすわけにはいかなくても、せめて何処《どこ》かで、小さな手あぶり程度の焚火《たきび》はためしてみる必要があるだろう……

ぼくは、潜水夫が装具をつけるような覚悟で、繃帯を巻きもどした。蛭の巣をむき出しのままでは、とうていこの沈黙の圧力にうちかつ自信がなかったからである。緊張を、さりげなく猫《ねこ》のような足取にまぎらせながら、居間に引返した。夕刊に目をとおすふりをしながら、台所とのあいだを往き来しているおまえを、そっと横眼でうかがってみる。おまえは、微笑こそ浮べていなかったが、微笑を浮べる寸前の、あの不思議に軽々とした表情で、動作から動作へと、すこしのよどみも見せずに動きまわっていた。おまえは意識していないかもしれないが、それは実に不思議な表情で、考えてみると、ぼくがおまえに結婚を申し込んだ一番の動機も、案外その表情に魅せられたせいではなかったかという気さえするほどだ。

(これはもう前に書いたことだろうか？　いや重複であってもかまわない。表情の意味を探し求めるぼくにとっては、いわば燈台《とうだい》の火のようなものだったのだから。いまこれを書きながらも、おまえのことを考えようとして、まず浮んでくるのは、やはりあの表情なのである。無表情から、微笑にうつろうとするその瞬間、その表情の中から、とつぜん何かがぱっと輝きだし、その光を受けたすべてのものが、急に自分の存在を肯定されたような確信を抱《いだ》きはじめるのだ……)おまえはその表情を、窓や、壁や、電燈や、柱や、ぼく以外のあらゆるものに、惜しげもなくそそいでやりながら、しかしぼくにだけは、さすがに廻《まわ》しきれずにいたようである。ぼくは、当然だと思う一方、やはり苛立ちをおさえきれず、さした成算もないままに、とにかくその表情をこちらに振り向けられさえすれば、それでいいのだという気になっていた。

「話をしよう。」

だが、振り向いたおまえの顔からは、すでにあの表情は消えていた。

「今日、ぼくは、映画を見て来たよ。」

おまえは、用心深さをさとられないほどの、用心深さで、ぼくの繃帯の割目をのぞきこみながら、次の言葉を待っている。

「いや、映画が見たかったわけじゃない。本当は暗闇《くらやみ》がほしかったんだ。こんな顔で街を歩いているのが、急に悪いことをしているみたいな、負い目に感じられはじめてね。妙なものだな、顔なんて……あるときには何んとも思わなかったのに、無くなってみると、世界が半分むしり取られてしまったような気がする……」

「どんな映画だったの？」

「おぼえていない。なにぶん泡《あわ》をくっていたからね。本当に、いきなり強迫観念におそわれたんだ。ぼくは、まるで雨宿りでもするみたいに、近くの映画館に駈《か》け込んで

「……」

「どの辺の映画館？」

「どこだって同じことだよ。ぼくは暗がりがほしかったんだ。」

おまえは咎《とが》めるように、唇《くちびる》のまわりに力を込めた。しかし両眼は、ぼくだけを責めているのではないことを示そうとして、悲しげに細められている。ぼくは激しい後悔におそわれた。こんなはずではなかったのだ。ぼくはもっと違った話をするつもりだったのだ。

「……でも、そのとき、ついでに思ったたな。たまには映画見物もいいかもしれない。あそこじゃ、見物人はみんな、俳優のお面を借りてかぶっているわけだろ。自分の顔はいらないんだよ。映画館っていうのは、金を払って、しばらく顔の交換をしに行く場所なんだ。」

「そうね、たまには映画見物もいいかもしれないわね。」

「絶対にいいと思うな。なんたって、暗がりだからね。しかし、どうだろう、映画ってやつは、やはり俳優の顔が気に入らなけりゃ駄目《だめ》なんじゃないかな。そのお面を借りてかぶるわけだから、よほどぴったり来てくれなけりゃ、興味半減してしまうんじゃないかな。」

「俳優なんかいらない映画だってあるんじゃない？　たとえば、記録映画みたいな……」

「そうはいかないさ。俳優でなくても、顔くらいは持っているからね。魚にだって、昆虫《こんちゅう》にだって、ちゃんと顔くらいある。椅子《いす》や机にだって、それに相当するものがあって、気に入ったり、入られなかったりするわけだ。」

「でも、魚のお面をかぶって映画を見たりする人がいるかしら？」

おまえは、冗談めかして、蝶《ちょう》のように身をひるがえそうとした。むろん、おまえの方が正しかったのだ。どんな沈黙だって、魚の顔を持ち出したりするよりは、まだましだったに違いない。

「いや、君は誤解している。ぼくはなにも、自分の顔のことなんか、問題にしているわけじゃないんだ。どうせぼくには、もともと顔なんかないのだから、気に入るも入らないもありはしないさ。しかし、君はちがう。君なら、どういう俳優の映画が見たいか、問題にせざるを得ないはずなんだ。」

「そう言われても、やっぱり俳優なしでねがいたいな。悲劇も喜劇も、いまはとてもそんな気になれそうにないから……」

「なんだってそう、ぼくに気兼ねばっかりするんだ！」

思わず、くってかかるような調子になり、ぼくは自分にうんざりしながら、繃帯の下で、せめて力いっぱい、見えないしかめっ面《つら》をしてみせる。ぬくもりが戻ってきたせいか、蛭どもがしきりにうごめきはじめ、その周辺の組織が、むず痒《がゆ》く火照《ほて》りだしていた。

やはりこんなことで手に負える沈黙ではなかったのだ。どんなところから始めてみても、ぼくらの会話の行きつく先は、いつも決ったところに落着いてしまう。ぼくはそれ以上、何を言う気力も失《う》せてしまい、むろんおまえも、それっきり口をつぐんでしまった。ぼくらの沈黙は、べつに会話を押し出してしまったためにおきた、真空などではなかったのだ。もともと、どんな会話も、すでに小さくちぎって悲しみにひたした沈黙にすぎなくなってしまっていたのである。

それから、さらに何週間かのあいだ、ぼくはその沈黙のなかを、まるで借物の関節で歩いているような足取で、ただ機械的に歩きつづけた。そしてある日、ふと気付くと、窓の外の落葉松《からまつ》が、すんなり甘い緑の枝を風になぶらせながら、いつの間にやら初夏の季節になっていたというわけだ。ついでに解決の来かたも、負けず劣らず唐突なものだった。おぼえているだろうか、なんのはずみかは忘れてしまったが、食事の途中で、いきなりぼくが怒鳴り出していた、あの晩のことである。「君はいったい、どういうつもりで、ぼくと一緒に暮したりしているんだ！」どんなに大声をあげようと、いずれ沈黙の一部にすぎないことを知っているぼくは、ろくにおまえを正視することも出来ず、胸元の小さな緑色のボタンの、枯葉色の穴かがりの辺に目をこらしながら、ただ自分の声に負けまいとしてわめきつづけるのだ。「さあ、さっさと答えてしまったらどうなんだ！　なんだって、ぼくと結婚をつづけたりしているんだね。この際はっきりさせておいたほうが、お互いのためにもなると思うんだ。それとも、単なる惰性かな？　さあ、遠慮せずに言ってごらん。納得もできないことを、無理していることはないんだからね……」

さんざんもったいをつけて、書斎に引きこもってはみたものの、ぼくは雨にうたれた紙の凧《たこ》のような、みじめったらしい気持になっていた。たかだか顔くらいのことで、狂気の沙汰《さた》を演じているこのぼくと、月給九万七千円の所長代理であるぼくとの間に、いったいどんな繋《つなが》りがあるというのだろう。考えれば考えるほど、ぼくはますます穴だらけの凧になり、ついには、融《と》けて、骨だけの凧になる……

骨だけになって、ふと我に返ると、いましがたおまえに向って吐いた、あの雑言《ぞうごん》が、じつはそっくり、ぼく自身に向けられるべきものであったことに気付かされたのだった。そうだ、ぼくらはもう結婚八年目になるのだ。八年という歳月はけっして短いものではない。すくなくも、食べ物の好《す》き嫌《きら》いを、代って答えることの出来る程度の歳月ではあるはずだ。食べ物の好悪《こうお》の代理ができるのなら、顔の好悪についてだって、同じことではあるまいか。なにも対話を、無理にこの沈黙の中からだけ探し求めたりする必要はなかったのだ。

ぼくはあわてて、記憶の中を、さぐりまわった。どこかにきっと、おまえから代理人をまかされた委任状があるはずだ。無いわけがない。もしもぼくらが、事故以前から、すでにそれほど離ればなれだったのだとしたら、いまさら仮面さわぎまでして、なにを取戻《とりもど》そうというのだろう？　わざわざ取戻さなければならないようなものは、何もなかったことになる。あの、こともなく過したつもりの八年間、べつに隠さなければならないものなど、何一つなかったはずなのに、この繃帯《ほうたい》よりも分厚い無表情の壁にとじこもったまま、それを怪しみもしなかったのだとしたら、ぼくにはもはやなんの請求権もないことになってしまう。失ったものがないのに、返済の要求など出来るはずがない。はじめの素顔も、けっきょくは一種の覆面だったのだとあきらめて、じたばたせずに現状に甘んじるべきなのではあるまいか。

……なんとも深刻な問題だった……それを深刻だと思うこと自体が、たまらなく深刻なことだった。こうなった以上は、意地でも、代理人の使命を果さなければなるまい。あまり気乗りのする仕事ではなかったが、記憶や印象や会話のありったけを総動員して、おまえのモデルをつくり上げ、一体どんな顔つきがお気に召すのか、その身になってさまざまな男の表情を思い浮べてみようとする。なんだか襟首《えりくび》に虫が入ったような、気味の悪いみだらさだった。しかし、相手の男をつきとめるどころか、その前に、まずおまえを正確に把握《はあく》することに手古摺《てこず》らされてしまったのだ。レンズはともかく、じっと固定したものでなければならない。くねくね水母《くらげ》のように動かれていたのでは、覗《のぞ》こうにものぞきようがないわけだ。それでも無理して、目をこらしていると、やがてはおまえは点になり、線になり、面になり、ついには輪廓《りんかく》もないただの空間に変って、ぼくの五感の網をくぐり抜けてしまいそうになるのだった。

ぼくはひどく狼狽《ろうばい》してしまう。あの短からぬ歳月のあいだ、いったいぼくは、何を見、何にむかって語り、何を感じて暮してきたというのだろう。それほどおまえについて、無知だったのか？　おまえの中の、はてしもなく広がる乳色の霧に包まれた未知の領域を前にして、ただ呆然《ぼうぜん》と立ちすくみ、疚《やま》しさのあまり、顔の繃帯をさらに二倍にしてもいいくらいの弱気になってしまっていた。

しかし、一度そこまで追いつめられたことが、結果的にはかえってよかったのかもしれぬ。ぼくが襟の毛虫をはらい落し、ふてぶてしく開き直って、居間にもどると、おまえは音を消して絵だけにしたテレビの前で、じっと両手に顔を埋《うず》めていた。すすり泣いていたのかもしれない。それを見たとたん、ぼくは自分の代理人失格に、まったく違った説明が可能なことを発見していたのである。

なるほどぼくは、甲羅《こうら》の厚さにも似合わず、代理人としてはあまり理想的だったとは言えないかもしれない。そう、すくなくも、おまえが、男の顔について選《え》り好みをするかもしれないなどとは、思ってもみないような一方的なやり方でしか、おまえに接していなかったことだけは確かである。だが、それがどうしたというのだ！　いまさら、なんだって、女衒《ぜげん》みたいな真似《まね》をさせられなければならないのだろう！　食物などのことなら、いざ知らず、自分の妻が、ほかの男の顔にどんな嗜好《しこう》をもっているかなど、はじめから問題にせずにすまされるのが、むしろ正常な結婚の形なのではあるまいか。すくなくも、男女が結婚に踏切る瞬間には、そんな疑問や関心など、互いに放棄してしまったはずである。それが不服だというなら、そんなわずらわしいことには、最初から手を出さなければよかったのだ！

気付かれないように、後ろからこっそり近づいて行くと、ふと雨あがりのアスファルトの道のようなにおいがした。おまえの髪のにおいかもしれなかった。おまえは振向くと、風邪《かぜ》をひいたような音をたてて、小刻みに鼻をすすり、それからぼくの誤解を押し戻そうとでもするように、隈取《くまど》りをしたような深いはっきりとした視線でぼくを見返した。まるで木枯《こが》らしが吹き抜けたあとの雑木林にさしこむ日差しのような透明な無表情さで……

そのときである。不思議な衝動がぼくに襲いかかったのだ。嫉妬《しっと》だろうか？　そうかもしれない、ぼくの内部で、山ごぼうの種子《たね》のような棘《とげ》だらけのものが針鼠《はりねずみ》ほどの大きさにまでふくれ上りはじめていた。それからすぐに続いて、表情の規準という、まるで手掛りがなくなってしまっていた、あのぼくの迷子《まいご》が、ひょいとかたわらに立っていることに気付かされたのである。唐突だった。その唐突さを、自分でもはっきりとは自覚できないほどの唐突さだった。しかしぼくはさほど驚きもしなかったように思う。その解答以外にはありえないことに、なぜもっと早く気付けなかったのか、それが理屈に合わないことに感じられたくらいだった。

だが、何はさておき、まずその結論から伝えておくとしよう。ぼくの仮面のあるべき型は、ブラン式分類による第三項、すなわち《外的な非調和型》だったのである。

——鼻を中心に、鋭くとがった顔……心理形態学的に言えば、行動力のある意志的な顔……

あまり、あっけなさすぎて、なんだか馬鹿《ばか》にされたような気もした。しかし、考えてみれば、べつに説明のつかないことでもなかったのだ。蛹《さなぎ》の変身にだって、それなりの準備はある。選ぶべきものから、選ばれるものへと、顔の意味が急転換をせまられたあと、ちょうど闇《やみ》の中では、眼《め》を開けていようと、閉じていようと、右を見ていようと、左を見ていようと、つねに闇を見つめているより仕方ないように、ぼくはただやみくもに、おまえを注目しつづけるしかなかったのである。いまさらおまえを、探し求めたりしなければならないことに、自尊心を傷つけられ、焦《あせ》り、苛立《いらだ》ち、屈辱にうなされ、思いあぐねながらも、結局おまえから片時も目を離すことができなかったのだ。

ぼくはおまえに近づきたいと願い、同時に遠ざかりたいと願っていた。知りたいと思い、同時に知ることに抵抗していた。見たいと望み、同時に見ることに屈辱を感じていた。そんな宙ぶらりんな状態のまま、亀裂《きれつ》はますます深く内部にくい入り、ぼくは割れたコップを両手で支え、かろうじて形を保ってやっているにすぎなかったのだ。

それにぼくはよく知っていた。おまえが、すでになんの権利も持ちあわせていないぼくに、鎖でつながれている犠牲者だなどというのは、ぼくが自分の都合に合わせて勝手にこさえ上げた、嘘《うそ》っ八《ぱち》にすぎないことを。おまえはこの運命を、たじろぎもせずに、自分の意志で受けとめていたのである。あの真顔と微笑のあいだの輝きは、おそらく自分自身に対して、もっとも有効に使われていたのではあるまいか。だから、その気になりさえすれば、何時《いつ》だって、ぼくから立去って行けたに相違ないのだ。それがどんなに恐ろしいことだったか、分ってもらえるだろうか。おまえには千もの表情があるというのに、ぼくには一つの顔すらない。ときたまおまえの着物の下に、固有の弾性をもち、固有の体温をもった、器官や組織が生きていることを思い出したときなど、いずれはおまえの体に大釘《おおくぎ》をうちこんで……それがおまえの命を奪うことになるとしても……採集箱の標本のようにしてしまわない限り、終りはこないのだと、本気になって考えたりしたものだ。

こんなふうに、ぼくの内部では、おまえとの間に通路を回復したいという欲求と、逆におまえを破壊してやりたいという復讐心《ふくしゅうしん》とが、互いにはげしくせめぎ合っていたわけである。しまいには、どちらとも区別のつかない状態になり、おまえに矢をつがえた姿勢も、ごく見馴《みな》れた日常的なものになり、そしてふと、ぼくの心には、狩人《かりうど》の顔が刻み込まれていたということなのだろう。

狩人の顔となれば、まさか、《内向的で調和型》などというわけにはいくまい。それではせいぜい、小鳥の友達になるか、さもなければ猛獣の餌食《えじき》になるくらいがおちだろう。こうしてみると、ぼくの結論は、唐突どころか、むしろきわめて必然的だったとさえ言えそうだ。たぶんぼくは、仮面の二面性——素顔の否定か、新しい素顔かという——に眩惑《げんわく》され、それが行動の様式でもあったという肝心な点を失念していたために、あんな回り道を余儀なくさせられもしたのだろう。「虚数」という数がある。二乗すると、マイナスになってしまう、おかしな数だ。仮面というやつにも、似たところがあって、仮面に仮面を重ね合わせると、逆に何もかぶっていないのと同じことになってしまうらしいのである。

型が決ったとなれば、あとは簡単だった。肉づけの資料に撮りだめておいた写真だけでも、すでに六十八枚にもなり、たまたまその中の半数以上が、《中心突起型》に属するものだった。準備は、ととのいすぎるほど、ととのっていたのである。ぼくは早速、仕事にとりかかることにした。べつに、手本にするものはなかったが、とにかくおまえに与えるだろう印象を、内側から手探りでたどりながら、あぶり出しの絵のように、一つの顔を描きあげてみたわけだ。まず、アンチモニイの顔型の、蛭《ひる》の巣の部分を、スポンジ状の樹脂でくるんで、なめらかにしてやる。その上に、粘土のかわりに、方向性を与えたプラスチックの薄いテープを、ランゲル線にそって重ね合わせていく。半年間の修練のおかげで、ぼくの指は、時計職人がひげぜんまいの歪《ゆが》みをさぐり当てるように、顔の細部に精通しきっていた。皮膚の色は、手首のあたりを規準にして、こめかみと顎《あご》の先は、白っぽくするために、酸化チタンを多目にしたものを、頬《ほお》のあたりには、赤味を与えるために、カドミウム・レッドを加えたものを使用した。さらに、表面に近づくにつれて、わざと色むらの目立ったものを使い、とくに小鼻のあたりには、灰色のしみまでつけて、年齢にふさわしい自然らしさを出すように工夫《くふう》した。最後に、透明層——螢光《けいこう》物質をふくみ、ケラチン層に近い屈折率をもった薄い被膜に、買い取った皮膚の表面をうつしたもの——を、液状樹脂で貼《は》りつける。それにごく短時間、高圧蒸気をあてると、収縮して、ぴったり吸いつくように固定してくれた。まだ皺《しわ》をつけていないので、のっぺりしすぎてはいたが、それでもつい今しがた、生きた人間から剝《は》ぎ取ってきたばかりのような、生々《なまなま》しさが感じられた。

(これまでに要した日数が、たしか二十二、三日である。)

あと問題になるのは、皮膚との境界線の処理だったが、額の部分は、髪の工夫で(さいわいぼくは多毛質だし、おまけに幾分ちぢれている。)なんとかなるだろう。眼のまわりも、小皺を多く、色素を濃いめにして、サングラスをかけてごまかすことにする。唇《くちびる》は、内側に折込んで、端を歯茎《はぐき》にはさみこむ。鼻の穴は、やや固めのチューブを接続して、挿入《そうにゅう》するようにすればいい。しかし、顎の下になると、ちょっと面倒だった。方法は一つしかない。ひげでごまかす以外にないのである。

一センチ四方あたり、二十五本から三十本ぐらいずつ、髪の毛から選《よ》り分けた細めのやつを、角度や方向に注意しながら一本一本植えていくのだ。その手間もさることながら——この作業だけに、さらに二十日をついやした——それ以上に、心理的な抵抗感に悩まされたものである。一時代むかしならともかく、顎ひげなどというのは、どう考えてみても特殊すぎる。たとえば、顎ひげと聞いてまず連想するのは、残念ながら、まずあの駅前の交番の巡査だろう。

もっとも、すべての顎ひげが、壮士風だったり、豪傑風だったりするとは限らない。易者のようなひげもあれば、レーニンのようなひげもあるし、また西洋貴族風のひげだってあるわけだ。さらには、カストロ風のひげや、なんと言うのかは知らないが、芸術家気取の青年などが愛用する、ずっと当世風なやつもあるらしい。顎ひげに黒眼鏡といういでたちが、いずれ形破りなのは避けがたいとしても、ほかに方法がない以上、せめて不快な印象をあたえずにすむように、せいぜい工夫してみるしかなかったわけである。出来栄《できばえ》については、すでにおまえも見知っているとおりで、あらためて説明するまでもないだろう。自分ではなんとも批評のしようがなかったが、ここをこう変えたいという、具体的な代案も出なかったところをみると、多分あれでよかったのだろう。いずれ、多少の後ろめたさは避けられないことだったが……

いや、多少の後ろめたさなどと、さりげない言い方をしてしまったが、考えてみると、このこだわりには、外見以上に深刻な意味が暗示されていたようにも思うのだ。まだ言葉にはならない、模糊《もこ》としたものだったが、舌に出来た腫《は》れ物《もの》のように、口を開きかけるたびにしくしく痛んで、うかつなお喋《しゃべ》りはするなと警告を発している、嫌《いや》味《み》な予感……

あの晩、最後のひげを植えおわった、ぼくの右手の親指の腹には、ピンセットの跡が、黒い血まめをつくっていた。汗ばんだ痛みが、小さな燠《おき》になって、眼の底でちらちら燃えていた。ぬぐっても、ぬぐっても、際限なくにじみ出してくる蜜《みつ》を薄めたような分泌物《ぶんぴつぶつ》のせいで、眼球がいちめん、汚《よご》れた窓ガラスのように曇っていた。顔を洗いに洗面所に立つと、もういつの間にやら夜が明けている。そして、窓枠《まどわく》ににじんだ朝日のあざやかさに、思わず顔をそむけた瞬間、いきなり頭の芯《しん》につきささるようにして、あの疚《やま》しさがやって来たのだった。

とっさにぼくは、ある夢を思い出していた。それは夏が終って、秋になったばかりのある日のこと、勤めから戻《もど》った父が玄関で靴《くつ》を脱いでいるのを、十歳になったかならぬかのぼくが、ぼんやりわきで眺《なが》めているという、しごく平和な情景で始まる、古い無声映画のような夢だった。しかし突然、その平和が破られる。もう一人の父が戻って来たのである。その父は、奇怪なことに、前の父とまったくの同一人物で、ただ、かぶっている帽子だけが違っているのだった。前の父が、これまでどおりのカンカン帽であるのに対して、後の父は、中折れのソフトなのだった。ソフトの父は、カンカン帽の父を見ると、あからさまに侮蔑《ぶべつ》の色をみせ、大げさに場違いの不作法をなじる身振りをしてみせた。するとカンカン帽のほうは、まったくあられもない狼狽《ろうばい》ぶりで、脱いだ片方の靴を手に下げたまま、ちらと一度悲しげな微笑を見せたきり、こそこそ逃げるようにして立去ってしまったのだ。幼いぼくは、カンカン帽の後ろ姿を、胸も張り裂けんばかりの思いで見送りながら……と、そこでいきなり、ぷつんとフィルムは切れてしまう。ただわけもなく苦い思いを、後に残したまま……

季節の変化に対する、いかにも子供らしい感じ方だと言われてしまえば、それまでだが……しかし、たったそれだけのことが、何十年ものあいだ、こうして鮮明な後味をまざまざと残しつづけているなどということが、そうざらにありうるものだろうか。信じられない。ぼくが見たあの二つの帽子は、きっと何かもっと違ったものだったのだ。たとえば、人間関係における、許しがたい虚偽の象徴であるとか……そう、一つだけ確実に言えることは、あの帽子の交換によって、それまで父に抱いていた信頼が、完全に裏切られてしまったということだ。たぶん、あれ以来、ぼくは父にかわって、その疚しさを耐えつづけて来たのだろう。

だが、今度ばかりは、立場が逆だった。ぼくが弁明にまわらねばならぬ番だった。鏡を見返し、赤くただれた蛭の巣を見すえながら、仮面への衝動を搔《か》き立てるのだ。そうだとも、疚しさを感じなければならないのは、ぼくではない。本当に心をうずかせねばならぬ者があるとすれば、それはむしろ、顔というパスポートなしには人格も認めようとせず、ぼくを生きながら埋葬しかけた、世間の方なのではあるまいか。

ぼくはあらためて、挑戦《ちょうせん》的な気持で、仮面のそばに引き返した。ふてぶてしく構えたひげ面……せり出した鼻面……くってかかるような調子ばかりが目について仕方がない。おそらく、部分だけを見ている不気味さなのだろうと、壁に直角に立てかけ、数歩下って、手でつくった筒の穴からのぞくことにする。それでも、完成したのだという感慨は、あまり湧《わ》いてこず、やはりこの他人の顔に、いよいよ自分が乗っ取られてしまうのだという、哀惜に似た感情のほうがきわ立って感じられるのだった。

多分、疲労のせいなのだと、自分をはげまし、言いきかせる。なにも、仮面にかぎらず、大きな仕事をやりとげた時は、いつだってそうだったではないか。完成のよろこびなどというのは、その結果に責任を持たずに済ませられる者だけが言えることなのだ。それにおそらく、顔に対する偏見も、無意識のうちに作用していたかもしれない。いくら顔の神聖視と闘《たたか》っているからといって、意識の底には、そうした病根が残っていないという保証は何処《どこ》にもないのだ。幽霊を信じていない者が、暗闇《くらやみ》におびえる心理と同じことである。

そこでぼくは、しゃにむに自分を仕事にかり立てることにした。とにかく、けじめをつけるためにも、かぶり初《ぞ》めをしてみよう。まず、耳の下の突起を外《はず》し、顎の下をゆるめ、唇のめくり込んだ部分を浮かせ、鼻の穴のチューブを抜取ると、仮面は台からすっぽりはがれて、生乾きの氷嚢《ひょうのう》のようにべろべろな膜になった。こんどは、その順序を逆にたどって、こわごわ顔に重ねてみる。技術的な落度はなかったらしく、着なれたシャツのように、ぴったり顔にはりついてくれ、喉《のど》のしこりが一つ、ごくりと胃の中に落ち込んでくれた。

鏡をのぞいてみる。見知らぬ男が、ひややかにぼくを見返していた。さすがにぼくを思わせるようなものはこれっぱかりもない。完全な変装である。それに、色も、艶《つや》も、質感も、まずは成功と言えそうだった。それにしても、この空々しさは、一体どういうことなのだろう？　鏡が悪いせいかもしれない……そういえば、光線の具合にも、どこか不自然なところがあるようだ……ひと思いに、雨戸を開けて、外の光を入れてみることにした。

鋭い光の切口が、昆虫《こんちゅう》の触角のように顫動《せんどう》しながら、仮面の隅々《すみずみ》に滲《し》みとおっていった。毛穴や、汗腺《かんせん》や、局部的な組織の崩《くず》れや、細かい静脈の枝までが、くっきり表面に浮び出る。それでも、欠陥らしいものは、何一つ認められないのだ。なにがこの違和感の原因なのだろう。あるいは、どこも動かさずに、じっと無表情のままでいるせいかもしれない。生きているように化粧をほどこした、死人の顔の不気味さかもしれない。ためしに、どこかの筋肉を動かしてみるとしようか？　まだ仮面と顔とを貼《は》りつける接着剤――絆創膏《ばんそうこう》の糊《のり》をゆるめにしたくらいのものを使うつもりである――の準備が出来ていなかったので、筋肉にそっくり連動させるというわけにはいかなかったが、比較的よく固定されている、鼻や口のあたりなら、なんとかそれらしい感じを験《ため》すくらいは出来そうである。

まず手始めに、唇の端に力をいれ、ほんのわずか左右に引いてみる。なかなかよろしい。方向性をもたせた繊維を重ね合わせるという、やっかいきわまる解剖学的配慮も、あながち無駄《むだ》ではなかったようだ。力を得て、こんどは本式に作り笑いを浮べてみることにした。……ところが、仮面は、すこしも笑ってはくれなかったのだ。ただぐにゃりと歪《ゆが》んだだけだった。鏡が歪んだのかと思ったほどの、変てこな歪みかただった。じっとしていたとき以上に、死の気配が充満していた。ぼくはうろたえ、内臓の吊《つ》り紐《ひも》が切れて、胸のあたりが空っぽになってしまったような気がしたものだった。

……しかし、誤解はしないでもらいたい。大げさな身振りで、苦悩を売物にしてやろうなどという魂胆は、これっぽっちもないのだから。よかれ悪《あ》しかれ、これが自分で選んだ仮面なのだ。数カ月もの試作を重ねたあげくに、やっとたどりついた顔なのだ。不満があるなら、自分で勝手に作りなおせばよい。……だが、出来の良し悪しの問題でなかったとしたら、一体どうすればいいのだろう？　今後、この仮面を、自分の顔だと素直に認めて、こだわりなしに受入れてやることが出来るだろうか？……そういえば、ぼくを萎《な》えしぼませているこの虚脱感は、新しい顔をめぐっての戸惑いというよりも、むしろ、隠れ蓑《かくれみの》の下で自分の影が薄れていくのを見るような、消滅の心細さだったような気もする。（こんなことで、これから先の計画を、うまくこなして行けるものだろうか？）

もっとも、表情というやつは、生活が刻んだ年輪のようなもので、なんの準備もなしに、いきなり笑おうとしたりしたのが、どだい無理だったのかもしれない。生活によって、それぞれ反復される表情の傾向というものがあり、それがたとえば皺《しわ》になったり、たるみになったりして、定着されるわけだ。しじゅう笑っている顔には、しぜん笑いもなじんでくる。逆に、怒っている顔には、怒りがなじんでくる。だが、ぼくの仮面には、生れたての赤ん坊のように、まだ年輪のひだ一つ、刻まれてはいないのだ。四十面《づら》を下げた赤ん坊では、どんな笑い方をしたところで、化物じみるのが当然だろう。そうとも！　そうに決っている！　現に、皺をなじませる仕事は、隠れ家に行ってからの最初の計画に、ちゃんと組込まれていた。うまくなじんでくれさえすれば、この仮面だって、ずっと身近な、あつかいやすいものになってくれるはずだ。あらかじめ予期していたことなのだから、今さらうろたえたりする必要など、少しもなかったのである……と、ぼくは巧みに問題をすりかえてうずいている疚しさに耳を傾けるどころかますますのっぴきならない深みに自分自身を追い込んでしまう結果になっていたものだ。

さて、そんな具合で、それでもなんとか、書き出しのS荘の隠れ家までは辿《たど》り着けたようである。ところで、どの辺から、傍道《わきみち》にそれてしまったのだったっけ？……そう、たしか、一人になって、繃帯《ほうたい》を解きはじめたあたりだった……では、さっそく、その先をつづけるとしよう。

隠れ家での仕事の、第一は、言うまでもなく、その仮面に皺をなじませる作業だった。べつに技術はいらなかったが、意志と、根気と、注意力だけは、いくらあっても余分ということのない、ひどく手間のかかる手仕事だった。

まず、顔いちめんに、接着剤を塗りつける。仮面をかぶる順序は鼻からだ。鼻孔のチューブをしっかり固定し、次に唇《くちびる》のめくれこんだ部分を、歯茎《はぐき》のあいだにくわえこみ、つづいて鼻梁《びりょう》、頬《ほお》、顎《あご》と、ずれや、たるみに気をくばりながら、叩《たた》くようにして周辺をおさえていく。完全に定着するのを待って、その上から、赤外線ランプであたためてやり、一定の温度が保たれている間じゅう、ある特定の表情を繰返してやる。この材料には、一定の温度以上になると、弾性が急に低下する性質があるので、あらかじめ与えておいた繊維の方向、すなわちランゲル線にそって、その表情にふさわしい皺が、しぜんに刻み込まれてくれるというわけだ。
その表情の内容や、配分については、一応次のような百分率を用意しておいた。

関心の集中……………一六％
好奇心…………………七％
同意……………………一〇％
満足……………………一二％
笑い……………………一三％
拒否……………………六％
不満……………………七％
嫌悪《けんお》……………………六％
疑惑……………………五％
困惑……………………六％
焦慮……………………三％
怒り……………………九％

もちろん、表情などという複雑微妙なものを、たったこれだけの要素に分解して、それでこと足りたなどと思っていたわけではない。この程度の要素を、ともかくパレットの上に用意しておけば、あとは混合のしかた次第で、ほとんどの中間色が表現できるはずだった。下の数字は、言うまでもなく、それぞれの利用頻度《ひんど》である。つまり、おおよそこんな比率で、感情表現をするタイプの人間を想定したということだ。……もっとも、何を規準に決めたのかと聞かれても、すぐに返事はむつかしい。ぼくはただ、自分を誘惑者の立場におき、他人の象徴であるおまえと向い合っている場面を想像しながら、一つ一つの表現を勘の秤《はかり》にかけてみたまでである。

泣いたり、笑ったり、腹を立てたり、馬鹿《ばか》のように繰返しながら、けっきょく最後は朝までかかってしまった。おかげで、翌日目をさましたのは、もう夕暮ちかくなってからだった。雨戸の隙間《すきま》が、赤い色ガラスのような光をはなち、どうやら久しぶりに雨があがったようである。しかし気分はいっこうに冴《さ》えず、茶の渋のような疲労が、べっとり全身にまつわりついていた。とくに、こめかみのあたりが、熱をもちながらうずいている。無理もない。十時間以上も、表情筋を動かしっぱなしにしていたのである。

それも、ただ動かしていただけでなく、笑っているときには本気で笑い、腹を立てているときには本気で腹を立てようと、ありったけの神経を緊張させっぱなしにしていたのだから。

なにぶん、その間は、どんな些細《ささい》な表情でも、二度と訂正のきかない紋章として、深く顔の表面に刻みこまれてしまうことになっていた。仮に贋《にせ》の笑いを繰返しでもしようものなら、ぼくの仮面には、つくり笑いしか出来ない顔という烙印《らくいん》が、永久におしつけられてしまうことになる。いくら即席の刻印だとはいえ、それがぼくの生涯《しょうがい》の履歴として、正式に登録されるのだと思うと、やはり慎重にならざるを得なかったわけである。

蒸しタオルをつくって、顔のマッサージをした。湯気が皮膚にしみた。赤外線ランプで、さんざん汗腺《かんせん》を刺戟《しげき》しながら、接着剤でその出口をふさいでいたのだから、炎症をおこすのが当然だった。ケロイドにも、さぞかし悪い影響をおよぼすにちがいない。だが、これ以上事態が悪化するわけもないのだし、いまさらそんな心配をしてみたって始まるまい。火葬だろうと、土葬だろうと、すでに死んでしまった当人にとっては、さした違いはないのである。

さらに三日間、まったく同じことを、まったく同じ順序で、繰返した。修正さるべきところは、修正され、どうやら安定してくれた様子なので、三日目の夕食は、仮面をつけたままで試してみることにした。いずれは何処《どこ》かで、遭遇しなければならない事なのだから、なんでも経験しておくに越したことはあるまい。それならいっそ、それらしい条件をととのえてやってみるとしよう。接着剤をじゅうぶんに落着かせてから、髪をかきまぜ、生《は》え際《ぎわ》を隠し、眼瞼《がんけん》のまわりの境界線を目立たせない程度の、飴《あめ》色《いろ》のサングラスをかけて、外出の時とそっくりの身仕度をととのえる。

だが、いきなり鏡に向うような不手際《ふてぎわ》はせず、まずテーブルの上に、昨夜の残りものの缶詰《かんづめ》類とパンをならべ、いかにもレストランかなにかで、大勢と一緒に食事をしている場面を想像しながら、おもむろに顔を上げて鏡を見た。

相手もむろん、顔を上げてぼくを見返した。それから、ぼくの口の動きに合わせて、パンをかじりはじめる。ぼくがスープを飲むと、相手も飲んだ。呼吸はぴったり一致していて、ごく自然だ。唇の異物感と、神経の鈍さが、わずかに味覚をそぎ、咀嚼《そしやく》にぎごちなさを感じさせはしたが、馴《な》れればこれも、入れ歯程度には忘れることが出来るに違いない。ただ、唇の端から、唾液《だえき》やスープのしずくが漏れがちなのには、よくよく不断の注意がいりそうに思われた。

とつぜん相手が、腰を上げ、いぶかしげな表情で、ぼくをのぞきにやって来た。そして、その瞬間、ぼくは飲みすぎた睡眠薬が一度に効《き》きはじめたような、衝撃的なくせになめらかな、鋭いくせに陶酔的な、不思議な調和の感情に包み込まれていたのである。たぶんあの時、ぼくの殻《から》にひびが入ったのだろう。互いにしばらく、顔を見合わせていたが、まず相手が笑い、つられてぼくも笑い出し、ついでぼくは、なんの抵抗もなく、するりと相手の顔の中に、すべり込んで行ってしまっていたのだった。たちまち、ぴったりと癒着《ゆちゃく》し合って、ぼくはもう彼になりきっている。ぼくはその顔を、とくに好ましいとも思わなかったが、さりとて、好ましくないとも思わず、すでにその顔で、感じたり、考えたりしはじめているようだった。からくりを知っている自分にさえ、そこに何かのからくりがあることが、疑わしく思われたほど、万事があまりにしっくりと行きすぎていた。

たしかに、しっくりと行きすぎている。このまま鵜《う》呑《の》みにしたりして、あとで副作用の心配はないのだろうか？　さらに五、六歩さがって、眼を細め……出来るだけ意地悪く見えそうな呼吸を見はからってから、ぱっと一気に見開いてみる……だが、相変らずの、音叉《おんさ》のようにひびきつづける、笑い波……どうやら間違いはなさそうだ。おまけに、どう少なく見積っても、五年以上は若返ってくれているようだった。

それにしても、昨日まで、何に一体あれほど悩まされたりしていたのだろう？　人間の本質とはなんのかかわりもない、面《つら》の皮などに、気兼ねなどこれっぽっちもいりはしないのだからと、あれこれ理屈をこねまわしたりしていたのも、けっきょくは、繃帯先入観にしばられた言い逃れにしかすぎなかったのではあるまいか。蛭《ひる》の巣や、繃帯のマスクなどにくらべれば、この合成樹脂の仮面のほうが、なんといってもはるかに生きた顔である。前者を、壁に画《か》いた書割《かきわり》のドアだとすれば、これは、太陽のかぐわしさがじかに吹込んでくる、開けっぱなしのドアにたとえてもいいくらいのものだ。……たぶん、ずっと前から聞えつづけていたらしい、誰《だれ》かの足音が、しだいに高まり、近づいていた。ぐんぐん近づいて来て、そのままぼくの動悸《どうき》になった。開かれた扉《とびら》がぼくをせきたてているのだ。

さあ、出掛けよう！　新しい他人の顔を通って、新しい他人の世界に出掛けよう！

ぼくは心をはずませていた。はじめて一人で汽車に乗ることを許された子供のように、期待と不安で、胸をときめかせていた。仮面のおかげで、何も彼《か》もが変ってしまうに違いない。ぼくだけでなく、世界までが、まるっきり新しい装いをこらして立ち現われるのではあるまいか。そして、その期待の渦《うず》に圧《お》しやられ、あの気掛りな疚《やま》しさも、しばらくは何処か底のほうに沈んでしまってくれていたようである。

（追記――告白しておくべきだろうと思うのだが、あの日、ぼくはかなりの睡眠剤を飲んでいた。いや、あの日だけでなく、もうしばらく前から常用しはじめていたのだ。だが、すぐに想像されるように、不安を麻痺《まひ》させるためではなかった。むしろ、無駄《むだ》な苛立《いらだ》ちを取り除いて、より理性的な状態を保つのが目的だったのである。いくども繰返したとおり、ぼくの仮面は、何よりもまず顔にまつわる偏見との闘《たたか》いであるはずだった。ぼくは、複雑な機械を操縦するときのように、仮面に対して、あくまでも目覚めていなければならなかったのだ。

それに、もう一つ……ある種の睡眠剤と、精神安定剤とを、うまく組合わせて服用すると、薬の効果が現われはじめた直後の数分間、まるで望遠レンズで自分の内部をのぞき込んでいるような、不思議に冴えわたった静寂におそわれることがある。もっとも、あれが麻痺的な陶酔ではないという確信があるわけではなかったので、つい書きそびれてしまったが、しかし、今になって思うとあの数分間の経験には、ぼくが想像していた以上の深い意味が隠されていたような気もしてくるのだ。たとえば、顔という仮の記号で組立てられた、人間関係の本質に迫ろうとするほどのものが……

薬の効きはじめはまず、石につまずいたような感じでやってくる。一瞬、体が宙に浮き、軽いめまいに襲われる。それから、草の汁《しる》のような臭《にお》いが鼻腔《びこう》をさすり、ぼくの心は遠い風景の中にさまよい出る。いや、その言い方は正確ではないかもしれない。急に時間の流れが停滞して、ぼくは方向を失い、流れの外にただよい出てしまうのだ。ただよい出たのは、ぼくだけでなく、ぼくと並んで流れていた一切のものが、それまでの関係から離れて、ばらばらになってしまっている。ぼくは流れから自由になった解放感で、この上もなく寛容になり、すべてを肯定しながら、自分の顔も、菩薩《ぼさつ》らしいという点では、おまえとそっくりなのだと、妙な独り合点《ひとりがてん》を繰返す。それほど「顔」というものに、まるで無頓着《むとんじゃく》な瞬間が、長ければ七、八分のあいだも持続してくれるのだ。

もしかすると、あの時の流れのよどみの中で、ぼくは自分の蛭の巣だけでなく、顔そのものを超え、その向う側に辿《たど》り着いていたのかもしれぬ。顔という窓口を通じての人間関係に、疑問も抱かずよりかかっていた時には、想像することさえ出来なかった自由を、ほんの僅《わず》かでも垣間《かいま》見ていたのかもしれぬ。いずれ誰もが、肉の仮面で魂の窓を閉ざし、その下の蛭の巣を包み隠しているにすぎないのだという恐るべき真相に、期せずして行き当っていたのかもしれぬ。顔を失ったおかげで、窓に描いた絵などではない、本物の外の世界に接することが出来ていたのかもしれぬ。……だとすれば、あの透明な解放感も、けっして嘘《うそ》ではなかったことになるわけだ。薬の力を借りた、一時的な瞞着《まんちゃく》などではなかったことになるわけだ。

そして……はなはだまずい事には……ぼくの仮面は、その真実を覆《おお》い隠す役目をはたすことにもなりかねない。あの、仮面に対する疚しさも、つきつめてみれば案外、そんなところに原因があったのではあるまいか。だが、仮面はすでにぼくの顔を覆ってしまっていた。それに、いつもの倍量ちかい薬が、顔のない自由さえ忘れさせるほどの効果を、発揮しはじめていたのである。ぼくは自分に言いきかせていた。おとぎばなしの世界ですら、醜いアヒルの子は、けっきょく、最後には白鳥に生れ変る権利を与えられていたではないかと……）

すっかり他人になりきってしまうためには、当然服装から変えてかかる必要があった。しかし、あいにくそこまでの準備は出来ていなかったし、今夜はほんの気分の調整だけなのだからと、簡単にジャケツをはおって出掛けることにした。既製品の、ありふれたやつだったから、それが目印になるなどということはよもやあるまい。非常階段が、音をたててきしみ、宙を飛んでいるつもりのぼくは、自分にそんな重さがあることが不思議でならなかった。さいわい、表通りに出るまでは、誰にも出会わずにすんだ。しかし、路地の角をまがったとたんに、買物籠《かいものかご》を下げた近所のおかみさんと、いきなり正面衝突しそうになった。ぼくは、かんしゃく玉を嚙《か》みくだいたような衝撃をうけて、立ちすくんだが、相手は、せわしげな視線をちらと上げたきり、何くわぬ表情でさっさと行きすぎてしまう。それでよかったのだ。何事もなかったというのが、何よりのいいアリバイではないか。

ぼくは歩きつづけた。いちおう、仮面に馴れることだけが目的だったから、べつに行先は決めなかった。さすがに、はじめは、ただ歩くだけでも、かなりの大仕事だった。期待に反して、膝《ひざ》の関節は、油が切れたようにぎごちなく、呼吸の弁の蝶番《ちょうつがい》には、すっかりがたが来てしまっている。仮面が赤面したりするわけもないのに、疚しさと、正体を見破られはすまいかという不安で、背筋が、しめられた鶏みたいにもがきまわっている。……だが、仮面に見破られることがあるとすれば、それはむしろ、そのぎごちなさのせいだろう。怪しまれるようなふるまいをするから、怪しまれるのだ。たかだか、包装紙のデザインを、ちょっぴり変更してみたというだけのことではないか。見咎《みとが》められさえしなければ、それでいい。中身にごまかしさえなければ、誰はばかることもないはずである。

そうは言ってみたものの、最初の意気込みは何処《どこ》へやら、感情が理性を裏切るように、生理が感情を裏切り、ぼくはますます萎縮《いしゅく》していく一方だった。それから三時間あまり、明るすぎるショーウインドウがあれば、反対側の店先に関心をひかれたようなふりをして、道をわたり……ネオン燈《とう》がまばゆい町並があれば、冒険を口実にして、暗い路地のほうに道をえらび……停留所ちかくで、電車やバスが近づくのを見れば、意識的に足を早めて、機会を避け……逆の場合には、わざとゆっくりして、やりすごすように心掛け……しまいには、われながら、うんざりしてしまう。こんなことでは、何日間歩きつづけようと、本当に仮面を使いこなせるようになどなれっこない。

菓子屋の店先を仕切った、小さなタバコ屋があった。そこでちょっぴり、思いきった冒険をこころみることにする。と言うと、いかにも大げさだが、要するにタバコを買う決心をしたというだけだ。近づくにつれて、胃と横隔膜の境目あたりで、なにやら騒がしくざわつきはじめた。体の何処かが、まぶしがって、涙をこぼしはじめる。急に、仮面が、ずっしりと重さを増し、いまにもずり落ちてしまいそうだ。一本のロープだけをたよりに、深さの知れない断崖《だんがい》を下りていくように足がすくみ……わずか、一箱のタバコのために、ぼくはまるで怪物と格闘するような騒ぎを演じていたのである。

ところが、どういうわけか、気がなさそうにやって来た店の売子と、視線が合ったとたん、手のひらを返したように大胆になっていた。売子が、ふつうの客に対する反応以上のものを示さなかったせいだろうか？　それとも、タバコが、死んだ小鳥のように、ぼくの手のなかで軽々と感じられたせいだろうか？　いや、原因はむしろ、仮面の変化にあったらしいのだ。他人の視線を、想像のうえだけで相手にしていた間は、かえって影におびえるようなことになっていたのが、いざ現実の視線にさらされてみて、やっと自分の本領に気付いたらしいのである。想像のなかでは、仮面は自分をさらすものかもしれないが、現実には、自分を隠す不透明な覆いなのだ。その裏側では、血管がひろがり、汗腺《かんせん》がよだれを流しているような状態でも、表面には、それこそ汗のしずく一滴うかぶ気づかいはない。

こうして、赤面恐怖症からは、あっさり立ち直ることが出来たのだが、しかしもう疲れはてていた。それ以上歩く気力はとてもなく、タクシーをひろって、まっすぐアパートに引返した。この消耗に対する報酬が、わずかタバコ一箱だったと思えば、気も滅入《めい》るが、しかし仮面の自覚を計算に入れれば、なんとか引合ったようにも思うのだ。その証拠に、部屋に戻《もど》って、仮面を脱ぎ、接着剤を洗いおとして、再び素顔と向い合ったとき、ぼくにはその無惨《むざん》な蛭の巣が、なぜかそれほど現実的なものとは感じられなくなっていた。蛭の巣が現実的である程度には、すでに仮面も現実的なものになっていたし、仮面を仮の姿であるという点でなら、蛭の巣だって、同じく仮の姿にすぎないだろう。……どうやら、仮面は、無事ぼくの顔に根をおろしはじめてくれているらしかった。

翌日は、テストの範囲を思いきって広げてみることにした。まず、起きぬけに管理人をたずね、もし隣の部屋がまだ空室《くうしつ》のままなら、「弟」のために、ぜひ借りたいと申し入れる。「弟」というのは、むろん、もう一人の仮面のぼくのことである。

残念ながら、一日ちがいで、借手が決ってしまった後だった。

しかし、そのために、計画を変更しなければならないというほどのことではない。それよりも、この機会に、せいぜい「弟」なるものの存在を売り込み、はっきり相手に印象づけておくことの方が大事だったのだ。

——「弟」は、ひどく不便な郊外に住んでいるうえに、やはり不規則な仕事に従事しているので、随時使える休息用の部屋をほしがっていたんですよ。しかし、そういうことなら、やむを得ない。お互い、似たような条件なのだし、ぜいたくは言わずに、二人で共有することにしましょう。

そしてすかさず、部屋代も三割増しにしたいと申し出る。管理人は、困った困ったと、しきりに困ったような顔をしてみせたが、本心から困ったりするわけはないのだ。あげくに、「弟」の分ということで、まんまと合鍵《あいかぎ》までせしめることに成功した。

十時頃《ごろ》、仮面をかぶって、外に出た。眼鏡や、ひげに似合った、仮面のための服装をととのえるためである。出掛けてしばらくは、さすがに、日中はじめての外出だという緊張をまぬがれえなかったが……昨夜、その気配をみせはじめた仮面のひげ根が、一晩のうちに、本式の根になって成長しはじめたせいなのか……それとも、さらに量を増した精神安定剤のせいなのか……やがてぼくはバスを待ちながら、悠然《ゆうぜん》とタバコをふかしはじめたりさえしていたものである。

だが、仮面の生命力のしぶとさを、本当に思い知らされたのは、洋服をあつらえにデパートに立ちよった時だった。ひげと、眼鏡の釣合《つりあい》からいって、多少派手な柄《がら》にするのは当然だとしても、なんとぼくは、当節流行の、襟《えり》の細い三つボタンの上衣《うわぎ》を選び出していたのである。信じられないことだった。第一、流行などについて、多少の心得でもあるということ自体が、すでに理解を超えたことだったのだ。……しかも、そればかりでなく、わざわざ貴金属売場に行って、指輪まで買い込んだ。どうやら仮面は、ぼくの思惑《おもわく》などはそっちのけにして、自分勝手に歩きはじめるつもりらしい。べつに、迷惑とも思わなかったが、とにかく不思議だった。可笑《おか》しくもないのに、くすぐられているような、とりとめのない笑いが次から次へとこみ上げてきて、ぼくもけっこう一緒になってはしゃいでいたようでもある。

デパートを出たあと、はずみも手伝ったのだろう、つづけてもう一つ、小さな冒険を重ねてみることにした。といっても、大したことではない、繁華街の外《はず》れの奥まった路地にある、小さな朝鮮料理屋に立ち寄ってみただけのことである。しばらく、ろくな食べかたもしていなかったので、胃の腑《ふ》からの催促もあったし、それにあの濃い味付けをした焼肉は、かねてぼくの好物でもあったのだ。……だが、果してそれだけだったろうか。果して焼肉だけが、ぼくをそこに立ち寄らせた動機だったのだろうか。

どこまで意識されていたかは、別問題である。しかし、わざわざ朝鮮人の店を選んだことに、なんの理由もなかったと言っては、嘘《うそ》になってしまうだろう。ぼくは明らかに、そこが朝鮮人の店であり、朝鮮人の客が多いことを、考慮に入れていた。朝鮮人ならば、ぼくの仮面にまだ多少の生硬さが残っていても、気付きはしないだろうという、無意識の計算はもちろんのこと、何かそれ以上に、身近な付合い易《やす》さを感じていたように思うのだ。あるいは、自分が顔を失っていることと、朝鮮人がしばしば偏見の対象にされることとの間に、類似点をみとめ、知らずに親近感をおぼえていたというようなことだったのかもしれない。むろん、ぼく個人は、朝鮮人に対してなんの偏見も持ち合わせてはいないつもりだ。第一、顔なしの身では、偏見を持とうにもまずその資格がない。もっとも人種的偏見というやつは、おおむね個人の思惑の外にあるもので、歴史とか民族とかの上に多少とも影を落している以上、すでにまぎれもない実体なのである。だから、主観的にはともかく、彼等のあいだに避難所を求めたこと自体が、理屈の上では、やはり偏見の変形ということになるのかもしれないが……

青い煙が立ちこめていた。古ぼけた換気扇が騒がしい音をたてていた。客は三人で、運よく三人ともが朝鮮人らしかった。そのうち二人は、一見したところ、日本人とほとんど区別がつかなかったが、いかにも流暢《りゅうちょう》な朝鮮語のやりとりは、まぎれもなく本物であることを証明している。三人は、昼間だというのに、ビールをもう何本も空にして、ただでさえせわしげな言いまわしに、いっそう激しいはずみをつけていた。

ぼくはたしかめるように、仮面の頰《ほお》のあたりをさすってみながら、さっそく彼等の陽気な調子に感染してしまっていた。というより、感染しようと思えば出来るのだという、人並みの能力に、すすんで酔おうと努めていたのかもしれない。それとも、よく小説などに出てくる、浮浪者がとかく金持の親類の話をしたがる、あの心理に通ずるものだったのだろうか。ともかく、安っぽいテーブルに向って、焼肉を注文している自分を、ぼくは映画の主人公か何かのように、極彩色で感じていたものである。壁を油虫が這《は》っていた。誰《だれ》かが忘れて行ったらしい、テーブルの新聞紙をたたんで、その油虫を叩《たた》き落してやった。それから、ぼんやり見出しの活字をひろっていくと、やがて求人広告の欄があり、つづいて映画館や、ミュージック・ホールや、様々な遊び場の案内欄が並んでいた。そして、それらの活字の組合せは、奇妙にぼくの想像力を刺戟《しげき》したものだ。その広告欄の間をぬって、謎《なぞ》と囁《ささや》きにみちた一つの風景が開けはじめ、休みなく続いている三人のお喋《しゃべ》りは、ちょうどおあつらえ向きの伴奏の役目をしてくれていた。

おみくじ付きの灰皿《はいざら》があった。十円入れて釦《ボタン》を押すと、下の穴から、マッチの軸《じく》ほどに巻いた紙の筒が出てくる仕掛けのやつである。ぼくの仮面は、そんなものまで試したくなるほど、はしゃいだ気持になっていたらしい。紙筒をひらくと、ぼくの運勢は次のように占われていた。

《小吉——待てば海路の日和《ひより》あり。泣きぼくろを見たら西へ行け。》

思わず吹き出しそうになったとき、例の三人のうちの一人が、ふいに日本語になり、ぼくの注文品を搬《はこ》んで来ていた店の女の子に向って、こう声をかけたのである。

「おい、ねえちゃん、おまえ朝鮮人の田舎者みたいな顔だな。本当に、朝鮮人の田舎者とそっくりだぞ。」

声をかけたというよりは、むしろわめいたという感じだった。ぼくは、自分が嘲《あざけ》れでもしたように、ぎくりとして、つい首をすくめる思いで娘をうかがったが、彼女は私の前に肉の皿を置きながら、三人の高笑いに合わせて自分も顔をほころばせ、すこしも動じた風はない。ぼくは混乱してしまう。すると、その朝鮮人の田舎者という表現には、案外ぼくが感じたほどの悪意はなかったのかもしれない。そういえば、そのわめいた本人こそ、三人の中でも一番武骨な感じの中年男で、誰よりも朝鮮の田舎者という形容にふさわしいのだった。前後の話しっぷりの陽気さから判断して、あるいは、自嘲《じちょう》をふくめた単なる冗談だったのかもしれないという気もする。それに、言われた娘が、じつは同じ朝鮮人だったという場合だって、じゅうぶんにありうるわけだ。この年頃の朝鮮人なら、日本語しか知らなくても、べつに珍しくはないだろう。そうなると、あの表現は、自嘲どころか、むしろ好意をふくんだ肯定的な呼び掛けでさえありうる。きっとそうだったのだ。第一、朝鮮人が、朝鮮人という文句を、否定的に使ったりするわけがないではないか。

そんなふうに、幾重にも屈折しながら、けっきょくぼくが辿《たど》り着いたのは、ぬけぬけと朝鮮人に親近感を抱いたりしていた、浅薄な自己欺瞞《ぎまん》に対する、耐えがたい後ろめたさだったのである。ぼくの態度は、たとえて言えば、白人の乞食《こじき》が、有色人種の帝王を仲間あつかいにするようなものだった。同じ偏見の対象になっているといっても、ぼくの場合と、彼等の場合とでは、まるで次元が違うのだ。彼等には、偏見の所有者を嘲笑する権利があるが、ぼくにはない。彼等には、偏見に対して力を合わせる仲間がいるが、ぼくにはない。もし、本気で彼等と対等の立場に立とうと思えば、いさぎよく仮面を脱ぎすて、蛭《ひる》の巣をむき出しにしてからにすべきだったのだ。そして、顔のない化物同士をかたらって……いや、無意味な仮説だ、自分を愛することが出来ない者に、どうして仲間を求めたり出来るだろう。

それまでの意気込みは何処《どこ》へやら、急に寒々と、何もかもが厭《いと》わしく、ふたたびあの疚《やま》しさに体の芯《しん》までいぶされる思いで、すごすごと隠れ家に引返すしかなかった。ところが、アパートの前で、よほど動転していたのだろう、ぼくはまたしても、とんだ失態をしでかしてしまったのだ。なにげなく、路地をまがろうとして、ぱったり管理人の娘に出っくわしてしまったのである。

娘は、壁にもたれて、不器用な手つきでヨーヨーをして遊んでいた。ヨーヨーは、特大型で、ずっしり黄金色に輝いていた。ぼくはどきりと立ちすくんでしまう。まったく、うかつだった。この路地は、袋小路で、裏の駐車場か、非常階段の利用者にしか用はないのだ。「弟」として、はっきり管理人の家族に自己紹介をすませるまでは、仮面で裏口から出入りしたりすべきではなかったのだ。もっとも、まだ出来たてのアパートで、住人たちも昨日、今日という新入りがほとんどだったから、かまわず通りすぎてしまえば、それでよかったのかもしれないが……と、一応すぐに、姿勢を立てなおしてはみたのだが、もう手後《ておく》れだった……娘のほうでも、ぼくの狼狽《ろうばい》に、すでに気付いてしまった様子である。どうやってこの場を切り抜けたものだろう？「あの部屋に」、といかにも手際《てぎわ》の悪い言いわけだとは思いながら、他に名案も浮ばぬままに、「小父《おじ》さんの、兄さんが住んでいるんだけどね……いま、いるかな？……こんなふうに繃帯《ほうたい》で顔をぐるぐる巻きにした人さ……知っているだろう？」

ところが、娘は、わずかに身じろぎしただけで、口もきかなければ、表情を変えようともしないのだ。ぼくはますます慌《あわ》ててしまう……やはり何かを勘づかれてしまったのだろうか？……いや、そんなはずはない……父親の管理人のぐちを信じるなら、見掛けは一人前の少女でも、その知能指数はやっと小学校に上ったか上らないかの程度だという。幼いころ、熱病から脳膜炎を併発し、完全には恢復《かいふく》せずにしまったらしいのだ。虫の羽のように弱々しい口もと……幼児のような顎《あご》……狭く傾《かし》いだ肩……そして、それらと対照的な、大人っぽい瘦《や》せた鼻……虚《うつ》ろで、いびつな、大きな眼《め》……まずそう考えて間違いはなさそうである。

しかし、娘の沈黙には、無視して通り過ぎてしまうには、やはりなんとなく、こだわりを感じさせられるものがあったのだ。ともかく、口だけは割らせてやろうと、その場の思いつきを言ってみる。

「すごいヨーヨーだね、うまく動いてくれる？」

すると娘は、びくりと肩をふるわせ、あわててそのヨーヨーを後ろ手に隠しながら、ひどく挑戦《ちょうせん》的な調子で答えたものである。

「私のよ、嘘《うそ》じゃないわ！」

とたんにぼくは、笑い出したいような気分になっていた。ほっとすると同時に、もうしばらく、からかってみてやりたくもなる。心配させられた分の、お返しもあり、前に一度繃帯の覆面に悲鳴をあげたことのある相手を、適当に翻弄《ほんろう》してやるのも、まんざらではないだろう。娘は、知能指数はともかく、一応出来損《できそこな》った妖精《ようせい》のような魅力はもっていた。あわよくば、あぶなっかしくなりかけていた仮面の権威を、いささかなりとも取戻す足しになってくれないとも限るまい。

「本当かな？　嘘じゃないっていう証拠は、どこにあるの？」

「信じてもらうの、好きよ。だって、絶対に損はかけないもん。」

「信じるよ。でも、そのヨーヨーには、きっと誰か他の人の名前が書いてあるんだと思うな。」

「そういう事って、意外と当てにならないものよ。昔々、一匹の猫《ねこ》が言いました……うちの猫みたいな、ぶちじゃなくて、それはそれは、まっ白な猫なの……」

「いいから、見せてごらんてば……」

「私だって、内緒事は、絶対に守るわよ。」

「内緒……?」

「昔々、一匹の猫が言いました。鼠《ねずみ》が私に鈴をつけたがっている、さておまえさま、どうしましょう……」

「よし、それじゃ、それとそっくり同じやつを、小父さんが買ってあげようか。」

ぼくはただ、こんなやりとりを続けられるということ自体に、自己満足をおぼえていただけなのだが、この誘いの効果は、予想をはるかに超えて現われたのである。娘は、壁に背をこすりつけながら、しばらくじっと、ぼくの言葉の意味をはかっているふうだった。それから、疑わしげな上眼《うわめ》づかいで、つっかかるように、

「お父さんには、内緒で?」

「むろん、内緒でさ。」

ぼくはつい笑いだしてしまい（そら笑っている！）笑っている仮面の効果を、意識しながら、二重に笑った。どうやら娘も、やっと納得する気になったらしい。棒のようにつっぱらせていた背筋の力をぬいて、下唇《したくちびる》を突き出すと、「いいわ……いいわ……」歌うように繰返し、黄金色のヨーヨーを未練がましく上衣の裾《すそ》にこすりつけながら、「本当に買ってくれるんなら、返してくる……でも、本当に、黙って盗《と》って来たりしたんじゃないわよ……ずっと前からの、約束だったの……でも、返してくる……いますぐ行って、返してくるわね……私って、お気に入りなのよ、なんでも、人から贈り物してもらうのが、すごくお気に入りなの……」

壁に背をあてた姿勢のまま、横這《よこば》いになってぼくの傍《そば》をすりぬけて行く。子供はけっきょく、子供なのだ……ほっと、くつろぎかけたぼくに、すれちがいざま娘が、囁《ささや》きかけた。

「内緒ごっこよ！」

（内緒ごっこ？）……どういう意味だ？……なに、気にすることはないさ、あんな知能のおくれた小娘に、そんな複雑な駈《か》け引《ひ》きが出来るわけがないじゃないか……と、視野の狭さのせいにしてしまうのは、たやすいことだったが、しかし、視野の狭い犬のほうが、嗅覚《きゅうかく》だけはかえって鋭敏だということもあるわけだし……第一、そんな気づかいをしなければならないということ自体、ふたたび自信がゆらぎはじめたことの、証拠のようなものだった。

なんとも後味の悪いかぎりである。顔ばかりを新しくしてみても、記憶や習慣がもとのままでは、まるで底の抜けた桶《おけ》で水をすくうようなものだ。顔に仮面をかぶった以上は、心にだって、それにふさわしい、計算しつくされた仮面が必要なのである。出来れば、嘘発見器からだって、付け込まれずにすむくらいの、演技とつくりごとに徹したいものである。

仮面を脱ぐと、汗にむれた接着剤が熟《う》れすぎた葡萄《ぶどう》のような臭《にお》いをたてていた。とたんに、我慢のならない疲労が、つまった下水のようにあふれ出し、関節という関節に、ねっとりタールのような淀《よど》みをつくりはじめた。しかし、ものは考えようである。最初の試みとしては、いちがいに悪いことばかりだったとも言い切れまい。赤ん坊でさえ、生れる苦しみは、並たいていのものではないのだ。まして、一人前の大人が、赤の他人として再生しようというのだから、多少の躓《つまず》きや軋轢《あつれき》は、むしろ当然だったと考えるべきではあるまいか。何一つ、致命的な怪我《けが》には至らなかったことを、むしろ感謝すべきなのではあるまいか。

仮面の裏をぬぐって、型台に戻し、顔を洗って、クリームをすりこみ、しばらく、顔の皮膚を休養させるつもりで、ベッドに横になっているうち、ここのところ続きすぎた緊張の反動だろう、まだ西陽《にしび》がかげってもいない時刻だというのに、ぼくはぐっすり寝込んでしまっていた。そして、次に目を覚ましたのは、もうそろそろ夜が明けはじめる頃《ころ》だったのである。

雨は降っていなかったが、粒子の荒い霧にさえぎられて、道路をへだてた商店街の裏は、黒々とした森のように見えた。空は微《かす》かに色づき、やはり霧のせいだろう、いくぶん赤味をおび、いつもよりは紫がかって感じられた。窓を開けはなって、潮風のようにねばつく空気を胸いっぱいに吸い込むと、他人の眼のことなど少しも気にする必要のない、この隠者のための時は、まるで自分だけのために用意された、素晴らしい特別席のように思われたものである。……そう、この霧のなかにこそ、おそらく人間存在のありのままの姿が示されているのではあるまいか。素顔も、仮面も、蛭《ひる》の巣も、そうしたあらゆる仮の装いは、すべて放射線を当てられたように透きとおってしまい……実体と本質だけが、なんの虚飾も残さずに洗い出されて……人の魂は皮をむいた桃のように、直接舌で味わうことの出来るものになる。むろんそのためには、孤独という代価を支払わねばなるまい。だが、それだって構いはしないではないか。顔を持った連中が、ぼくより孤独でないなどという保証は何処《どこ》にもないのだ。面《つら》の皮にどんな看板を下げていようとその中身は、いずれ難破船の漂流者と選ぶところはないはずである。

それに、孤独というやつは、逃れようとするから、地獄なのであり、すすんで求める者には、むしろ隠者の倖《しあわ》せであるらしい。よろしい、それではぼくも、めそめそ悲劇の主人公面《づら》するのはよしにして、一つ隠者志願でもしてやるとしようか。せっかく顔におされた孤独の刻印なのだから、これを有利に使わないという法はあるまい。さいわいぼくには、高分子化学という神があり、レオロジーという祈りの言葉があり、研究所という僧院があり、孤独によって日々の作業をさまたげられたりする気遣《きづか》いはまるでない。それどころか、これまで以上に、単純で、正確で、平和で、しかも充実した毎日が保証されるのではあるまいか。

しだいに赤味を加えていく空を見つめながら、ぼくの心も、たしかに明るさを増していた。むろん、これまでの悪戦苦闘のことを思うと、この気持の変化は、いささかあっけなく、多少釣《つ》り合いがとれないような気がしないでもなかったが、このまま沖合に漕《こ》ぎ出して、取り返しのつかぬ目にあっていた場合のことを思えば、不平など言えた義理ではあるまい。ぼくは、まだ岸が見えているうちに、舵《かじ》を切りかえす機会をつかめたことを、心底から感謝しながら、テーブルの上の仮面を振向いてみた。軽く、寛容で、透明な、なんのこだわりもない素直な気持で、ぼくは仮面に別れを告げるつもりだったのである。

だが、空の明るみは、まだ仮面まではとどいていなかった。無表情にぼくを見返す、その黒い他人の首は、ぼくの言いなりにはならない、独立の意志を秘めているもののように、強くぼくの接近をはばんでいた。ぼくは、その仮面を、まるで伝統の国から来た悪霊《あくりょう》のようだと思い、それからふと、はるか昔に読んだか聞いたかした、ある童話の筋を想《おも》い出していたものである。

――ムカシ一人ノ王ガイタ。アルトキソノ王ガ不思議ナ病気ニカカッタ。シダイニ体ガ融《ト》ケテイク、恐ロシイ病気ダッタ。医者モ薬モ、役ニ立タナカッタ。ソコデ王ハ、王ノ姿ヲ見タモノハ死罪ニスルト言ウ、新シイ法律ヲサダメルコトニシタ。コノ法律ハ効《キ》キ目ガアリ、王ノ鼻ガ融ケ、手首カラ先ガ無クナリ、膝《ヒザ》カラ下ガ消エハジメテモ、誰《ダレ》一人、王ガ昔ノママ健在デアルコトヲ疑ウモノハイナカッタ。ヤガテ病気ガ悪化シ、融ケカカッタ蠟燭《ロウソク》ノヨウニ、身動キモ出来ナクナッタ王ハ、ヤット救イヲ求メルツモリニナッタガ、時ハスデニ遅ク、王ニハ口サエモ無クナッテシマッテイタノダッタ。ソレカラツイニ、王ハ消滅シタ。ソレデモ、忠実ナ臣下タチハ、誰一人、王ノ不在ヲ疑ッタリスルモノハイナカッタ。ソレバカリカ、コノ沈黙ノ王ハ、二度ト誤《アヤマ》チヲオカスコトガナカッタカラ、名君トシテ、ナガラク民衆ノ敬愛ヲ一身ニアツメ続ケテイタト言ウ。

ぼくは急に、腹立たしくなり、窓を閉めると、もう一度ベッドにころがり込んだ。じっさいに仮面をためしてみたのは、まだわずかに半日足らずのことである。たったそれだけの経験で、なにもそう深刻に騒ぎ立てるほどのことはあるまい。弱音をはくくらい、何時《いつ》だって出来ることだ。眼をとじて、雨に濡《ぬ》れた窓から始め、舗道の割目からのぞいている一本の草だとか、動物の形をした壁のしみだとか、傷《いた》めつけられた老木の幹の瘤《こぶ》だとか、露の重さに破れかかった蜘蛛《くも》の巣だとか、そんな意味もない片《かた》隅《すみ》の光景を、次々に思い浮べてみる。苛立《いらだ》って眠られない時などにやる、ぼくの何時もの儀式である。

だが、いっこうに効果が現われてくれない。それどころか、腹立ちはわけもなく膨張をつづけ、ますます我慢のならないものになりはじめた。それから突然、ぼくはあの外の霧が、毒ガスであってくれたらよかったものだと思った。さもなければ、火山の爆発か、戦争になり、世界が窒息し、現実が粉々になってしまえばいい。人工器官のK氏は、戦場で顔を失った兵士が自殺したというような話をしていたが、そんな例もあったとしても、ぼくだって、青春の大半を戦場で送ったのだから、よく知っている。あれほど顔の相場が下落した時代はほかになかった。死が仲間よりも身近にいるようなとき、他人との通路などが、なにほどの意味を持ち得よう。突撃する兵士に、顔はいらない。そうだ、あれこそ繃帯《ほうたい》姿が美しく見える、唯一《ゆいいつ》の時代だったのではあるまいか。

ぼくは想像の中で、砲手になり、目にうつる限りのものを目掛けて、射《う》ちまくった。そして、その硝煙《しょうえん》のなかで、やっと再び睡《ねむ》りに落ちていた。

それにしても、太陽光線が人間の心理におよぼす影響というやつは、不思議なものである。それとも、単に、寝が足りたという事だったのか。まぶしさに寝返りをうって、目を覚ますと、もう十時もかなりまわっており、薄明のなかでの、あの繰り言など、まさに朝露よろしく、きれいさっぱり蒸発してしまっていた。

いよいよ明日で、贋《にせ》の出張期限も終りになる。それまでに、例の計画を実行にうつそうと思えば、仮面の実習は、どうしても今日いっぱいで卒業にしなければならないのだ。けっこう浮々した気分で、仮面をかぶり、身仕度をととのえる。多少気恥ずかしい思いで、例の新調の服で身を包み、手には指輪をはめて、変装の仕上げをしてみると、なかなかどうして粋《いき》なものだった。これが、薬品の染《し》みのついた上っぱりを着て、分子式を相手に朝晩を送っていた、同じ自分だなどとはとうてい思えない。なぜそう思えないのか、理由をつきとめてみたいような気もしたが、残念ながら、気がせいていた。せいていたばかりでなく、ぼくは自分のあざやかすぎる変身ぶりに、ほろ酔い加減でもあったようである。眼球の底から、さらに指二本分くらい奥まったところで、なにかの開始を告げるらしい花火の音が、断続しながら鳴りつづけていた……じっさいぼくは、祭を見物に出掛ける、伊達者《だてしゃ》気取りでいたのである。

今度は、外に出るのにも、思い切って玄関を使うことにした。最初から「弟」なのだから、べつに人目をさける必要はなかったし、うまく娘に出会う機会でもあれば、例のヨーヨーを売っている店の所在をたしかめておきたい。ああいう玩具《がんぐ》がどういう所で売られているのか、ぼくには見当もつかなかったのだ。最初の息子に死なれ、つづけての流産という目にあわされてからは、たぶん意識的に避けていたのだろう、子供の世界というものから、さっぱり縁遠くなってしまっていた。……だが、残念なことに、娘とも管理人とも、けっきょく顔を合わさずにしまった。これといった目的があるわけでもないので、まずヨーヨー探しから始めることにする。専門店といっても、べつに心当りがないので、手始めにデパートの玩具売場から見てまわった。どうやら昨今の流行らしく、どこの売場でもかならず陳列台一つがヨーヨーのためにあてられており、そのまわりに子供たちがダニのようにへばりついている。そんな場所に仲間入りするのは、精神衛生上、あまり望ましいことではなさそうで、なんとなくためらわれたが、そうかといって、あの気掛りな「内緒ごっこ」に、まじない封じをしないわけにはいかず、覚悟を決めて、その小さなダニどもの間に割り込んで行ってみた。だが、あいにく、目指す型のヨーヨーは見付からない。そういえば、あのヨーヨーは、色といい形といい、あまりデパート的ではなかったようにも思う。つまり、菓子にたとえれば、むしろ駄菓子《だがし》屋向きの感じだったのである。そこで、外に出て、それらしい店を探しながら、小一時間も歩きまわり、やっと駅の反対側の裏通りで、間口のせまい一軒の玩具専門店を尋ねあてた。

さすがに、デパートの玩具売場などとは、まるっきり毛色がちがっていた。駄菓子屋なみに、安物売りというのでもないが、さりとて、高級品だけを扱っているわけでもなく、たぶん自分の小遣銭をつかって、自分の判断で買い物をする、やや年かさの子供をねらっているのだろう、どことなく秘密めかした、無邪気な悪のよそおいをこらしている。言ってみれば、瓶詰《びんづ》めのジュースよりも、三角の袋に入った着色砂糖水のほうを好む、あの子供の心理に臆面《おくめん》もなくてらっているのだ。そして、案のじょう、例のヨーヨーもあった。合成樹脂で出来た、その割れ目のある球体を手にとってみながら、ぼくはふと、この見事なまでに裏通り的な意匠を表現しえた製造者のことを思って、つい苦笑を浮べずにはいられなかった。もともと、単純な形だけに、その誇張にはすこぶる微妙なものがある。自分の嗜好《しこう》に対して、よほど無慈悲にならなければ、とうてい思いつけることではない。それは、嗜好をなくすることではなく、むしろおのれの嗜好に、あらん限りの意識の光を当てることなのだ。自分の嗜好を、虫けらのように地面に捨てて、靴《くつ》の踵《かかと》で思うさま踏みにじることなのだ。無残なことだろうか？　当然、無残な場合もあるだろう。しかし、自分の意志で選んだのだとすれば、逆に世間に対する復讐《ふくしゅう》の快感や、服を脱いで裸になったような、解放感もありうるのではあるまいか。なにも、嗜好のままにふるまうばかりが自由なのではなく、嗜好から逃げ出す自由というものだってありうるのだから……

そう、あらためて断わるまでもなく、これはぼく自身おかれた立場に重ね合わせての、感想でもあったわけだ。ぼくも、他人の顔にふさわしく、他人の心を創《つく》り出そうとして、ほとんど一と足ごとに、自分の嗜好を踏みにじりながら歩かなければならなかった。ところが、この作業が、想像していたほどには、むつかしい事ではなかったのだ。まるで仮面に、秋を呼ぶ力がそなわってでもいるように、古いぼくの心は落ちるのを待っている枯葉になり、ぼくはほんのちょっぴり手を貸して、軽く枝をゆすってやるだけで事足りた。なんの感傷もないわけではなかったが、せいぜい薄荷《はっか》が目に入ったくらいのことで、虫に刺されたほどの痛みも感じなかったのは、むしろ意外なくらいだった。自我というやつも、どうやら言われているほどのものではないらしい。

ところで、そうやって消した古キャンバスの上に、一体どんな心を描き出すつもりだったのか。むろん、子供の偶像でもなければ、また、ぼく自身の偶像でもなかった。それは、明日の計画のための心……ヨーヨーだとか、観光絵葉書だとか、宝石箱だとか、イモリの黒焼きだとか、そんな辞書をひけば分るような名称で呼んでやることは出来なかったにしても……行動のプログラムとしては、航空写真で作成した地図ほどにも明確に予定されたものだったのだ。思わせぶりの暗示なら、もう何度も繰返した。しかし、その内容も、また結果も、すでに完了した事件として、舌にのせ、耳に聞き、指に触れることさえ出来る現在、いまさら言葉にして言うことの痛みを理由に、そんな暗示だけですませておくという法はあるまい。この機会に、はっきり言ってしまうとしよう。ぼくは、赤の他人として、おまえを……おまえという他人の象徴を……誘惑し、犯すつもりだったのである。

いや、待ってくれ……ぼくはそんなことを書くつもりだったのではない……書かなくても分っていることを繰返して、時間をかせごうというほど、未練がましくはないつもりだ。ぼくが書きたかったのは、問題のヨーヨーを買ったあとの、自分でも意外としか言いようのない、奇妙な行動についてだったのである。

その玩具店の、奥の三分の一ほどは、拳銃《けんじゅう》の模型の飾り棚《だな》になっていた。その中には、輸入品らしい、値段も張るが、じつに精巧に出来たやつが幾つかあり、手に取ってみると、ずっしりと重く、銃口を鉛でふさいである以外、引金や弾送りの仕掛けなども、実物と寸分変りがない。いつぞや、模型の拳銃を改造して、実弾を射《う》ったというような新聞記事を目にした記憶があるが、多分こういうやつを使ってやったのだろう。……それにしても、このぼくが、拳銃の模型に熱中したりしている姿を、おまえにうまく想像できるだろうか。研究所のなかの親しい連中だって、多分できはしまい。いや、その光景に実際立ち合ってみるまでは、ぼく自身にだって、まったく思いもよらぬことだったのである。

だから、店の主人が、ヨーヨーを包んでくれながら、「お好きですね。なんなら、取っておきのやつを、お見せしましょうか。」と、探るような薄笑いを浮べて、囁《ささや》きかけてきたときには、ぼくは一瞬、自分が自分であることを疑いかけていたほどである。と言うよりは、自分がいっこう自分らしい反応を示さないことに、すっかりうろたえてしまっていたと言ったほうが、より正確かもしれない。自覚しながら、うろたえるというのは、矛盾しているようだが、それが仮面の仮面たるゆえんだったのである。仮面は、ぼくの狼狽《ろうばい》をよそに、野兎《のうさぎ》のような顔をした店の主人にうなずき返し、それで自分の実在が確認できるとでもいうように、その取っておきなる品物の交渉に熱中しはじめていたものだ。

それはワルサーの空気拳銃だった。三メートルの距離から、五ミリの板を撃ちぬけるという強力なもので、値段も二万五千円とかなりのものだったが……どうしたと思う?……二万三千円に負けさせて、ぼくはそいつを買ってしまっていたのだ。よろしいですか、こいつは非合法ですからね、空気拳銃は空気銃ではなくて、拳銃扱いなんですよ、拳銃の不法所持は取締りがきびしいですからな、本当に、くれぐれも気をつけて下さいよ……それでもぼくは、そいつを買ってしまっていたのである。

まったくおかしな気分だった。素顔のぼくが、目立たぬ小腸の襞《ひだ》のあたりにもぐり込んで、こっそり小声で呟《つぶや》いてみる……こんなはずではなかったのに……ぼくはただ、おまえの誘惑者にふさわしい、狩人《かりうど》の顔というごく純粋な動機だけで、外向的で非調和型のタイプを選んだつもりだったのに……これでは話がちがう……ぼくはただ、自分の恢復《かいふく》に手を貸してくれと頼んだだけなのだ……好き勝手をしてくれと頼んだことなど、一度だってありはしない……そんな、ピストルなんか持って、一体ぼくはなにを仕出かそうというのだ……

だが仮面のやつは、わざとポケットの上から、固い感触を叩《たた》いてみせたりしながら、ぼくの困惑を笑い、たのしんでいるようでさえあった。もっとも、素顔の問いに対する答えは、仮面自身にも、はっきり分っているわけではなかったのだ。未来とはつねに、過去からの演算にほかならない。誕生してから、まだ二十四時間と生きていない仮面に、明日の行動予定などがあろうはずもなかった。人間の社会的方程式とは、要するに、年齢の函数《かんすう》そのものであり、零歳の仮面の可能性は、まさに赤ん坊のように自由でありすぎた。

しかし、駅の手洗所の鏡にうつった、その黒眼鏡の赤ん坊は、ポケットにしのばせているものの連想も手伝ったのか、いやに荒々しく挑戦《ちょうせん》的で、ぼくはこの零歳を、いったい見くびっていいものやら、それとも恐れなければならないものやら、正直言って、すぐには見当もつけかねていたものである。

さて、どうしよう……しかしこれも、することが分らずに手をこまねいている、どうしようではなく、むしろ、好奇心にあふれんばかりの、虎視眈々《こしたんたん》たる問い掛けだったのだ。なにしろ、仮面にとっては、最初の一人歩きだし、ぼくとしては、とにかく歩きまわらせるという以外に、べつに計画らしいものは持っていなかった。まず世間の空気になじませるのが先決で、下手《へた》にお膳立《ぜんだ》てをして、かえって萎縮《いしゅく》させるようなことになってはまずいと、いたわりながら手を引いてやるくらいのつもりだったのである。だが、玩具店での出来事以来、すっかり主客が転倒してしまっていた。手を引いてやるどころか、釈放されたばかりの囚人のような、この飢えきった魂の後を、あっけにとられながらつけて行くのがやっとの有様だったのである。

さて、どうしよう……仮面は、指の腹で軽く顎《あご》ひげをなでながら、多分、繃帯《ほうたい》の覆面にたいする反動もあったのだろう、これ見よがしに顔をそらせて、待ち構えるように、舐《な》めるように、うかがうように、貪欲《どんよく》に、挑戦的に、たしかめるように、ものほしそうに、確信ありげに、ねらうように、探るように、事あれかしと願う、狩人のように……つまり、こういう場合に考えられうる、あらゆる姿勢を何割かずつ、搗《つ》き混ぜ、練り合わせた、いわば飼い主の目を盗んで逃げ出して来た仕付けの悪い犬のような表情で、しきりと鼻をひくつかせていたものだ。これは第三者の反応などから仮面がそれだけ自信を持ちはじめたことのしるしでもあり、ぼくも半ば、してやったりという満足感を味わっていたことは否定できない。

だが同時に、たまらなく不安でもあった。いくら素顔のぼくとは違うと言っても、ぼくはぼくである。催眠術をかけられたわけでも、麻薬をかがされたわけでもないのだから、仮面のどんな行動に対しても……ポケットに空気拳銃をしのばせていることについてだって……最終的な責任を負わなければならないのは、やはりこのぼくなのだ。仮面の人格は、決して手品師のシルクハットから飛び出した兎《うさぎ》のようなものではなく、素顔の門衛からきびしく出入りを差し止められていたため、つい意識されずに来てしまった、ぼくの一部にほかならないはずである。そして、理屈の上では、たしかにその通りだと納得しながら、しかもその人格を、全体としては思い浮べることが出来ないのだから、ちょうど記憶喪失症にかかったようなものだった。抽象的な自我があるだけで、それに内容を与えることが出来ない苛立《いらだ》たしさを、想像してみてもらいたい。ぼくは混乱した気持で、一度は何くわぬげに、ブレーキをかけてやろうとしたこともある。

——例の三十二号試料の失敗、あれはテストのやり方がまずかったのかな、それとも、仮説自体に無理があったのかな？

さしあたっての、研究室での重要問題を話題にして、己《おの》れの立場を思い出させてやろうと思ったのだ。ある種の高分子物質は、圧力に対する弾性率の変化が、温度に対する変化と、函数《かんすう》関係にあるらしいという仮説を立て、ずっと見込みどおりの実験結果を得て来たのだが、それが最近三十二号試料で、完全にくつがえされそうになり、かなり深刻な状況に追い込まれていたのである。

ところが仮面は、ちょっぴりうるさそうに眉《まゆ》をひそめただけだった。当然だと思う一方、やはり自尊心を傷つけられたような気がして——（欄外註——もともと仮面は、自分を恢復するための、手段にしかすぎなかったのだ。庇《ひさし》を貸して、母屋《おもや》を取られそうになっていたことを思えば、とても自尊心程度でやにさがっているわけには、いかなかったはずなのだが）——つい、くってかかるような調子になってしまっていた。

——それじゃ、一体、何になりたいって言うんだ？　その気になれば、おまえなんぞ、今すぐにでも引っぺがしてしまえるんだからな。

しかし仮面は、平然と、事もなげに受け流し、

——分っているだろう、誰《だれ》でもないものにさ。これまで、さんざん、誰かでいるために苦労を舐《な》めさせられて来たんだから、せっかくこんな機会をつかみながら、もう一度誰かになるなんて、そんな貧乏籤《びんぼうくじ》は願い下げにしたいものだね。君だって、まさか、おれを誰かに仕立てたいなんて、本気で思っているわけじゃないんだろう？　思ったところで、どうせなれっこないのだから、まあ、このままでやってみるとしようじゃないか。そら、見るがいい、休日でもないのに、この雑踏……人が集まるから、雑踏になるのではなく、雑踏があるから、人が集まってくるのだ。嘘《うそ》じゃない、あの与太者とそっくりの髪型をした学生たち、淫蕩《いんとう》な役柄《やくがら》で売り出した女優そっくりの化粧をした貞淑な妻たち、骨ばったマネキン人形とそっくり同じ流行の衣裳《いしょう》をつけた豚のような娘たち……ほんの束《つか》の間《ま》、空想でもいいから、誰でもない者になろうとして、雑踏の中にまぎれ込んで来ているのさ。それとも君は、我々だけは別だとでも主張するつもりなのかね？

返す言葉もなかった。あるわけがない。主張したのは、仮面でも、仮面はその主張を、このぼくの頭で考えたのだから。(今おまえは笑っただろうか？　いや、そんな期待は虫がよすぎる。まったく笑えもしないまずい冗談だ。しかし、せめてこの言い

分にも、一分の理があることを認めてもらえれば、ずいぶん気も楽になるのだが……）

言い負かされたぼくは、あるいは言い負かされたことを口実に、それ以上はさからわず、仮面がしたがるままに委《まか》せておくことにした。すると仮面は、さっそく、さっきの拳銃の件にもおとらぬ大胆な、しかし無人称の存在にしては、意外に筋のとおった計画を立ててくれたのである。昼食をすませたら、ともかく一応、わが家の近くまで、様子を見に行ってみようというわけだ。いや、わが家の様子をではない、ぼく自身の様子をである。いよいよ明日に予定してある、誘惑者の試練に、はたして何処まで耐えきれるか、せめてわが家をのぞくなりして、ためしてみようというのである。内心希望しながら、つい言い出しかねていたことだったので、一も二もなく賛成してしまっていた。

（追記――べつに点数をかせごうなどというつもりはないが、ぼくもまったくお人《ひと》好《よ》しだったと思う。まるで、地動説のつもりで、天動説を論じていたようなものである。いや、お人好しの罪を、決して軽いものだなどと考えているわけではない。ここから先のことは、思っただけでも、全身の毛穴という毛穴から、恥辱という虫が、のたくりながら這《は》い出してくるようだ。読み返すことが恥辱なら、これをおまえが読んでいることを想像するのは、さらにその何層倍もの恥辱である。ぼくだって、地動説が正しいくらい、百も承知のつもりだったのに……きっとぼくは、自分の孤独を、あまり大げさに考えすぎていたのだ……人類全体の孤独を合わせたよりも、もっと大きいくらいのつもりになって……せめて、悔いのしるしに、次のノートからは、悲劇を暗示するような文句は、一切削ってしまいたいものだと思っている。)

《灰色のノート》

通いなれた郊外電車は、わずか五日ぶりだというのに、まるで五年ぶりの経験のような新鮮さにあふれていた。無理もない、ぼくにとっては、目をつぶっていても迷いっこのない、知りすぎた道であっても、仮面にとっては、まったく始めての道だったのだから。もし、見おぼえがあるような気がしたとすれば、それはおそらく、この道が、生れる前からはぐくまれてきた、胎内での夢想だったためだろう。

そう、実際に、そんなふうだったのだ……電車の窓から見える、白いひげをたらした古代の遺跡のような行手の雲さえ、たしかに見おぼえのあるものだった……仮面の心臓は、ソーダ水で洗われ、小さな気泡《きほう》がピチピチその表面をはねまわっている……しめってもいない額を、反射的に手の甲でぬぐい、はっとしてあたりを見まわしても、誰《だれ》もそんな失態に気付いたものなどいはしないのだ……他人との距離は、そうあるべき自然な距離に保たれたまま、ぼくはちゃんと仲間入りを許されている……急に笑いがこみ上げてきた……敵地に乗り込むような、意気込んだ気分は、いつか帰郷のなごやかさに変り、罪をおかしているような、後ろめたさは、いつか再会のなつかしさに変り……勝手なものだ、まるで、やっと食事制限を解かれた胃病患者よろしく、ぼくはおまえの白い額に、手首の腹の薄桃色の火傷《やけど》の跡に、巻貝の裏側のようなくるぶしの線に、車体の震動にあわせて、ひげ蔓《づる》のような触手を力いっぱい繰り出し始めていたものである。

唐突すぎただろうか？　そう思われても仕方がない。仮面に酔ったまぎれの、うわごとだろうと言われても、それを否定しうる根拠はどこにもない。たしかに、この手記の中では、おまえについて、こんな書き方をしたのは、これが始めてだろう。だがそれは、決しておまえを定期預金の通帳なみに、満期がくるまでは預けっぱなしなどと考えていたせいではなく、むしろぼくの側に、そんな資格がないと思われたからなのだ。顔のない化物が、おまえの肉体を論じたりしては、蛙《かえる》が小鳥の唄《うた》を論ずるよりも、もっと滑稽《こっけい》なことになりかねない。自分を傷つけ、ひいては、おまえを傷つけることにもなるだろう。……では、それでは、仮面によって、その呪縛《じゅばく》が解けたというのか？ そいつはむろん、もっと大きな難問だ。だが、その問題については、先に行ってから、またいやというほど対決させられることになる。その時まで待っても、べつに遅いということはないだろう。

そろそろ、早じまいの勤めが退《ひ》けはじめる頃《ころ》だったので、電車はかなり混《こ》み合っていた。ちょっと体をずらすと、緑色のコートを着た若い女の尻《しり》が、ぼくの太腿《ふともも》に触れた。拳銃《けんじゅう》に気取られまいとして、体をねじると、接触がよけいにひどくなった。それでも女が、べつに避けようともしないので、ぼくもそのままにしておくことにした。電車の震動につれて、接触が強まることはあっても、それ以上離れるということはない。女の尻は、堅くなったり、軟らかくなったりしながら、ただひたすら睡《ねむ》ったふりをつづけていた。ぼくは、浮々しながら、ポケットの中の拳銃の先で、女の尻をつついてみたらどういう事になるか、いろいろと空想をたのしんでいるうちに、やがて下車駅に着いてしまった。降りぎわに見ると、後ろから見た髪の形ほどには若くもなく、いやに深刻そうな表情で、ひたすらホームの外の立看板を注目しつづけているのだった。……いや、べつに、それ以上の意味があったわけではない。ただ、ぼくが仮面をつけていなかったとしたら、とてもこうはいかなかっただろうと思うので、それを言ってみたかっただけの話である。

(追記——いや、この部分の言い方には、卒直さが欠けている。卒直さも欠けていれば、正直さも欠けている。おまえに対する、遠慮の気持が働いたのだろうか。それなら、最初から、まったく触れないでおけばよかったのだ。ただ、仮面の効用をほのめかすだけなら、なにもこんな痴漢まがいの告白に、たとえ十行だろうと、二十行だろうと、ついやしたりする必要はなかったはずである。……だから、正直さが欠けていると言ったのだ。姑息《こそく》なごまかしをしたおかげで、あやうく、真意を伝えられないばかりか、誤解の憂《う》き目さえ見かねないところだった。

べつに正直を売り物にしようなどという魂胆はない。触れるべき必然性があって、触れたことなのだから、隠さずその真意をさらけ出してしまおうというだけのことだ。通念からすれば、あれはなんともありふれた破廉恥《はれんち》行為で、せいぜい懺悔《ざんげ》の種くらいにしかなり得ないものだが、しかし仮面の行為として見た場合、この後につづくぼくの行為を解き明かす上にも、きわめて重要な鍵《かぎ》になってくれそうに思うのだ。端的に言って、あのときぼくは、勃起《ぼっき》しはじめていた。姦淫《かんいん》とまでは言えないかもしれないが、すくなくも精神的な自瀆《じとく》行為ではあったはずである。やはりおまえを裏切ったことになるだろうか？　いや、裏切りという言葉を、そう安直には使いたくない。そんなことを言えば、顔に蛭《ひる》が巣くいはじめて以来、ぼくはずっとおまえを裏切りつづけて来たことになる。これ以上、見苦しくして、おまえに読む気をなくさせるのが恐《こわ》かったから、わざと触れずにしまったが、ぼくの思考の、少なくも七割までは、性的な妄想《もうそう》で占められつづけていたのである。行動にこそ現わさなかったが、ぼくはまさに潜在的な、性犯罪者だったのだ。

よく、性と死は、深い関連性を持つというようなことが言われるが、その真の意味を知ったのも、やはりその頃のことだった。それまでぼくは、性の極限が、死を暗示するほど、自己没却的であるというくらいの、浅い解釈しかしていなかったのだが、顔を失い、生きながらの埋葬状態におかれてみて、そのきわめて現実的な意味に、はじめて気付かされたものだった。冬を前にして、樹木がその種子を完成するように、枯れる直前に、笹《ささ》がその実をつけるように、性とは、人類的な規模での、死との闘《たたか》いにほかならなかったのだ。だから、特定の対象を持たない痴漢的な性の表現は、つまり、死に瀕《ひん》している個体の、人類的恢復《かいふく》の願望だとも言えるのではあるまいか。その証拠に、兵士はすべて、確実に痴漢化する。もし、市民の中で、痴漢の数が増大しているとすれば、その都市、もしくは国家自体が、内部に大量の死をかかえ込んでいることの証拠になるだろう。人が死を忘れられるとき、性もはじめて対象をもった愛に変り、人類の安定した再生産も保証されることになるのだ。あの電車の中での、仮面の行為は、こちらも、相手も、ひどく孤独だったにはちがいないが、ぼくの分類からすれば、痴漢から愛への過渡的段階にある、いわば痴漢的恋愛状態にあったのではないかという気がする。仮面はまだ完全には生命を得ていなかったが、しかしどうやら、半分は生きはじめていたということでもあるだろう。あの状態では、おまえを裏切るどころか、まだ裏切るだけの能力さえ与えられてはいなかったのだ。ぼくのプログラムによれば、仮面が完全に生きられるのは、おまえとの出会いに成功した後で、はじめて可能になる予定になっていた。

そこで、この補足に結論をつけるとすれば、それは多分こういうことになる。仮面のおかげで、極端な性犯罪者的衝動からは、なんとか脱《ぬ》け出すことが出来ていたが、いぜんとして、準痴漢であったことには変りなく、しかしその痴漢的要素が、ぼくをおまえに向わせていたわけではないということだ。むしろ、そこからの脱却の衝動だったのだとさえ確信している。だから、そのためにも、ぼくは、おまえに、なんとしてでもぼくの仮面を愛してもらわなければならなかったわけである。)

せっかく育ちざかりの仮面のことである、どんなことでも経験させておくにこしたことはあるまいと、駅の公衆便所で小便をする。商店街は避けて、裏通りを行くことにした。魚屋の前などで、ひょっこりおまえに出会ったりしては具合が悪いと思ったからだ。まだ、どんな不意討ちにでも耐えられるほどの自信はなかったし、それに、仮面とおまえの出会いの発端だけでも、せめて筋書どおりにすすめたかった。そうでなくてさえ、ぼくはかなりうわずっていたようである。わけもなく、足がもつれて、平らな地面につまずきかける。火照《ほて》りはじめた仮面の内側の熱気を冷まそうとして、犬のように口で息をしながら、ぼくは呪文《じゅもん》のように何度も繰返しつづけたものだ。

——いいか、ここは始めての土地なんだぞ……見るもの、聞くもの、すべてが目新しい……これから目にする建物も、出会うかもしれない人間も、一切がまったく始めて見るものばかりだ……もし、記憶と重なるようなものがあったとしても、それは錯誤か、偶然の一致か、さもなければ夢のなかでみた幻にすぎないのだ……そら、そのマンホールの割れた蓋《ふた》も……塗料を半分塗りかけてやめた防犯燈《とう》も……年中側溝《そっこう》の汚水があふれ出して水溜《みずたま》りをつくっている、その曲り角も……道路にはみだした、けやきの大木も……そして……そして……

そして、口の中の砂を吐出すようにして、一つ一つの色や形を、記憶のなかから追出すことにつとめたが、やはり最後に、どうしても残ってしまうものがあったのだ。おまえだった。ぼくは一心になって、仮面に言いきかせた。おまえは、赤の他人なんだぞ、彼女とは、明日の出会いがまったくの初対面で、まだ見たことも、聞いたこともない、さあ、そんな印象など、さっさと何処《どこ》かへ、ほうり出してしまうのだ！　しかし、周囲の風景が、記憶のなかで透明になって遠ざかって行けばいくほど、おまえの姿だけは、かえって鮮明に浮び上ってきてしまい、なんとも手のつけようがないのである。

けっきょく、ぼくは……むろん仮面も……そのおまえの映像を軸《じく》にして、まるで灯《ひ》をこがれる蛾《が》のように、幾度かわが家のまえをかすめながら、それをとりまく不等四辺形の一画を、飽きもせずにぐるぐる廻《まわ》りつづけたものである。

それでも近所の奥さん連中は、買出しの籠《かご》をかかえて、見知らぬ通行人のことなど眼中にないせわしさだったし、子供たちは、子供たちで、夕食までのわずかな時間を、むさぼるように遊び呆《ほう》けていたから、見咎《みとが》められたりする懸念《けねん》はまずなかった。五度目か、六度目かに、家の近くにさしかかったとき、街燈に灯《あか》りがついて、急に日が暮れはじめた。怪しまれないぎりぎりまで速度を落して、うかがっていると、見えない窓から、淡い光がふわりと庭に落ちて、おまえの在宅を教えてくれた。居間の明りだ。一人でもやはり、ちゃんと食卓の用意をととのえたりするのだろうか？
ぼくはふと、その居間の明りに、なにやら嫉妬《しっと》めいたものを感じはじめる。誰《だれ》か来客があり、ぼくに代ってそこを占領しているのかもしれないといったたぐいの、具体的なものではなく、ぼくはただ、そこにいつものとおりの、変らぬ居間があり、日暮れになると明りがともるという、そのこと自体に嫉妬していたらしいのだ。本来ならば、その明りの下で、食事を待ちながら、夕刊をひろげているはずのぼくが、仮面で顔をかくして、窓の外をうろついていなければならないという、この現実に、いかにも不当な、受け入れがたいものを感じていたらしいのである。ぼくがいなくても、すこしもその輝きを変えない、自若とした居間の明り……まるでおまえと、そっくりだ……

するとそれまで、その出来ばえにあれほど満足し、あれほど期待をかけていた仮面が、急にたよりない、色あせたものに思われだす。仮面をかぶって、他人になりすますという、この自分ではせい一杯のつもりの大芝居も、ひっきょう芝居にすぎず、日暮れになり、スイッチをひねれば、居間の明りがともるという、その日常的な確かさの前では、まるで影の薄い、ひ弱なものにすぎないのではあるまいか。おまえの微笑を受けたとたんに、あっけなく融《と》け去ってしまう、季節外《はず》れの雪のようなものなのではあるまいか。

ぼくは、その敗北感から立ちなおるために、一としきり勝手な空想を、仮面にゆだねておくことにした。仮面らしい、いささか不作法なものになりそうだったが、なにぶん甲羅《こうら》を経た日常が相手である、空想か妄想《もうそう》じみてきたとしても、文句は言えまい。多少のことは、見て見ぬふりをすることにして、その間ぼくはまた、わが家をかこむ不等四辺形を、さも所用ありげに巡回しはじめるのだった。

だが、その空想も、仮面を勇気づけるどころか、かえってぼくと仮面のあいだをへだてる深い溝《みぞ》の、越えがたさと、陰険さとを、きわ立たせるだけの結果になってしまったのである。

鎖をふりほどくと同時に、仮面のしたことは、まず臆面《おくめん》もなく、わが家めざして乗り込んで行くことだった。それでぼくは、女衒《ぜげん》さながらの立場におかれてしまったことになる。蝶番《ちょうつがい》のはずれた木戸……泥《どろ》がつまって、音のしなくなった砂利道……塗料がはげかかった、皮膚病やみのドア……玄関わきに倒れかかっている、半腐れの雨樋《あまどい》……なに、よけいなお世話さ、ここは他人の家なのだ！　呼鈴《よびりん》を押し、一歩さがって、呼吸をととのえながら、おまえの気配に耳をそばだてるうち……やがて、足音が近づき、軒燈《けんとう》がともり、さぐるようなおまえの声がして……

いや、こんな話を、いくら細かく報告してみても始まるまい。必要もないし、それに第一不可能だ。描いては消し、消しては描き、時間も順序も無視して勝手放題こねまわした、黒板の落書のような妄想に……というよりは、むしろ公衆便所の落書と言ったほうが、ふさわしいような代物《しろもの》に……まがりなりにも文章らしい脈絡を与えたりしたら、かえっておかしなものになってしまうだろう。その空想が、ぼくに与えた衝撃を理解してもらうのに必要な範囲にとどめて、二、三の場面だけを、断片的に抜き出してみたい。

さて、その一つが、ささやくようなおまえの声に続く、まずしょっぱなの場面だったのである。警戒気味に、半開きにされたドアの間に、靴《くつ》をつっ込み、むりやりこじ開け押し入って、突風を飲込みでもしたように呆然自失《ぼうぜんじしつ》しているおまえの鼻づらに、いきなり拳銃《けんじゅう》を突きつけていた。……ぼくの困惑を察してもらいたい。いくらなんでも、可愛気がなさすぎる。なるほど、おまえの動じない態度に、しばしば苛立《いらだ》たしい思いをさせられたことがあったのは、事実だとしても、だからといって、なにも映画に出てくる悪党のような真似《まね》までする必要は、なかったと思うのだ。誘惑者なら、誘惑者らしく、何かもっと似つかわしい接近の口実がつくれなかったものか。どうせ、空想の中のことなのだから、大学時代の仲間で、昔なつかしさに寄ってみたとかなんとか、見えすいた嘘《うそ》でもいいから、それらしく振舞ってほしかった。これでは、誘惑者どころか、まるで脅迫者ではないか。……それとも、ぼくの仮面には、最初からなにか、復讐《ふくしゅう》めいた意図でも隠されていたというのであろうか？　たしかに、顔といっしょに市民権までを取り上げようとする、世間の偏見に対しては、憎悪《ぞうお》の念もあったし、挑戦《ちょうせん》的な気持もあったし、当然復讐の感情も働いていた。だが、おまえに対しては……分らない……そんなはずはないと思うのだが、分らない……とくに、つづいて襲いかかった激情に、ぼくの理性は完全に攪乱《かくらん》され、判断力をくらまされてしまっていたのである。

その激情とは、嫉妬《しっと》だった。想像にもとづく、嫉妬めいたものなら、すでに何度も経験済みのことだったが、これは違っていた。すぐには、呼名を思い出してやれなかったほど、生々《なまなま》しく、そして肉感的な顫動《せんどう》感なのだ。いや、蠕動《ぜんどう》感と言ったほうが、もっと正確かもしれない。しびれるような苦悩の輪が、足元から一定の間隔をおいて、次々に這《は》い上り、頭の上へ抜けて行く。むかでの足の運動を想像してもらえば、ほぼ当っているかもしれない。たしかに、嫉妬というやつは、殺人さえおかしかねない、獣的な感情だと思った。嫉妬には、文明の産物だという説と、野獣にもそなわっている原始本能だという説との、二つがあるようだが、このときの経験からすれば、後者をとって、まず間違いはなさそうに思われた。

ではいったい、何に対して、それほど嫉妬しなければならなかったのか——それがまた、じつに馬鹿気《ばかげ》た理由なので、さすがに書くのもためらわれるほどだ。ぼくは仮面がおまえの体に手を触れたことに……そしておまえが、毅然《きぜん》としてその手をふりはらい、死を賭《と》しても抵抗をつづけようとしなかったという、ただそれだけのことに……あたりの色が変って見えるほどの逆上を見せてしまっていたのである。考えてみれば滑稽《こっけい》な話だ。おまえが何をしようと、けっきょくはぼくの想像の中で、さらに仮面が勝手にでっち上げた妄想にすぎないのだから、言ってみれば、自分で嫉妬の原因をつくり出し、その結果に自分で嫉妬していたようなものだった。

そこまで自覚しているのなら、さっそくにも空想を中止するか、仮面に、やりなおしを命ずれば、それですむはずだったのだが……なぜかぼくは、それをしなかったのである。しなかったばかりか、まるで嫉妬に未練があるとでもいうように、かえって仮面をけしかけ、そそのかしてさえいたものだ。いや、未練ではなく、これもやはり復讐だったのかもしれない。嫉妬の苦痛を、仮面の暴行に肩がわりさせようと思い、こんどはその暴行によって、いっそう嫉妬を掻《か》き立てられるという、火に油をそそぐような悪循環におちいっていたのかもしれない。……だとすれば、あの発端の場面も、やはり潜在していた、ぼく自身の欲望だったことになりかねないわけである。どうやら、仮面のせいばかりにしてしまわずに、思いきって直視しなければならぬ問題がありそうだ。そう、もしかすると……あまり気のすすまぬ想像だが……ぼくは顔を失う以前から……自分では、まだ世間なみの結婚生活をしていたつもりの、あの当時から……すでにおまえに対して、ひそかに嫉妬の芽をはぐくみ育てていたのではあるまいか。心当りがなくもない。なんという憐《あわ》れな発見だろう。いま頃《ごろ》になって、そんなことに気付いても、もう手遅れだのに……

まったく手遅れだった。ぼくらの間をとりもってくれるはずの仮面は、ただの破廉《はれん》恥漢《ちかん》でしかなかったのだ。もっとも、これが仮に、いとも優しい誘惑者であったとしても、事態にさした変化はなかったにちがいない。かえって、はけ口のない、悪性の嫉妬に悩まされていた可能性さえある。そして結果は、いずれ似たような暴行の光景に辿《たど》り着くしかなかったに相違ないのだ。

おまえの怯《おび》えは、やがて自分でも予期しなかった、官能の痙攣《けいれん》へと移って行き……いや、もうよそう……いくら、日常的すぎる風景に対抗するための、演技だったとはいえ、これではあまりにも常軌を逸しすぎていた。同じ逸しかたでも、せめてこれが夢なら、いますこし譬喩《ひゆ》の衣を優雅に着こなすくらいの、心くばりはあったろうに、おおよそ想像力の欠如した、実話的空想にすぎなかったのである。こんな紋切形は、もう沢山だ。

だが、最後の情景だけは、いくら紋切形でも、口をぬぐって頰《ほお》かむりというわけにはいきそうにない。紋切形であったばかりでなく、醜悪さの点でも、幕切れを飾るにふさわしく群を抜いていたのだが、同時に、ぼくの次の行動をうながす、大事なきっかけでもあったからだ。……ぼくは、拳銃をつきつけながら、おまえにある自白を強要しはじめていたのである。ぼくの留守中に、おまえが自瀆《じとく》をしたことがあるかどうか……隠しても駄目《だめ》だ、したことは分っているのだからと、そんな我慢のならないしつこさで……じわじわおまえに、まつわりついていたのである。忍耐もはや限度だった。この薄汚《うすぎた》ない妄想にも、そろそろとどめを刺すべき時が来たようだ。どんな方法で思い知らせてやるとしようか。とっさにぼくは、何か一と言でもおまえが答えるのと同時に、仮面をひんむいて見せるのが一番いいし、またそれ以外にはないと、固く信じ込みかけていた。

だが一体、誰《だれ》に思い知らせるのか……仮面にか、ぼくにか、それともおまえにか……どうやら、その点については、さして深くは考えていなかったようである。考えなかったのが当然だ。ぼくが思い知らせてやりたかったのは、その何《いず》れに対してでもなく、ぼくをここまで追いつめた、あの「顔」という観念そのものに対してだったのだから。

ぼくは、自分と仮面とが、ここまで分裂してしまったことに、我慢のならない荒廃したものを感じはじめていたのである。もしかすると、来たるべき破局を、すでに予感していたのかもしれない。仮面は、その名のごとく、あくまでもぼくの仮の顔であり、ぼくの人格の本質は、そんなもので、左右されたりするはずはなかったのに、一度おまえの目を通過した仮面は、はるか手のとどかない所に飛び去ってしまい、ぼくはなすすべもなく、ただ呆然《ぼうぜん》と見送るばかりだった。これでは、仮面を作った意図に反して、顔の勝利を認めてしまったことになる。自分を、一つの人格に統一するためには、仮面をむしり取って、仮面劇そのものに終止符をうつ必要があったのだ。

しかしさすがに、仮面もそこまでは強情をはらなかった。ぼくの覚悟を見きわめたとたん、苦笑しながら、あっさり尻尾《しっぽ》をまき、そこで空想を打ち切ってしまったのである。ぼくもそれ以上の追い討ちは、かけなかった。空想のうえで、いくら気負い立ってみたところで、現に明日の計画を放棄する気がない以上、けっきょくは仮面と同罪であり、同じ穴のむじなにすぎなかったのだから……。いや、まったく同罪というわけではあるまい。なにもそこまで卑屈になる必要はないだろう。すくなくも、明日の計画には、拳銃をちらつかせることなど予定に入っていなかった。性的な要素もないではないが、あんな破廉恥なものでは絶対にありえない。偶然、電車に乗り合わせた、抽象的な相手ならともかく、自分の妻に対して、まさか痴漢になどなりようがないではないか。

最後に、家の前を通って、塀《へい》ごしに居間の窓をのぞいたとき、ぼくが見たのは、天《てん》井《じょう》から吊《つ》って干してある、白い昆布《こんぶ》のような、幾条もの繃帯《ほうたい》の列だった。ぼくが贋《にせ》出張から帰る予定の、明後日のために、古い覆面用の繃帯を洗濯《せんたく》してくれたのだろう。とたんにぼくは、心臓が横隔膜をつきぬけ、二、三十センチも下におっこちたような気がしたものだ。……やはりぼくはおまえを愛していたのである。おそろしく不器用なやり方ではあったが、愛していたことには変りない。だが、そんなやり方でしか、その愛を確かめることが出来なかったということは、けっして幸せなことではなかった。修学旅行に行くことが出来なかった子供のように、いまさらながら、名所旧跡に嫉妬せざるを得なかったのである。

（別紙挿入《そうにゅう》による追記――くどいようだが、ここでもう一度、あの仮面の破廉恥な空想について、立ち入った検討をしてみたいと思うのだ。というのも、今になって振り返ってみると、あの空想をめぐる駈《か》け引《ひ》きには、ぼくが受け取っていた以上の意味が隠されていて、推理小説ふうに言えば、犯人を指摘するための鍵《かぎ》が……あるいは事件全体の結末の暗示が……すべてそっくり、そこに出しつくされていたような気がするからである。

もっとも、結末は結末として、べつにまとめて書くつもりでいる。おそくも、これを書いている現在から三日以内に、この手記をおまえに見せてしまう予定だが、その三日というのは、とりもなおさず、結末をまとめるのに要するだろう日数の概算にほかならない。だから、単に結末を推理するだけが目的なら、わざわざこんな補足をしなくとも、最後の陳述に含めてしまえば、それですむことだった。手記としてのまとまりも、そのほうがいいに決っている。当然、ぼくのねらいは、もっと他にあったのだ。弁解するつもりで、かえって足枷《あしかせ》にわずらわされる結果になった、痴漢の概念……もしくは、ぼくと仮面の相違の強調……に、せめて訂正を加えておきたかったのである。すでに罪状は認めているのだから、事実をゆがめるのでない限り、ぼくにも釈明の余地くらいは残されていてもいいはずではあるまいか。

あの日ぼくは、せいぜい可愛い子に旅をさせてやるくらいの、軽い気持で、仮面に付添って出たものだった。はじめて鎖を解かれた、犬のようなはしゃぎように感染して、ぼくまでが陽気な浮々した気持になっていた。ところが、嫉妬という思わぬ飛び入りのおかげで、ぼくと仮面は、おまえをめぐる、とんだ鍔《つば》ぜり合いを演じなければならぬ羽目におちいったわけだ。もっとも、その嫉妬は、同時におまえに対する愛と執心を、あらためて思い出させることになり……おかげで、翌日にひかえた計画は、ますます避けがたい要請になり……不本意ながら、ぼくは仮面に対して、一時的休戦を申し入れざるを得なかったわけである。

むろん、しこりは、深く棘《とげ》のようにささって残ったままだった。上り電車は空《す》いていて、どこに席をとっても、窓ガラスが黒い鏡になって、ぼくの仮面を映し出す。顎《あご》ひげを生やし、変に気取った服を着て、日暮れだというのにサングラスをかけっぱなしにした、得体の知れぬ奴《やつ》……一応は、大人しく休戦に応じたとはいえ、応じなければ引《ひ》っ剝《ぱ》がしてしまうという、最後通牒《つうちょう》を突きつけてやったあげくのことなのだ。おまけに奴はふところに拳銃までしのばせている。油断のならないことおびただしい。ぼくには、仮面が、皮肉な薄笑いを浮べながら、こう言っているようにさえ思われた。

——まあ、そうぐちるなよ。おれは君の必要悪なんだからな……おれを抹殺《まっさつ》するくらいなら、最初から何もしなけりゃよかったんだ……手をつけた以上は、文句など言いっこなし……なんだって、手に入れようと思えば、それ相応の支払いは覚悟しておくべきだよ……

窓を細目に開けてみた。鋭く研《と》ぎ澄まされた、しめった夜風が吹き込んで来たが、うなじや掌《てのひら》を冷やしてくれるだけで、必要悪の前ではぴたりと停《とま》り、火照《ほて》った頰《ほお》には触れようともしないのだ。心理的には、へだたりが苦痛だった仮面が、生理的には、密着しすぎてかえってうとましい。出来の悪い入歯というのは、多分こんなものかもしれない。

だが……と、ぼくも負けずに、正当化にこれ努め……まがりなりにも休戦協定が守られている以上、多少のこだわり（たとえば嫉妬）を辛抱しさえすれば、おまえとの間の通路の回復という、当面の目的だけは、なんとかやりとげられるはずである。いくらなんでも、妻であるおまえに、あんな破廉恥な興味を抱《いだ》いたり出来るはずがないではないか。それに、仮面に対する気持に反比例して、ぼくはおまえに対して、びっくりするほど素直になっていたのである。

しかし、そうだろうか？……結果は、おまえもすでに知っているとおりだから、あえてここでは繰返さないにしても……問題は、なにも結果のことだけではない……自分一人を、そんなふうに別扱いすることに、はたしてどれほどの根拠があるというのだろう？

たしかに、痴漢的行為というやつは、抽象的な人間関係の、性的な側面だと言えるかもしれない。遠すぎて想像力が及ばず、抽象的な関係にとどまっているかぎり、他人は、どうしても敵という抽象的対立物になるしかなく、そのうちの性的対立部分が、つまり痴漢的行為になるということだろう。すなわち、抽象的な女性が存在するかぎり、男性の痴漢化は避けがたい必然だということになる。ふつう考えられているように、かならずしも痴漢が女性の敵なのではなく、むしろ女性こそ、痴漢の敵なのかもしれないのだ。だとすれば、痴漢的存在は、ことさらゆがめられた性というわけではなく、かえって現代における性のもっとも平均的な形式だとさえ考えられるのではあるまいか。

　なにぶん、隣人と、敵とが、もはや昔のようには、誰の目にも容易に見分けがつくはっきりとした境界線で区別されなくなってしまったのが、現代である。電車に乗れば、隣人よりも身近に、無数の敵がぴったりと身をよせてくる。郵便物に化けて、家の中まで入りこんでくる敵もいれば、電波に化けて、細胞の中にまで滲透《しんとう》をはかる、防ぎようのない敵もいる。そんな次第で、敵の包囲は、すでに見馴《みな》れた日常的風俗となり、隣人など、沙漠《さばく》に落した針ほどにも目立たぬ存在になってしまったのだ。そこで《すべての他人を隣人に》などという、救済思想が生れて来もしたのだろうが、なにぶん億の単位で数えなければならない他人である、どこにそれほど膨大な想像力の貯蔵がありえよう。そんな身のほど知らずな高望みはよしにして、他人は敵と、いさぎよく諦《あきら》めの境地に達してしまったほうが、処世の術としても合理的なのではあるまいか。早く、孤独の免疫体《めんえきたい》をつくってしまったほうが、むしろ安全なのではあるまいか。

　そして、そんなふうに孤独に食傷してしまった人間なら、隣人はおろか、妻に対してだって、痴漢にならないなどという保証は何処《どこ》にもないはずだ。ぼくの場合にしたって、例外ではありえまい。仮面の作用に、幾分かでも、人間関係の抽象化を認めるなら……まさに、抽象化そのものであったからこそ、あんな空想にひたりもしたのだろうが……それに解決を求めようとしたぼくが、自分のことは棚《たな》に上げて、口をぬぐったりしていられるわけがないではないか。そう、いくらきれいごとを並べてみても、こんな計画を立てたということ自体が、すでに痴漢的妄想にすぎなかったのかもしれないのである。

そうなると、仮面の計画は、なにもぼくだけの特別な願望ではなく、抽象化された現代人にとっては、ごくありふれた欲望の表現にすぎなかったことになり……また、一見しただけでは、いかにも仮面に負けたようでも、実際には負けたのでもなんでもなく……

待ってくれ！　特別でないのは、なにも仮面の計画だけではなかったのではあるまいか？　その仮面の助けを借りなければならなかった、顔の喪失という、ぼくの運命自体が、すこしも例外的なことではなく、むしろ現代人に共通した運命だったのではあるまいか。……なるほど、こいつはちょっとした発見だ。ぼくの絶望は、顔の喪失そのものよりも、むしろ、自分の運命に、他人と共通の課題がすこしも無いという点にあったのだから。癌《がん》の患者に対してさえ、他人と運命を共にしているということで、羨望《せんぼう》の念を禁じえなかったくらいである。それが、そうでないとなったら……ぼくが落ち込んだ、この洞穴《ほらあな》が、偶然口をひらいた古井戸などではなく、ちゃんと世間にその所在が知れわたっている、監獄の一室だったということになれば、当然ぼくの絶望にも、大きな影響を及ぼさざるを得ないわけだ。ぼくが何を言いたがっているのか、おまえにだって分らぬはずはあるまい。声変りがはじまった少年たち、初潮がはじまった少女たちが、自瀆の誘惑を知り、その誘惑を自分一人だけの異常な病気だと思い込んでいるあいだの、あの孤独な絶望感……あるいは、誰もが一度は経験する麻疹《はしか》のようなものにすぎない、最初の小さな盗み（ビー玉だとか、消ゴムのかけらだとか、鉛筆の芯《しん》だとか）を、自分一人だけの恥ずべき罪だと思い込んでいるあいだの、あの屈辱的な絶望感……運悪く、その無知が一定期間以上つづけば、ついには中毒症状をきたして、本物の性的犯罪者や、窃盗《せっとう》常習者にもなりかねない。そして、その罠《わな》を避けるためには、いくら罪の意識を深めてみたところで、なんの役にも立ちはしないだろう。むしろ、誰もが同じ共犯者であることを知って、孤独から脱け出すことが、なによりも効果的な解決策なのである。

そのせいかもしれない、あれから後、街に引返し、馴《な》れない酒を飲んでまわりながら、酔いがまわるにつれて、見知らぬ他人の誰彼に、抱きついてまわりたいほどの親近感をおぼえていたのも——その情景については、すぐこの後にも書いてあることだし、重複は避けることにして――おそらくは、その誰彼のなかに、互いに顔を失った同士という心安さを、薄々ながら感じ取っていたせいではあるまいか。もっとも、隣人の親しさを感じていたわけではなく、触れる者すべて敵という、あまりにも孤独な抽象的関係で共感し合っていたのだから、とうてい小説のなかの登場人物たちのように、善意というほのぼのとした電気毛布の上で、仔犬《こいぬ》よろしくじゃれ合ったりというような場面は、期待すべくもなかったが……

だが、今のぼくにとっては、このコンクリートの壁の向うに、同じ運命の者が囚《とらわ》れの身をかこっていることを知っただけでも、大変な発見だったのである。耳をすますと、隣の房の呻吟《しんぎん》が手にとるように伝わってくる。夜更《よふ》けともなれば、無数の溜息《ためいき》や、呟《つぶや》きや、すすり泣きが、積乱雲のように湧《わ》き上って、獄全体を呪詛《じゅそ》のひびきで充満させるのだ。

――おれ一人ではない、おれ一人ではない、おれ一人ではない……

日中だって、運がよければ、運動や入浴のための時間を割り振られ、視線や、身振りや、囁《ささや》きなどで、こっそり運命を頒《わか》ち合う機会にだって、巡《めぐ》り合わさないとはかぎらない。

――おれ一人ではない、おれ一人ではない、おれ一人ではない……

それらの声を合算してみると、この監獄の巨大さは、どうも只事《ただごと》ではなさそうだ。考えてみれば、無理もない。彼等が問われている罪名が、顔を失った罪、他人との通路を遮断《しゃだん》した罪、他人の悲しみや喜びに対する理解を失った罪、他人の中の未知なものを発見する怖《おそ》れと喜びを失った罪、他人のために創造する義務を忘れた罪、ともに聴く音楽を失った罪、そうした現代の人間関係そのものを現わす罪である以上、この世界全体が、一つの監獄島を形成しているのかもしれないのだ。だからといって、ぼくが囚れの身であることには、むろんなんの変更もありはしない。また、彼等が魂の顔だけしか失っていないのに対して、ぼくは生理的にまで失ってしまっているのだから、幽閉の度合にも、おのずとひらきがあるわけだ。にもかかわらず、希望が感じられてならないのである。一人っきりの生き埋めとは違って、この状況には、たしかに何かしら希望を抱かせるものがある。仮面なしには、歌うことも出来ず、敵とわたり合うことも出来ず、痴漢になることも出来ず、夢見ることも出来ないという、半端者《はんぱもの》の負い目が、ぼく一人の罪状ではなくて、互いに話し合える共通の話題になってくれたせいだろうか。そうかもしれない。多分そうに違いない。

ときに、その点、おまえは何《ど》うだろう？……ぼくの論法に狂いがないとすれば、おまえだって例外ではなく、当然賛成せざるを得ないと思うのだが……むろん、賛成してくれるに決っているさ……さもなければ、スカートにかけた手を振り切って、ぼくを手負いの猿《さる》のような立場に追い込むはずもなかったし、仮面の罠に落ちるのを黙って見過すはずもなかったし、また、こんな手記を書かざるを得ないような羽目に追いやることもなかったはずだろう。おかげで、せっかく能動的で調和型のおまえの顔も、けっきょくは仮面にすぎなかったことが、露見してしまったようなものである。要するにぼくたちは同じ穴のむじなだったのだ。なにもぼく一人で負わなければならない債務というわけではなかったのだ。やはり、この手記を書いただけの甲斐《かい》はあったというものである。まさか梨《なし》の礫《つぶて》などということはあり得ない。その点についても、多分おまえは、賛成してくれるに違いない。

だから、書くことを馬鹿《ばか》にしてはいけないと言っているのだ。書くということは、単に事実を文字の配列に置きかえるだけのことではなく、それ自身が一種の冒険旅行でもあるのだから。郵便配達夫のように、決った場所だけを、廻《まわ》り歩くといったものではない。危険もあれば、発見もあれば、充足もある。いつかぼくは、書くこと自体に生き甲斐を感じはじめ、何時までもこうして、書きつづけていたいとさえ思ったことがあるほどである。だがこれで、ふんぎりだけはつけることが出来た。世にも醜悪な怪物が、遥《はる》かな娘に捧《ささ》げ物をするような、屁《へ》っぴり腰だけはせずにすまされそうである。三日の予定を、四日にのばし、五日にのばして、時をかせぐような真似《まね》だけはせずにすまされそうである。この手記を読んでもらえば、通路の復旧作業は、おそらくぼくたち二人の共同の仕事になってくれるに相違ない。引かれ者の小唄《こうた》だろうか？　いや、楽観しすぎたきらいはあっても、自惚《うぬぼ》れてだけはいないつもりだ。お互い、傷ついた同士であることが分った以上、いたわり合う気持を期待したって、べつだん差《さ》し支《つか》えはないのではあるまいか。さあ、びくびくせずに、明りを消すとしよう。照明が消えれば、いずれ、仮面舞踏会も幕を閉じてしまうのである。素顔も、仮面もない、暗黒のなかで、もう一度よくお互いを確かめあってみたいものだ。ぼくはその闇《やみ》のなかから聞えてくるに違いない、新しい旋律を信じようと思っている。）

電車を降りると、さっそく一軒のビヤホールに飛び込んだ。水滴にくもった容器の肌《はだ》が、これほど有難く思われたことも珍しい。仮面で、顔の皮膚呼吸がさまたげられていたせいだろうか、喉《のど》の粘膜が鼻の奥まで干《ひ》上《あが》っていた。半リットルを、吸上げポンプのように、一気に飲みほしてしまう。

だが、久しぶりのアルコールは、まわりも普段よりは早かった。もっとも、仮面に、色は出ない。出ないかわり、蛭《ひる》どもが、むず痒《がゆ》がって身もだえをしはじめる。かまわず、二杯、三杯と、追いかけるようにして飲みつづけるうちに、やがてむず痒さが、峠をこえはじめた。調子にのって、さらに一本、日本酒を追加してやった。

そのうち、急にそれまでの苛立《いらだ》たしさが消え、ぼくは変にたかぶった、挑戦《ちょうせん》的な気持になっていた。どうやら、仮面にまで酔いがまわりはじめたらしい。——顔、顔、顔、顔……汗のかわりの涙でうるんだ、眼をこすり、ぎっしり店内を埋めつくしている無数の顔を、タバコの煙と騒音をかき分けながら、これ見よがしに睨《にら》みまわしてやる……どうだ、文句があるなら言ってみろ！……言えはしまい？……言えるはずがないさ、そうして酒を飲みながら、くだを巻いているということ自体が、仮面をうやまい、憧《あこが》れていることの証拠なんだからな……上役の悪口を言ってみたり、知人の知人の知人がいかに大物であるかを自慢してみたり、つまりは素顔以外のものになろうとして、やっきになっているんだ……それにしても、まったく下手《へた》な酔い方だよ……素顔には、仮面のような酔い方など、絶対に出来っこないのさ……素顔に、出来ることといったら、せいぜい酔った素顔どまりだからな……死ぬほど泥酔《でいすい》しても、やっと仮面の近似値で、仮面そのものにはなれっこない……もし、氏名や、職業や、家族や、戸籍までも拭《ぬぐ》い去ってしまおうと思えば、致死量をこえた毒薬にでもたよるしかないのだ……だが仮面はちがう……いいいい……仮面の酔い方は天才的なんだ……一滴のアルコールの力さえ借りずに、完全に誰でもない人間になりきることだって出来るのだ……現に、この、ぼくのように！……ぼく？……いや、こいつは仮面だ……つい今しがたの、休戦協定も忘れて、またもや仮面がのさばり出て来た……しかし、ぼく自身も、仮面におとらず酔いがまわっていたらしく、さほど仮面をなじる気にはなれないのだった……こんなことで、明日の計画に、責任がもてるのかな？……そう問いかける声にも、あまり切実なものがなく、いつか仮面の自治権要求を飲んだような形になっていた。仮面はますます厚みを増していった。ついにはぼくを包む、コンクリートの要塞《ようさい》ほどにまで成長し、ぼくはそのコンクリート製の鎧《よろい》にすっぽりくるまったまま、重装備した狩猟隊のような気持で、夜の街に這《は》い出していったものである。銃眼から外をのぞくと、街はまるで片輪の野良猫《のらねこ》の巣のようだった。誰《だれ》もが、自分のちぎれた尻尾《しっぽ》や、耳や、足首などを探しまわり、ものほしそうにもつれ合い、疑わしげに鼻をうごめかしながら、うろつきまわっている。ぼくは、名前も、身分も、年齢もない、仮面の陰に身をひそめ、自分だけに保証されたその安全さに、勝誇ったような気分になっていた。連中の自由が、磨《す》りガラスの自由なら、ぼくのは完璧《かんぺき》な透明ガラスの自由だ。みるみるぼくの欲望は、沸点に達し、いますぐにでもその自由を現実にためしてみずにはいられなくなる。……そう、生存の目的とは、おそらく、自由を消費することなのだ。人はしばしば、自由の貯蔵を人生の目的であるかのように振舞うが、けっきょく自由の慢性的欠乏からくる錯覚にすぎないのではあるまいか。そんなものを目的にしたりするから、宇宙の果ての、その向うを論ずるような羽目におちいり、守銭奴《しゅせんど》になるか、さもなければ宗教的に発狂してしまうかの、いずれかしかなくなってしまうのである。……そうだとも、明日の計画だって、それ自体が目的などではありえない。おまえを誘惑することによって、旅券の通用範囲を拡張しようというのだから、これはやはり手段の一種だと考えるべきだろう。大事なのは、なんといっても今である。今、仮面の可能性を、悔いなく使いこなしてやることである。

（追記——むろん、アルコールびたしの屁理屈《へりくつ》にすぎない。おまえに愛を打ち明けた、その舌の根もかわかぬうちに、臆面《おくめん》もなく密通を正当化するような、そんな虫のいい理屈を認めてくれなどと願うつもりはないし、またぼく自身、認めるつもりもない。ないからこそ、現にこうして、仮面との訣別《けつべつ》の辞をしたためたりもしているわけだ。だが、ちょっぴり気にかかるのは、醒《さ》めているときにも、たしかこれとそっくりな理屈を、当然のことのようにして振りまわしていたような気がしてならないのだが……

《目的は、研究の成果にあるのではない、研究の過程そのものが目的なのである。》……そう、たとえば研究者なら、誰でもが当りまえのようにして口にするこの言葉……一見無関係なようでいながら、考えてみると、けっきょく同じことを言っているような気がしてならないのである。研究の過程とは、つまり、物質に対する自由の消費にほかなるまい。それに対して、研究の成果のほうは、むしろ価値に換算されて、自由の貯蔵をうながすものだ。そこでつい、目的と手段をとりちがえ、成果ばかりを重んじがちになるのを、互いにいましめあうのが狙《ねら》いの言葉なのだろう。もっとも至極な、醒めきった論理だとは思うが、こうして並べてみると、その構造は、アルコールびたしの仮面の屁理屈と、まったく瓜《うり》二つではないか。釈然としないことおびただしい。するとぼくは、仮面を超えたようなつもりで、じつは仮面をもて余しただけのことだったのだろうか。それとも自由というやつは、もともと小量ならば薬になり、量を越すとたちまち副作用をおこす、劇薬のようなものだったのか。おまえの意見を聞きたいものである。もし、どうしても、この仮面の主張に従わなければならないものだとしたら、せっかく長々と書いた、この前の仮面牢獄《ろうごく》説も、いやことによるとこの手記全体が、すっかり誤解の産物だったことにさえなりかねないのである。まさか、おまえが、密通を正当化するような、そんな理屈に組しようなどとは思えないが……）

さて、このあり余る自由を、どんなふうに料理してやるとしようか……

そのもの欲しげな様子を、誰《だれ》か冷静な目で観察している者がいたとしたら、さぞかし眉《まゆ》をひそめる思いをしたにちがいない。しかし、有難いことに、仮面はもともと誰でもないのだから、どう思われようと、思われたことにはならず、いっこうに痛痒《つうよう》は感じないのだった。恥入る必要もなければ、弁解する必要もないという、この解放感は、なかなかどうして居心地のいいものである。とりわけ、羞恥心《しゅうちしん》からの解放は、ぼくをとっぷり耳元まで、泡立《あわだ》つような音楽の中にひたらせてくれていた。（欄外註《ちゅう》――そうだ、この音楽の回復こそは、特筆大書しておかなければならない。ネオンも、装飾燈《とう》も、白くにごった夜空も、ストッキングと一緒に伸縮している女たちの脚《あし》も、忘れられた露地も、屑入《くずい》れの中の猫《ねこ》の死骸《しがい》も、融《と》けたタバコの吸殻《すいがら》も、それから、それから、とても言いつくすことは出来ない、すべての風物が、それぞれ固有の音になり、響きになって、音楽をかなでているのだった。あの音楽のためだけにでも、ぼくはあの期待の時の真実性を信じたい……）

（追記――言うまでもなく、右の〈欄外註〉は、このすぐ前の〈追記〉よりも時間的には先立って、たぶん本文が書かれた直後くらいに、書かれたものにちがいない。現在の気持からすれば、どこにそんな音楽があったものやら、思い出すのも難かしいくらいなのだが。ただ、抹消《まっしょう》するほどの確信もないので、一応残しておいてみたまでのことである。）

しかし、仮面のアリバイは完璧《かんぺき》であり、約束してくれている自由は、無尽蔵だというのに、もの欲しそうにふるまう自由だけで満足しているというのは、いかにも持ちつけない大金を手にしてとまどっている、文無しのおもむきで、かえって見苦しいのではあるまいか。先刻ご承知のことである。酒の酔いに、その解放感の酔いまでが加わって、全身欲望の結節でぐりぐりになり、ぼくは瘤《こぶ》だらけの老木さながらになっていた。おまけに、鼻先におかれたその自由は、年齢や地位や職業という拘束の代償に支払ってもらった、これまでの自由にくらべると、まさに肉という文字に対する、血のしたたるような生肉のごときものだったのだ。ただ黙って、眺《なが》めているだけでは、唾液《だえき》が自分の口を融かしかねない。満足どころか、ぼくの仮面は、通路をぱっくり、あんこうの口のように全開にして、虎視眈々《こしたんたん》と獲物の到来を待ち受けていたのである。ただ、あいにくなことに、どういう獲物を射止めれば、それが自由の消費に価《あたい》する獲物になってくれるのか、その点が分らなかったのだ。自由の節約に、あまりにも永いあいだ、馴《な》らされすぎていたためであろうか。欲望が欠如していたのならともかく、それこそ全身瘤だらけになっていたというのに、滑稽《こっけい》にもぼくは自分の欲望を、理屈で割り出してみなければならなかったのである。

べつだん、立派な欲望をなどと、力んでいたわけではない。いずれ、アリバイは保証されているのだし、いくら破廉恥《はれんち》でも、また悪徳めいたものでも、その点は一向にかまわなかったのだ。むしろ、素顔からの解放感を味わってやろうというのだから、良識を顰蹙《ひんしゅく》させ、法に触れるくらいのことの方が望ましかったのである。ところが、その注文に応じて浮んでくるものといえば……ポケットの空気拳銃《けんじゅう》が、無意識のうちに誘導していたのかもしれない……たかり、ゆすり、追い剝《は》ぎ、といった類《たぐい》の、はなはだぱっとしない暴力団の手先じみた行為ばかりだったのだ。むろん、それだって、実際にやってのけることが出来れば、ぼくとしては大手柄《おおてがら》だろう。正体が暴露されれば、その組み合わせの妙は、まず疑いなく第一級の新聞種である。本気でやってみる気があるのなら、強《し》いて引きとめようとは思わない。とにかく、白っぱくれている疑似仮面どもに、抽象化された人間関係の実体を思い知らせてやるくらいの効果はあったろうし、すくなくも、鬱積《うっせき》していた蛭《ひる》のうらみをはらすことにはなったと思うのだ。

だが、偽善でもなんでもなく、そうした種類の悪徳には、なぜかさっぱり気が進まなかった。理由はごく簡単で、一つには、べつに本格的な仮面である必要はなく、繃《ほう》帯《たい》の覆面でもじゅうぶん間に合ったはずだということ。いま一つは、ゆすりにしても、たかりにしても、それ自体が目的というよりは、むしろ自由をあがなうための資金調達という手段の面が強かったということである。それにぼくは、出張旅費の残りの八万円ばかりを、そっくりそのままポケットの中であたためていた。今夜と、明日一日を食いつなぐだけなら、これで不足ということはまずあるまい。資金調達などという手段は、いよいよ困ってからにすればいいことである。

それでは、手段をまじえない、純粋な目的というのは、一体どういうものなのだろう。面白いことに、思いつくままに並べたててみた、不法行為なるもののほとんどが、合法的でない所有権の移動、すなわち金銭のからむものばかりだったということだ。

一例をあげれば、そうした中では比較的純粋な情熱の集中であると言われている、賭《と》博《ばく》行為……心理学者に言わせると、慢性的な緊張の持続からくる不安を、瞬間的な緊張の暴発で置きかえようとする逃避的欲望なのだそうだが……もし、純粋にそれだけなら、たしかに自由の消費かもしれず、逃避的だろうと何んだろうと一向にかまわないのだが……しかしその瞬間的緊張だって、そこから金銭のやりとりを取り去ってしまえば、おおよそ味気ないものになってしまうのではあるまいか。一つの賭博が、次の賭博の条件をつくり、その鎖が可能なかぎり何処までものびて行って、ついには常習化してしまうということ自体が、ひっきょう目的と手段のあいだの振幅にすぎないことを証拠立てているように思われるのだが。……いわんや、詐《さ》欺《ぎ》、横領、強盗、偽造、その他もろもろの代表的犯罪で、手段をふくまないものなど、まず考えられそうにない。法を無視して、自由気ままに振舞っているように見える連中でも、その実情は、意外に欠乏が滲《し》み込んだ、不自由の世界の住人であるらしいのだ。無垢《むく》の目的なだというものは、単なる幻想にしかすぎないのであろうか。

まったく傾向のちがった、願望や衝動もないではなかった。たとえば、研究所の資材課の守衛を脅迫して、倉庫から材料を勝手に搬《はこ》び出してしまうとか、監理局の鍵《かぎ》付きキャビネットをぶち壊《こわ》して、実験の進行表や経費監査の書類を盗み出してしまうとか、そんないかにもぼくらしい、実用的な願い事である。これは、研究所に名目上の独立しか与えてくれようとしない会社に対する不満という、動機にまったく利欲をともなわない、むしろ少年向きの連続テレビ映画にしたいくらいの、微笑《ほほえ》ましい夢想だったが、やはり手段であることには変りなく、それに何より、せっかく仮面にしてもらいたい役割が、ほとんど生かされないことになってしまいかねない。仮面にしか出来ないことを、堪能《たんのう》するまでやりつくし、その生活が一応地についた後でなら、（欄外註――言うまでもなく、特別な支障でも起きないかぎり、ぼくはこの仮面と素顔の二重生活を、いつまでも続けていくつもりになっていた。）もう一度考えなおしてみる余地もあったかもしれないが……

もっとも、そうした雑多な犯罪のなかで、例外の可能性を臭《にお》わせる例が、一つだけあるにはあった。放火である。放火にも、保険金目当てであるとか、窃盗《せっとう》の後の証拠湮滅《いんめつ》であるとか、名誉心にかられた消防夫の計画であるとか、明らかに自由の貯蓄のための手段にすぎないものも、当然あるにちがいない。また、さほど打算的ではない怨恨《えんこん》による放火にしても、けっきょくは、凍結されるか、奪われるかした自由を、取り戻《もど》すための場合がほとんどなのではあるまいか。……だが、それを代価にして得るものは何もない、直接それ自身が欲望の充足であるような、純粋な放火……うねる炎が、壁を舐《な》め、柱をねじまげ、天井を引き裂き、たちまち雲を目指して噴き上るや、右往左往する野次馬を尻目《しりめ》に、つい今しがたまで疑いもなくそこに存在していた歴史の一片を、灰燼《かいじん》に帰せしめてしまう、その劇的な破壊そのものが、魂の飢えを満たしてくれる栄養物であるような、混りっけなしの放火……そんな場合も、ありうるような気がしてならないのである。むろん、正常な欲望だなどとは思わない。俗にも、放火魔と、魔の字をつけて呼ばれるほどだから、当然常軌は逸しているわけだ。しかし、常軌にしばられないところが、仮面の仮面たるゆえんなのだから、自由の消費さえ保証されていれば、正常、異常は、あえて問うところではない。

……とは言うものの、ぼく自身に放火の衝動がないかぎり、どうしようもないことではないか。思わせぶりな看板が、肩をふれ合わんばかりにして、ひしめき合っている、大通りのあいだの露地を縫って歩きながら、突如そこの軒下や、あそこのモルタルの割れ目などから、火をふく場面を思い浮べてみたりしたが、やはり一向に気持がはずんでくれそうな気配もない。べつに恐れていたのではないと思う。おまえだって、一度仮面をつけてみさえすれば、すぐに納得がいくはずのことだが、そうした違反行為に対する抑制心というやつは、意外と頼りにならない、たあいのないものなのだ。たとえば、よほど臆病《おくびょう》な子供でも、顔を覆《おお》った手の指の隙間《すきま》からなら、平気で怪物映画を鑑賞していられる。また、厚化粧の女ほど、誘惑に身をまかせやすいものだという。性的な誘惑にかぎらず、万引常習者などの場合でも、ちゃんと統計的に立証されていることだそうだ。やれ秩序だ、やれしきたりだ、やれ節度だなどと息巻いてみても、けっきょくは素顔というほんの薄皮一枚に支えられた、心細い砂の城にすぎないのではあるまいか。

……そうだとも、ぼくは恐《こわ》がってなどいなかった。いまさら破廉恥くらいに尻込みしても始まるまい。もともと仮面自身が、破廉恥の結晶なのである。法で禁じられていないというだけのことで、仮面とさとらせない仮面で変装すること以上に、約束を無視した行為もざらにはあるまい。要するに、放火魔の心理は想像できても、ぼく自身は放火魔ではなかったというだけのことである。しかし、せっかくめぐり合えた、唯一《ゆいいつ》の純粋らしい目的が、あいにく注文の品でなかったとなると、ぼくも少々心もとなくなってきた。むろん、なんとしても他に適当な代案がないと決れば、それもいたしかたあるまい。それでも、何もしないよりは、ましだろう。だが、瘤《こぶ》だらけになってうずいている、この欲望のすべてが、まさか手段に類するものばかりだとは思えない。いくら自由の節約に馴らされてきたからといっても、それではあまりに惨《みじ》めすぎる。ともかく放火は、一応留保ということにして……

ちょっと待ってくれ、ここまで書いてきて、気がついたのだが、故意か偶然か、ぼくは重大な書き落しをしていたようである。不法行為をあげるなら、当然まっ先にあげてしかるべきだった、もう一つの魔……すなわち、例の、通り魔というやつ。放火魔が、純粋な目的の仲間入りを許されるのなら、通り魔だって、仲間入りさせてもらってべつに不都合はないと思うのだが。不都合があろうはずがない。放火魔ほど、外見上の華々しさはないにしても、内面的には、殺人にまさる破壊行為はありえないのだから……。それにしても、これほどの代表選手を、なんだってまた忘れたりしたのだろう。いや、代表選手だったからこそ、かえって失念してしまったのではあるまいか。放火でさえ、気が進まなかったくらいだから、さらに一段上の破壊衝動では、まず問題になりようもないと最初から見切りをつけ、考慮の外においてしまったのではあるまいか。

外向的で非調和型……狩人《かりうど》をもって認ずる、ぼくの仮面が、破壊衝動と聞いて及び腰になるとは、いかにもお里が知れるような話だが、そのとおりだったのだからやむを得ない。しかし、繰返すようだが、決して臆病のせいなどではなかったのだ。べつに、臆病を否定すべきものだと思って、否定したりしているわけではない。事実として、何処をどう叩《たた》いてみても、通り魔や、放火魔はおろか、ただの魔の字一つさえ出て来そうにはなかったのである。……あのとき、仮面をけしかけていた千ボルトの電流のようなものは、どうやらそんな破壊衝動などとはまったく異質な……妙にねばねばとからみつくような……どうも適当な表現が見つからないのだが、ともかく破壊とは対蹠《たいしょ》的と言ってもいいような性質のものだったのである。

もっとも、ぼくの内部に、ぜんぜん破壊衝動がなかったといっては、言いすぎになるだろう。ぼくと同じ苦しみを舐《な》めさせてやるために、おまえの顔の皮を剝《は》いでやりたいと願ったり、世界中の人間を盲目にしてやるために、視神経を麻痺《まひ》させる毒ガスを空中から撒布《さんぷ》することを空想してみたり、そんな衝動にかられたのも、一度や二度のことではなかったはずだ。たしか、この手記の中でも、何度か似たような悪態をついた記憶がある。それだけにまた、いっそう意外だったわけだが……しかし、考えてみると……そうした鬱憤ばらしは、すべて仮面が仕上る以前のことで、完成して以後は、同じ抗議にしても、なにか微妙な変化がおきていたような気がしないでもない。多分おきていたのだろう。おきていたからこそ、仮面は自分の自由を、もっと異《ちが》ったことに消費したがっていたのだ。ただ破壊して、仮面にはその犯行の跡始末を手伝わせるだけといった、消極的なものではなく……まどろっこしい、一体なにを言いたいのだ？……愛だとか、友情だとか、相互理解だとか、何かそんな古典的調和でも欲しがっているのか？……それとも、適度に甘味があって、ねばり気があって、ふんわり体温を感じさせる、縁日の露店で売っている綿菓子でもしゃぶりたいというのか？

ぼくは、自分の欲求を完成できない赤ん坊のように苛立《いらだ》ちながら、行き当りばったりに一軒のコーヒー店に入り、拳《こぶし》のようになって喉《のど》の奥から突き上げてくる欲望の瘤に、アイスクリームと、冷えた水とを、交互にそそいでやっていたものだ。何かしたいのだが、何をすればいいのか分らない……この分だと、何もしないですませてしまうか、したくもないことを無理にするかの、どちらかになってしまうだろう……何もしていないうちから、後悔がにじんでくる……まるで濡《ぬ》れた靴下《くつした》を我慢してはいているような、みじめったらしい、じくじくした感触だ……仮面の下が、蒸し風呂《ぶろ》のように火照《ほて》って、鼻血でも出て来そうだ……そろそろ真剣に手を貸してやったほうがよさそうである……滑稽は百も承知で、ぼくは自分で自分の精神分析医になり、根気よく自分の欲望を整理し、分析し、ふるいにかけて、その瘤のなかに鬱積しているものの正体を見きわめ、名前をつけてやらなければならなかったのである。

必要ならば、先に結論を言ってしまってもかまわない。性欲だったのである。笑ってしまっただろうか？　たしかに、前置きのものものしさにしては、いささか陳腐すぎる結論だった。そうと分ってしまえば、ぼくにだって、まるっきり心当りがなかったわけではないのである。ただ、いかにも代数学入門的な陳腐さなので、裏付けなしに応じてしまうのは、なんとも物欲しそうで、我慢がならなかったのだろう。自尊心というやつは、おおよそ相容《あい》れないように見える破廉恥《はれんち》とでも、あんがい平気で同居できるものらしいのだ。

さて、この三冊目のノートも、そろそろ残り少なくなってきた。そう仮面の試運転ばかりにこだわっていても仕方がない。だが、くどいようでも、もっとも純粋な自由の消費が、じつは性欲だったという、この論拠だけは、やはり話しておいた方がいいように思うのだ。自由の消費は、いくら純粋でも、それ自身で価値を生むものではないし――（価値を言うなら、むしろ自由の生産のほうだろう。）――また、ぼくの論理が絶対に正しいものだと、こだわるつもりはないが、とにかくその翌日のぼくの行動は、すべてこの性欲観に導かれて行われたものだし、おまえに裁判の公正を期待する以上、ぼく自身についても正直でなければならないと思うからである。

意地悪くさえしなければ、仮面がなぜ放火や殺人に背を向けたのか、その気持を理解してやるのも、さほど難かしいことではなかったのだ。まず第一に、仮面自体が、世間のしきたりに対する、重大な破壊行為だった。放火や、殺人が、はたしてそれ以上の破壊になるかどうか、単純な常識だけでは答えられないくらいである。それをはっきりさせようと思えば、ぼくが自分用のと同じくらい精巧な仮面の、大量生産に着手し、普及しはじめたときの世論のことを想像してみるのが、一番いい。仮面はおそらく、爆発的な人気を得て、ぼくの工場は拡張に拡張を重ねながら、全日操業をつづけても間に合わないくらいだろう。ある人間は突如消滅する。べつな人間は同時に、二人にも、三人にも分裂する。身分証明書は役に立たなくなり、手配のモンタージュ写真も無効になり、見合写真も破って捨てられる。見知っている者と、見知らぬ者とが、ごっちゃになり、アリバイの観念そのものが崩壊してしまうのだ。互いに他人を信じることが出来ないばかりか、他人を疑う根拠さえ失われ、まるで何も映らない鏡に向っているような、人間関係の御破算状態に、宙吊《ちゅうづ》りになっていなければならないのである。

いや、おそらくは、さらに始末の悪い状態さえ覚悟しなければなるまい。誰《だれ》もが、見えなくなった他人よりも、より透明になることで、見えない不安から脱《ぬ》け出そうとして、次々に新しい仮面と交換しはじめる。そして、たえず新しい仮面を追い求める習慣が日常化したとき、個人などという言葉は、公衆便所の落書にしか見られないような卑猥《ひわい》なものになってしまい、家庭だとか、国民だとか、権利だとか、義務だとかいった、個人の容器や包装のたぐいも、懇切な解説なしには理解されない死語になっていることだろう。

人間は、はたして、そんな御破算の反覆に耐え、そんな無重力状態のなかからでも、けっこうそれなりに新しい約束を見つけだし、新しい習慣をつくり上げて行くことが出来るのだろうか？　むろん、出来ないなどと、断言したりするつもりはない。人間の並はずれた順応力と、変身の能力の奥行きについては、すでに戦争と革命でつづられた歴史が証明しているとおりである。だが、その前に……仮面にそんな野放図な蔓《まん》延《えん》を許してしまう前に……はたして防疫班《ぼうえきはん》を組織しようという防衛本能を、行使しないで済ませるだけの鷹揚《おうよう》さがあるかどうか、むしろその点のほうが問題だと思うのだ。個人の欲望としては、いくら仮面に魅せられているとしても、世間のしきたりというやつが、まず頑強《がんきょう》なバリケードを築いて、抵抗の姿勢を示すにちがいない。たとえば、役所でも、会社でも、警察でも、研究所でも、勤務中には仮面の使用を禁止するといったようなことである。さらには、もっと積極的に、人気俳優たちが顔の版権を主張し、仮面の自由製作に反対する運動を起すようなことだって、考えられなくはないだろう。より卑近な例をとれば、夫は妻に対し、妻は夫に対し、変らぬ愛情を誓い合う

ために は、隠し仮面を持たないことを、互いに約束せざるを得ないわけだ。また、商取引の場では、交渉に先立って、互いに相手の顔の皮をつまみ合うべしという、新しい作法さえ生れかねまい。入社試験の面接の場では、顔に針を立てて、血を流してみせるという奇習さえ見られるようになるかもしれない。さらに進んでは、警官が職務審問の際、顔に手をかけたのが、はたして正当だったか、それとも行き過ぎだったかが、ついに法廷にまで持ち込んで争われ、学者が長い研究論文を発表するといったような場合だって、じゅうぶんに考えられるわけである。

そして、その頃《ころ》になれば、新聞の身の上相談欄には、仮面にだまされて結婚した娘の――自分の仮面のことは棚上《たなあ》げにした――泣き言が、連日のように掲載されることになるだろう。しかし、その回答も、負けず劣らず要領を得ない無責任なもので、

「婚約中一度も素顔を見せなかったような、不誠実さは、むろん咎《とが》められなければなりません。しかしそう言うあなたも、素顔の人生観から、まだ完全には解放されていないのではありませんか。騙《だま》しも、騙されもしないところが、仮面の仮面たるゆえんなのです。この際あなたも、仮面を新調なさるなりして、心機一転、人生の再出発をなさったらいかがでしょう。お互い、昨日にこだわらず、明日を思いわずらわない姿勢を身につけてこそ、せっかくこの仮面時代に生きている甲斐《かい》もあろうというもので

す、云々《うんぬん》。」……けっきょく、いくら騙されても、また騙される不都合が話題になり、問題にされるにしても、一般的には、まだまだ騙すたのしみを圧倒するには至っていないということなのだろう。矛盾をはらみながらも、この段階では、いぜん仮面の魅力のほうが支配的なのかもしれない。

むろん、差引き勘定をしてみた結果、はっきり損と出る部分も、無いではない。推理小説の人気などは、当然見る影もなく下火になり、あらたに二重人格、三重人格をあつかった家庭小説が、一時それにとって替るかに見えたが、仮面の買い置きが、一人平均五種類以上ということにでもなれば、それさえ筋の錯綜《さくそう》がすでに読者の忍耐の限度を超えたものになり、一部、時代小説愛好者の需要をみたす以上には、小説の存在理由そのものが消滅してしまっている可能性もあるわけだ。小説にかぎらず、もともと仮面の見世物であるはずの、映画や芝居だって、きまった主役を登場させられないために、ひどく抽象的な暗号じみたものになり、一般の興味を繋《つな》ぎとめることは出来なくなっているはずである。また、大半の化粧品メーカーは倒産し、美容院も次々と看板を下ろし、広告代理店は二割以上の減収を余儀なくされることだろう。そこで、各種の作家協会は、こぞって仮面がもたらす人間破壊をわめきたて、美容研究家や、一部の皮膚科医たちは、いっせいに仮面が皮膚におよぼす害毒についての大論陣をはりめぐらすに相違ない。

もっとも、そんなものが、はたして禁酒同盟のパンフレット以上の効力を持ちうるかどうか、はなはだ疑わしいものである。それに、わが《仮面製造株式会社》は、すでに全国に、受注、加工、販売の網をもつ、巨大な独占企業に成長しているはずであり、ほんの一と握りにしかすぎない、不平分子の口を封ずるくらい、赤子《あかご》の手をひねる程度のことであるはずだ。

問題は、おそらく、その後の時期にやってくる。仮面の普及が、一応の飽和状態に達し、好奇心や、物珍しさといった段階はすでに終って、仮面なりの日常性が回復しかけるころ、それまではむしろ、わずらわしい人間関係からの解放感に、さらにいっそうの味を添えるための薬味だくらいに思われていた、あの微《かす》かな罪と悪徳の臭《にお》いが、急に熟《う》れすぎた納豆のような刺戟《しげき》臭をはなち、あらためて不安をおぼえはじめる時期……祭日のはずんだ気持の、景色だくらいに思っていた、色とりどりの仮装のいたずらが、いたずらどころか、いつかは自分にも危害が及ぶかもしれない、やっかいな犯罪らしいと気づきはじめる時期……例をあげて言えば、どうやら、他人の素顔の盗作を専門にする、もぐりの業者が現われたらしく、国会議員が、寸借詐欺《すんしゃくさぎ》をやったり、某有名画家が、結婚詐欺の常習者として訴えられたり、市長が、自動車強盗の容疑で逮捕されたり、社会党の幹部が、ファシストまがいの演説をぶったり、銀行の重役が、銀行強盗で起訴されたり、といった具合の、いかにも道化た事件が頻発《ひんぱつ》して、最初は小屋掛けの見世物くらいのつもりで笑いながら見物していたのが、ふと気付くと、自分とそっくりな他人が、すぐ目の前で、せっせと掏摸《すり》や万引にいそしんでいた……と、そんな事態に、いずれは直面させられかねまいということである。そうなると、せっかくのアリバイも、有罪の証明を拒んだかわりに、無罪の立証からも見離されることになり、かえって足手まといに感じられはじめるのではあるまいか。騙すたのしみも、騙される不安の前には、すっかり影が薄くなってしまっていることだろう。そして、そんな悔恨の苦さを、やっと唾液《だえき》で薄めてやっているような気分のときに、教師たちの教育目標の喪失——形成さるべき人格概念が失われたのだから、当然のことである——が、反映してか、子供たちの登校が目立って減少し、集団的に浮浪化しつつあるなどの噂《うわさ》を耳にしようものなら、大半が子の親である世間のことだ、手の平を返したように、恐慌《きょうこう》と動揺をきたし、仮面の誘惑をのろいはじめるに相違あるまい。さっそく、風見鶏《かざみどり》の新聞論説委員あたりが、仮面の登録制度を提唱しはじめたりするだろうが、残念なことに、仮面と登録制度とは、ちょうど扉《とびら》のない牢獄《ろうごく》が意味をなさないのと同程度に、まったく相容《あいい》れることの出来ないものなのである。登録された仮面は、もはや仮面ではありえない。世論はここに一変し、人々は仮面をかなぐり捨てて、仮面追放のために政府の介入をせまるのだ。この運動は、市民と警察の連合という、史上稀《まれ》にみる形態をとり、仮面禁止令は、あっけないほど簡単に実現をみるはずだ。

しかし、政府が行き過ぎを恐れるのは、今も昔も変りない。最初は、取締りといっても、せいぜいが軽犯罪なみの扱い。その弱腰は、かえって一部の者の好奇心を刺戟して、密造工場と闇《やみ》売りの組織をはびこらせる結果になり、さながらアメリカの禁酒法時代を思わせる混乱の季節がやってくる。そこで、遅ればせながら、法令の改正を余儀なくされるのだ。仮面の着用は、ただ顔面に目立った損傷が認められる場合か、重症の神経症患者に治療の目的で医師が処方した場合に限り、関係官庁が許可証を発行するという、麻薬なみのきびしい取扱いを受けることになる。だが、書類の偽造や、技師の買収がいっこうに後を絶たず、間もなくこの特例さえ廃止になり、仮面専門の検査官までが任命されて、仮面は徹底的な取締りの対象にされることになるのだ。それでも、仮面による犯罪は、まったく衰えをみせず、相変らず新聞の社会面の花形であったばかりでなく、ついには、そっくりな仮面を制服のようにかぶった右翼団体が登場し、政府要人を襲撃するという不祥事を引き起すに及んで、法廷も、仮面の使用は、使用したというそのことだけで、すでに兇悪《きょうあく》な謀殺罪に匹敵《ひってき》するものだという見解をとらざるをえず、世論もこれを、ためらうことなく支持するに至るのである。

(追記——酔ったまぎれの空想にしても、この空想はなかなか面白い。かりにその団体の構成員が百名だったとしたら、党員の一人一人が、すべて百分の一の嫌疑《けんぎ》と、百分の九十九のアリバイを持つことになり、行為はあるのに、遂行者はいないという、おそろしく詭弁《きべん》的な結果になるわけだ。一見、いかにも知能的な犯罪にみえながら、しかしひどく動物的な残忍さを感じさせるのは、なぜだろう。どうやら、その犯行の、完璧《かんぺき》な匿名《とくめい》性のせいであるように思われるのだが。完璧な匿名とは、完璧な集団に、自分の名前をいけにえとして捧《ささ》げてしまうことである。それは、自己防衛のための、知能的なからくりというよりは、むしろ死に直面した個体がしめす本能的な傾向なのではあるまいか。ちょうど、敵の侵略に際して、民族、国家、同業組合、階級、人種、宗教等々の集団が、まずまっ先に忠誠という名の祭壇を築こうとするように。個人は、死に対して、つねに被害者だが、完璧な集団にとっては、死は単なる属性にしかすぎないのだ。完璧な集団とは、本来的に、加害者的な性格をおびるものなのである。完璧な集団の例としては、軍隊を、完璧な匿名の例としては、兵隊を、それぞれあげれば、まず理解には事欠くまい。……だが、そう考えて来てみると、ぼくの空想には、いささか矛盾があったようでもある。軍隊の制服自体を、謀殺罪にひとしいものとして裁き得ない法廷が、なぜ同じ仮面をかぶった右翼集団に対しては、それほど厳しい態度でのぞんだのか。国家が、仮面を、秩序に反する悪とみなしたというよりも、あんがい、国家自身が一つの巨大な仮面であり、内部に別な仮面が重複することを拒んだだけのことだったのではあるまいか。するると、世界でいちばん無害なのは、無政府主義者だということになるわけだが……）

さて、そんな次第で、うっかり好奇心にまどわされたりさえしなければ、仮面の存在そのものが、本質的に破壊的なものであることが明らかにされたわけである。謀殺罪に匹敵するというくらいだから、放火魔はむろんのこと、通り魔とだって、なんらの遜色《そんしょく》もなく肩をならべられるはずだ。自分自身が、破壊そのものであるような、そんな仮面が……自分の存在によって、破壊された人間関係の廃墟《はいきょ》のなかを、現にさまよい歩いている最中だというのに……いまさら類似の破壊衝動などに、心ひかれなかったとしても、べつだん不思議はないだろう。いくら欲望が瘤《こぶ》になってうずいていようと、破壊は自分の存在だけでもう沢山だったのである。

生後四十時間にみたない仮面の、乳臭い求心的な欲望……蛭《ひる》の巣をこじあけて出て来たばかりの、飢えた脱獄者の欲望……まだ手錠のあとも生々《なまなま》しい、この貪欲《どんよく》な胃袋が、まず、くらいつくとすれば、いったい何《ど》んな自由がありうるだろうか……いや、卒直に言ってしまうと、まったく答えが無かったというわけではないのである。もともと、欲望というやつは、論じて理解したりするものではなく、ただ感じさえすればそれでいいものだ。もったいぶらずに、言ってしまうとしよう。つまり、あの、種族のためにいけにえになりたいという、痙攣《けいれん》的な衝動だったのである。そんなことは、街に出た瞬間から、はっきりと自覚されていたことだ。なにを今まで、言いわけがましく、持ってまわる必要があったのか。持ってまわれば、多少でも、恥をまぬかれるかもしれぬという計算だったのか。いや、弁明を重ねるようだが、いまさら恥などにこだわっていなかったことだけは、断言してもいい。ぼくが、こだわっていたのは、ただ一つのこと、その欲望の上に、いやでもおまえとの関係を、重ねてみずにはいられなかったということだ。

おまえとの関係というのは、むろん、例の仮面の破廉恥《はれんち》な空想のことである。何を感じ、何を願い、何を試みようと欲しても、すべてがあの空想に結びつき、せっかく忘れかけていた嫉妬《しっと》の毒が、ふたたび息を吹き返して、血管のなかで流れにさからった運動をしはじめる。そして、それがさらに、明日の計画の連想へとつながって行ったとしても、べつに不思議はないだろう。これには、さすがの仮面も鼻白み、立往生せざるを得なかった。なにぶん仮面の自由さは、もっぱら他者との抽象的な関係にあったのに、これでは翼をもがれた鳥も同然である。やっと追放をまぬかれ、休戦に持ち込んだ仮面としては、ついどうしても口ごもらざるを得なかったわけである。

そこで仮面は、ぼくをなだめすかして、何時《いつ》までもそんな思いすごしをしていたのでは、仮面どころか、自分自身をまでも、手段化してしまいかねまい……顔はいくら仮面であっても、体はいぜんとして元のままのぼく自身なのだ……さあ目を閉じて、世界から光が消え失《う》せてしまったと思うがいい……たちまち、仮面とぼくとは一体になり、嫉妬しなければならない相手など、何処《どこ》にもいはしないのだ……おまえに触れているのが、ぼく自身なら、おまえに触れられているのもぼく自身であり、ためらうことなど、これっぽっちもありはしないのだ……

（欄外註《ちゅう》――考えてみれば、勝手な理屈である。自分にとって、いくら同一人物であろうと、他人にとって別人ならば、すでに半分は別人だということではあるまいか。われわれ黄色人種だって、もともと黄色人種だったわけではないのだ。皮膚の色の違った人種から、そう名付けられることによって、はじめて黄色人種になったのである。その顔の約束を無視して、下半身だけを人格の基点にするなど、まったく詐術《さじゅつ》にもひとしい。もし、あくまでも下半身の同一性に固執するつもりなら、仮面の痴漢的行動に対しても、斟酌《しんしゃく》の余地なくぼく自身が責任を負うべきだろう。おまえに向っては、空想のなかでさえ、あれほど臆面《おくめん》もなく裏切りをなじり、嫉妬の毒に身をわななかせておきながら、自分のことになったとたんに、純粋な自由の消費などと称して、それがいかにおまえを傷つけるものであるかは、考えようともしなかったのだからいい気なものである。けっきょく、嫉妬そのものが、権利だけ主張して義務は認めようとしない、愛玩《あいがん》用の猫《ねこ》ていどの代物《しろもの》だということになるのだろうか……)

そんなふうに、ぼくをたしなめる一方、仮面はまるっきり何も感じていないような、とぼけ顔で、まず欲望一般からはじめ、次々と各種の篩《ふるい》にかけてみせ、それがまさに残るべくして残ったもの、事あれかしと願う気持など少しもなかったことを、ぼくに納得させなければならなかったわけである。もっとも、純粋な意味での欲望となると、意外に種類も少なく、単純で、おまけに破壊衝動を除外していいとなれば、あとは大して手間のかかる事ではなかったのだ。たとえば、思いつく限りを、ここに並記してみるとしても——

まず、三大欲望と呼ばれる、食欲、性欲、睡気《ねむけ》の欲。それから、一般的なところでは、排泄《はいせつ》の欲望、渇《かわ》きの欲望、脱出の欲望、所有の欲望、遊びの欲望などだろう。やや特殊なものになって、自殺の欲望や、酒、タバコ、麻薬などによる中毒欲。さらに、欲望を広義に解釈すれば、名誉欲や、労働に対する欲望なども入れてもいいかもしれない。

だが、《自由の消費》という、最初の篩だけで、その大半がさっそくふるい落されてしまうのだ。じっさい、いくら睡魔が激しかろうと、それ自体が目的になることなど、まずあり得まい。あくまでも、より目覚めるための手段にすぎず、どう見てもこれは、むしろ自由の貯蔵に属すべきものだろう。同じ理由で、排泄、渇き、所有、脱出、名誉、労働なども、さしあたり検討の外に置いてよさそうだ。……ただし、この最後の労働だけは、そう軽々しく排泄なみの手段扱いしてしまっては、やはり不謹慎の譏《そし》りをまぬかれないかもしれぬ。たしかに、その結果生み出されるもののことを考えれば、労働こそ、あらゆる欲望の上に君臨すべきものかもしれない。ものを創《つく》り出さなければ、歴史もなかったろうし、世界もなかったろうし、おそらくは人間という意識さえ成り立たなかったに違いないのだ。おまけに、労働というやつは、労働を超えるための労働という、自己否定を媒介にしさえすれば、けっこうそれ自体で目的たりうるものである。しかも、いくら自己目的化しても、所有や、名誉欲のようには、見苦しくもなければ、また荒廃の印象を与えることもない。もし、そんな状態にあったとしても、世間はただ、「あいつは真面目《まじめ》にやっている」と、うなずきながら言うだけのことだろう。そして、うらみこそすれ、咎《とが》め立てたりする気遣《きづか》いはまずありえなかった。なにぶん、世間には、よくて金になる仕事か、もうかる仕事か、高く買われる仕事くらいがあるきりだったのだから……

ただ、惜しむらくは、そんな祝福されすぎた状態が、仮面としては我慢ならなかったのである。なんらかの形で、禁を犯すのでなければ、せっかく仮面をかぶった意味がなくなってしまう。《仮面だけの自由》は、何をおいても、まず不法行為でなければならなかったのだ。(現にぼくは、研究所での仕事に六割方の満足を感じていたし……取り上げられでもしようものなら、九割方の未練さえ起しかねないように思うのだが……それでも仮面なしで、けっこう済ませてこられたのである。)労働のための労働は、第一の篩の目だけはなんとか潜《くぐ》り抜けられたとしても、けっきょくこの第二の篩で、ふるい分けられてしまう運命にあったのだ。断わっておくが、ぼくは価値を論じたりしているわけではない。アリバイを保証された脱獄囚の、とりあえずの欲望を語っているだけのことである。

ついでに、残りの欲望のうち、やはり食欲もこの第二の篩の目にかかってくれそうだ。無銭飲食は、目的というよりは手段だから、最初から問題にしないことにして、満腹してはいけないというような法律のことを、何処かで聞いたことがあったっけ。禁止された食欲など、戦場か、刑務所の中でもなければ、そうめったには思いつけるものでない。それでもあえて、探し出そうとすれば、人肉供食ということにでもなろうか。だがそれも、食欲というよりは、むしろ殺人に添えた彩《いろど》りの要素のほうが強そうだ。そして、殺人は、すでに保留ときまったことなのである。

さらに、自殺も、一応の禁止事項になっているとはいえ、素顔のままでやって出来ないことではなかったし、それに仮面は、やっとの思いで「生きながらの埋葬」から、脱け出してきたばかりのところだったのだ。ここで自殺するくらいなら、はじめから何もしない方がましだった。また、遊びの欲望も、独立した一単位と考えるよりは、あるときには脱出の変形であり、べつなときには対象のない労働の一種であるというふうに、すでに見てきたものの複合物だとみなす立場をとりたいと思う。なお、中毒の嗜好《しこう》については、酒の酔いと同じく、要するに拙《まず》い仮面の模倣にしかすぎないのだから……現に理想的な酩酊《めいてい》状態にあったぼくが……あらためて問題にするまでもないことだろう。

さて、こんなふうに、幾重もの篩の目をくぐらせたあげく、もっとも条件にかなったものとして、最後に残ったのが、問題のいけにえ的痙攣《けいれん》だったというわけである。

ときに、おまえは、この理屈をどう考えるだろう。そう、むろん理屈をである。けっきょくのところ、あの夜、ぼくは純粋に自由を消費しようと思えば、性犯罪以外にはないのだという理屈にたどりついただけで、実際には、どんな犯罪めいたこともしないでしまったのだ。気乗りがしなかったわけでもないし、機会がなかったわけでもないのだが、ともかく実行には移さなかった。だから、ぼくが尋ねているのも、ただその理屈についてだけなのである。

まさかおまえの同意を得られようなどと、そんな甘い期待をかけたりしているわけではない。おそらく、おまえの目には、なにか馬鹿馬鹿《ばかばか》しいくらいの欠陥が、はっきり映っているに相違ないのだ。すでにその理屈の破綻《はたん》を、現実に経験してしまっているのだから、欠陥の存在を認めないわけにはいかないのである。ところが、ぼくには、その時も見えなかったし、現在でもまだ見つけ出せずにいる始末だ。ということは……多分……仮面の強引な説得に、しぶしぶ屈服したような形をとることで、それがじつは自分の願望であることを、自分に対してもごまかそうとしていたのではあるまいか。

そういえば、ぼくは、性に関する立入り禁止の札を、蹴倒《けたお》すことに、強いこだわりを感じていた半面、同じくらいの激しさで、最初からひきつけられていたような気もする。考えてみれば、無理もなかったのだ。ぼくはなるべく触れないように努めてきたが、性犯罪を肯定しないかぎり、仮面におまえを誘惑させる計画も、実際には成り立たないことだったのだから。一度かぎりの誘惑なら、べつに問題はないかもしれない。だが、仮面とおまえとの関係を、持続させて、そこに一つの新しい世界をつくる気なら、ぼくはどうしても性の掟《おきて》破りを、愛しなければならなかったのである。さもなかったら、どうやって嫉妬に骨の髄まで腐蝕《ふしょく》されずに、そんな二重生活に耐えたり出来るだろう。あの仮面の、くだくだしい説得も、おそらくはぼくの意識的な挑発《ちょうはつ》のせいだったに違いないのである。

そう、おかしなもので、まがりなりにも理屈らしい裏付けが与えられたとたん、ぼくはたちまち、仮面の欲望にすっかり共感してしまっていたものだ。断わっておくが、空腹や、渇《かわ》きのように、性そのものに飢えていたわけではない。仮面がひかれていたのは、あくまでも、性の禁止を犯すことだったのである。もし、禁止の自覚がなかったら、はたしてあれほど戦慄《せんりつ》的な魅力を感じられたかどうかも疑わしい。そして、その魅力を直視していると、どうやらいちばん懸念《けねん》されていた、あの嫉妬の毒も、急速にその毒性を失っていくようで、ぼくはまるで毒消しの丸薬でもしゃぶるように、ことさら痴漢の衝動にのめり込もうと努めはじめているのだった。

そんな、痴漢の眼《め》で、あらためて周囲を眺《なが》めまわしてみると、街全体が、まるで性の立入り禁止の札で組み上げられた、奇怪な城のようにさえ見えてくる。ただ、堅固に出来ているのならともかく、どの柵《さく》も、何処か虫がくっていたり、釘《くぎ》が抜けていたりしていて、いまにも壊《こわ》れそうな表情をしているのだ。柵という柵が、そんな侵入を待ち受けているような素振りで、街じゅうの道行く人の心を掻《か》き立てているくせに、しかし近づいてよく見ると、虫くいも、釘の抜けた跡も、すべてが擬装で、それ以上は一歩だって寄せつけようともしない。性とは性の禁止とは、いったい何なのだ。その擬装の意味に首を傾《かし》げ、柵の由来に首を傾げたとたんに、誰《だれ》もが痴漢になってしまわざるを得ないのである。むろん、彼自身も、そうした柵の一つにほかならないのだ。だからこそ、痴漢は、自分の欲望に、苦痛と悔恨の涙をそそがなければならないのだ。彼は、性の禁止を破るとき、同時に自分自身の柵も踏みくだいているのである。しかし、いったん柵の存在に首を傾げた以上、その正確な由来をつきとめるまでは、心休まるはずがない。痴漢とは、おおむね、いったん謎《なぞ》を自覚した以上、どんな犠牲をはらってでも解かずにはいられない、律義者《りちぎもの》の探究者のことなのだ。

そこでぼくも、探究者のはしくれとして、まず手はじめに一軒のバーをのぞいてみた。なにか特別なことを期待したわけではない。擬装の虫くいや、釘跡を、大っぴらに看板にしている店として、ちょっぴり興味を持っただけのことである。しかも、店内で売っているのは、アルコールという偽《にせ》仮面だ。いまのぼくには、たぶんぴったりの場所に違いない。

予想どおりの居心地のよさだった。偽の光をさえぎる、偽の闇《やみ》……偽の微笑の下の、偽の頽廃《たいはい》……夢の中でのように、悪を犯すことも出来なければ、善を行うことも出来ない、宙吊《ちゅうづ》りの欲望……偽善と、偽悪の、ほどよいアマルガム……席につくなり、全身の毛穴がひらきはじめ、ぼくはウイスキーの水割りをたのむと、すぐさま隣に掛けた紺色の娘の指をいじりはじめた。いや、ぼくがではなくて、仮面がである。娘の指は、汗ばんでいるのに、その汗は澱粉《でんぷん》をまぶしたようにさらさらしていた。むろん娘はされるままになっている。腹を立てないのが嘘《うそ》なら、腹を立てるのも同じくらい嘘なのだ。何をしても、しなかったのと同じだし、何をしなくても、すべてをしたのと同じことになってしまうのである。

ぼくが嘘を言うと、娘も嘘を言った。娘はすぐに他のことを考えはじめたようだったが、ぼくはむろん、気づかぬふりをしていた。蛭《ひる》や、おまえや、それからぼくの素顔に対する、仕返しのために、今夜は一つ、この娘をものにしてやろうか。いや、気にすることはない、どうせここでは、あらゆることが起りうると同時に、決してどんなことも起りはしないのだから。ぼくが嘘を言い、また娘が嘘を言い、それから、どういういきさつだったか、とつぜん娘がぼくを画家だろうと言いだして、面くらわせられた。

――どうして？　どこか絵描《えか》きらしいところでもあったのかな？

――だって、いちばん何らしくもない恰好《かっこう》をしたがるのが、絵描きさんじゃない？

――なるほど……すると、化粧というやつは、見せるためにするものなのだろうか、それとも、隠すためにするものなのだろうか？

――そりゃ両方よ……と、娘は、爪《つめ》の先に磯《いそ》あられをつまんでかじりながら……どっちにしたって、けっきょくは、真心なんじゃない？

――真心？……いきなり手品の種をわって見せられたように、気抜けがして……そんなもの、くそっくらえさ！

すると娘はひややかに、短い鼻の上に皺《しわ》をよせ、

――いやねえ、分りきったことを、なにもそんなに露骨に言わなくたっていいじゃないの……

まったくだ！……どんな本物でも、ここでは立派な偽物なのだし、どんな偽物でも、立派な本物として通用するのだった。痴漢になる一歩手前で、禁止の柵に、破れめの絵を描いて遊ぶのが、こうした場所での約束事らしい……それに、これ以上酔っては、仮面をつけているという自覚さえ、あぶなっかしくなりそうだった……掌《てのひら》のなかでは、娘の太股《ふともも》が、飽きあきしたように、あくびをしはじめていたし、どうやらそろそろ引き上げる潮時らしかった。けっきょく、何事も起らなかったが、かまいはしない。禁止の柵に、直接手をふれ、その堅固さをたしかめただけでも、収穫だったと考えるべきだろう。いやでも、明日は、おまえの柵に、必死の攻撃を加えなければならないのだ……

その後のことは、望遠レンズでのぞいたように、遠近の感覚さえはっきりしない。

しかし、酔いにまかせて仮面をひきはがすような失態を演ずることもなく、また、タクシーの運転手には、自宅ではなくて、ちゃんと隠れ家のほうを教えていた。素顔と仮面の距離というやつは、いくら精密な面合わせをしてみたところで、また、いくら強力な接着剤をつかってみたところで、そう簡単には埋めつくせるようなものでないらしいのだ。そのわずかな、醒《さ》めた空隙《くうげき》で、ぼくは一と晩、おまえの夢を見つづけた。その夢の中で、ぼくに何かを懇願しつづけていたようである。痴漢の接近を警告していたようにも思うが、あるいは後からこじつけた、想像だったかもしれない。それから、一度、刑務所の夢もみたようだ。

翌日は、さすがにひどい宿酔《ふつかよ》いだった。顔ぜんたいが腫《は》れ上って、ひりついている。帰ってきてからの手当てが、不充分だったために、接着剤にかぶれたのかもしれない。顔を洗ったついでに、胃の中を空にすると、いくぶん楽になった。しかしまだ十時前だ。出掛けるのは三時過ぎでいいわけだから、あともう二、三時間、横になっていることにする。

それにしても、この一年にもおよぶ努力が、すべてその一瞬に賭《か》けられていると言ってもいいほどの大事な時を、数時間後にひかえて、まったくなんというざまだろう。われながら情けなくて、いくらふとんの冷えた部分を探して体を転々とさせてみても、いっこうに寝つかれそうになかった。まったく、調子に乗って、よくもあんな馬鹿《ばか》飲みをしたものだ。いったい、何が楽しくて、あんなにはしゃぎ廻《まわ》っていたのだろう。……何か、思い出さなければならないことが、あるような気もするが……仮面をかぶり、透明人間になったつもりで、街をうろついて……柵《さく》……禁止……そうだ、ぼくは痴漢になりかけていたのだった……高分子化学研究所の、所長代理という以外には、完全に無味無臭で、申し分なく無害だったはずの、このぼくが……そう、柵を越えるためには、なんとしても痴漢にならざるを得なかったのだ……

ぼくは、昨夜の印象をはっきり呼び覚まそうとして、頭蓋骨《ずがいこつ》の裏の酔いの残りを、やっきになって掻《か》き落そうとした。だが、昨夜はあれほど鮮明だった、痴漢の心が、いっこうに戻《もど》って来てくれそうにない。仮面をかぶっていないせいだろうか。きっとそうなのだ。仮面をかぶったとたんに、たちまち掟破《おきて》りがよみがえるのだ。どんなに無害な人間の中にだって、仮面に反応できるくらいの犯罪者は、必ずひそんでいるはずである。

べつに、すべての俳優が、犯罪者的傾向を持っているなどと、そんな極端なことを言っているわけではない……現に、社内の運動会のたびに、仮装行列に特別な関心を示し、じっさいにも抜群の才能をみせるので有名な庶務課のある係長が、かえって現状に満足しきった、まれにみる楽天家だったという事実もあるくらいだ……しかし、こちら側の善良な日常が、あちらの犯罪の世界にくらべて、かならずしも安全ではないと分った場合、それでもなお彼等が犯罪と無縁のままでいられるものかどうか……疑わしいものである……毎日せっせとタイムレコーダーをおし、印鑑を彫らせ、名刺を注文し、肩書を刷り込み、貯金をし、カラーの寸法をはかり、歓送会には寄せ書きをし、生命保険をかけ、不動産の登記をし、暑中見舞を書き、身分証明書には写真を貼《は》り……そのうち何《ど》れか一つでも忘れたりすれば、たちまち置き去りにされてしまうかもしれないような世界に住みながら、一度も透明人間になりたいと思ったことのない人間がいるとは、ちょっと信じられない……

それでも、ほんのつかの間、うたた寝をしていたようである。風が出てきたらしく、雨戸の音に、目をさまさせられた。頭痛や吐き気は、多少おさまったようだが、まだ本当ではない。

風呂《ふろ》を沸かそうとしたが、あいにく断水だった。水圧が低くて、二階まではとどかないのかもしれない。思い切って銭湯に出掛けてみることにする。仮面にするか、繃《ほう》帯《たい》にするか、しばらく迷ったあげく、けっきょく仮面で行くことにした。繃帯が相客に与える印象のことを思うと、やはり気兼ねだったし、それに仮面を、あらゆる条件のもとでためしてみたい気持もあったのだ。（仮面をつけると、なるほど、とたんに気持の張りが戻ってくる。）財布をみつけるために、上衣《うわぎ》のポケットをさぐると、何か固いものが手にふれた。例の空気拳銃《けんじゅう》と、金色のヨーヨーだった。途中、管理人の娘に出会った場合のことを思って、ヨーヨーを石鹸《せっけん》といっしょに手拭《てぬぐい》にくるんで持って出た。

残念ながら、娘には出会いそびれた。べつに何かを予感したわけでもないのだが、近くの銭湯はさけて、わざわざバスの停留所一つぶん離れた、隣町の銭湯まで出向くことにした。まだ店を開けたばかりで、客の数もすくなく、湯も澄んでいた。湯船につかり、酔いの残りをしぼり出そうと、熱さに耐えていると、ふと反対側の隅《すみ》に、黒いシャツを着たまま入っている男がいるのに気づいた。いや、シャツではなくて、入れ墨なのだった。光の屈折の加減で、よくは分らないが、はがした魚の皮をかぶっているような感じだった。

はじめは、なるべく見ないふりをしていたのだが、気になりだすと、しだいに目が離せなくなってくる。べつに絵柄《えがら》が気になったわけではなく、入れ墨という行為そのものが喉《のど》のところまで出かかって出てこない、誰かの名前のように、ぼくをこだわらせてしまっていたのである。

仮面との血縁を感じたせいかもしれない。たしかに、仮面と入れ墨には、ともに人工的な皮膚の変形であるという、目立った共通性がある。素肌《すはだ》を破壊して、他のものに変貌《へんぼう》させようという意志は、まったく両者に共通するものだ。だが、むろん、相違点もある。仮面は、読んで字のごとく、あくまでも《仮》の面にすぎないが、入れ墨はそのまま同化して、皮膚の一部になってしまうのだ。それに仮面は、アリバイを提供してくれるが、入れ墨はむしろ、自分をきわだたせ、誇示しようとする。その点では、仮面よりも、かえって繃帯の覆面のほうに近いかもしれない。いや、目立つというだけなら、ぼくの蛭《ひる》の巣だって、決してひけはとらないだろう。

それにしても、分らないのは、そんな無理をしてまで、一体なにを誇示しようとしているのかということだ……もっとも、そんなことは、本人にだって答えられないことかもしれないが……答えられないからこそ、誇示する意味もあるのだろう……大体、怪物というやつは、謎々《なぞなぞ》が好きで、わけの分らぬ問題をつきつけては、答えられない者から罰金を巻上げることを商売にしていることが多い……たしかに、入れ墨には、回答を強制する質問状的な性質もあるようである。

のだ。その証拠に、ぼく自身、いつか答えを見つけ出そうとして、やっきになっていたも
のだ。たとえば、自分が入れ墨をしたようなつもりになって、内側からその気持をな
ぞってみたりする。すると、最初に感じたのは、棘《とげ》のように降りかかってくる、他人
の眼《め》だった。これは、蛭の巣ですでに体験ずみのことだったから、よく理解できた。
それから、しだいに、空が遠ざかって行き……まわりには、真昼の光が輝きわたって
いるというのに、自分のいる場所だけが、とっぷりと暮れてしまい……そうそう、入
れ墨というのは、たしか流刑《るけい》人のしるしだったっけ……罪のしるしだから、光までが
寄りつかなくなってしまったのだ……が、どうしたわけか、一向に追いつめられた気
持にもならず、後ろめたくもならない……ならないのが当然である……すすんで、罪
のしるしをわが身に刻み、自分の意志で、世間から自分を葬り去ったのだから……い
まさら悔んだりすることなど、どこにもありはしない……
　男が湯船から上ると、桜の花に埋まった般若《はんにゃ》の像が、体をくねらせながら飴色《あめいろ》の汗
を流し、ぼくはまるで共犯者になったような気持で、その拒絶の姿勢をひどく爽快《そうかい》に
感じていたものだ。そうなのだ、仮面と入れ墨の血縁関係は、その形などではなくて、
素顔の面にひかれた境界線の、どちら側に住んでいるかという点にあるらしいのだ。
入れ墨に耐えていける人間がいる以上、仮面に耐えることだって、出来ないわけはな

いだろう。

ところが、銭湯の出口で、ぼくはその入れ墨の男から、とんだ言いがかりをつけられてしまったのである。長袖《ながそで》のシャツで、入れ墨が隠されてしまうと、年齢も若返り、柄も小さくなって、ぐっと見劣りがしたが、それでも警戒色を平素身につけているだけのことはあって、威嚇《いかく》の技術などは、なかなか堂に入ったものだった。

かすれた声で、男は、ぼくが不作法な視線を向けたことを責め、挨拶《あいさつ》することを求めていた。そう言うからには、たしかに気にさわるようなこともあったのだろう。要求どおりに、挨拶をしてしまえばよかったのだが、運の悪いときには悪いもので、ぼくは長湯のために仮面の下がスープのように煮えたぎり、いまにも貧血寸前だったのである。ろくすっぽ、意味を考えもせずに、

——しかし、入れ墨というのは、見せるためのものなんでしょう?

言い終るのも待たずに、男の手が飛んで来た。ところが、仮面を護《まも》ろうとする本能も、それに劣らず、素早かったのだ。最初の一撃が空振りにおわったことが、いっそう男を刺戟《しげき》してしまったらしい。やにわに、組みついてきて、めったやたらに、小突きまわし、隙《すき》を見て一発、やはり顔に打ち込もうというつもりらしかった。ついに、どこかの板塀《いたべい》に追い詰められて、相手の腕か、自分の腕か——もつれ合っていたので、

はっきりしないが――そのどちらかが、ぼくの顎《あご》を下から上に、斜にこじ上げた瞬間、つるりと仮面が、剝《は》げ落ちてしまったのである。

公衆の面前で、いきなりズボンを脱がされでもしたような衝撃だった。もっとも、相手の衝撃も、負けず劣らずだったらしい。見掛けによらない、臆病《おくびょう》そうな上ずった声で、わけの分らぬことを呟《つぶや》きながら、まるで自分が被害者だったような憤然とした足取りで、さっさと逃げ出して行ってしまった。ぼくは、半分死んだような気持で汗をぬぐい、仮面をかぶりなおした。野次馬もいたようだったが、さすがに見まわしたりする勇気はなかった。見物席でなら、さぞかしたっぷり笑えたことだろうが。……今度出掛けるときには、絶対に空気拳銃を忘れまい。

（追記――あの入れ墨男はむろんのこと、あの場に居合わせた野次馬たちに、ぼくの悲喜劇は、いったいどんなふうに見えたのだろうか。いくら笑っても、ただ笑っただけでは済まされまい。おそらく、一生忘れられない記憶になって、残るはずである。だが、いったい、どんな形で？……砲弾の破片のように、心臓に突きささってか……それとも、眼球をしたたか打って、世間の像をゆがめるようにか……いずれにしても、はっきり言えることは、彼等が二度と、他人の素顔の上に、視線を固定することは出来まいということだ。他人は、亡霊のように、透きとおってしまい、世間は、淡《あわ》い顔料で画《か》いたガラス絵のように隙間だらけになる。世間自体が、仮面のように、信じがたいものに見えはじめ、言いようのない孤独感におそわれる。だからといって、連中に責任を感じたりする必要はないはずだ。彼等が見ているものこそ、むしろ真実なのだから。見えているのは、仮面だけで、真実は直接目には見えないのだという、さらに深い真実を見ることが出来たのだから。真実というやつは、いくら見た目には痛くとも、いずれ必ずそれだけの償いはあるはずである。

もう二十年以上も前のことだが、ぼくは赤ん坊の遺棄死体を見たことがある。その死体は、学校の裏の草むらの中に、仰向けになってころがっていた。たしか、野球のボールを拾いに行って、偶然見つけたのだったと思う。死体は、ゴム毬《まり》のようにふくらんで、全体ほんのりと赤味をおびていた。口のへんが動いたように思ったので、注意して見ると、数知れぬ蛆《うじ》が唇《くちびる》を破って、うごめいているのだった。動転したぼくは、それから数日、ろくに、食事も喉を通らないような有様だった。当時はただ、残酷な恐るべき印象だけだったのだが、それが年月を経るうちに、死体も一緒に成長したのか、蠟細工《ろうざいく》のような、すべすべした肌《はだ》の、あの微《かす》かな赤味だけが、静かな悲哀に包まれて残ったのだ。いまとなっては、べつにあの死体の記憶から逃れようとは思わない。むしろ、その記憶を、いつくしんでいるくらいである。あの死体を思い出すたびに、ぼくは人間同士の感情に引き戻されるのだ。プラスチック以外にも、手に触れうる世界があることを、ぼくに思い出させてくれるのだ。あの死体は、一つの世界の象徴として、いつまでもぼくと一緒に生きつづけるにちがいない。

いや、べつだん、赤の他人のためにだけ、こんな言いわけをしているわけではない。いまでは、そっくり、この懸念《けねん》が、おまえにもかかわり合いを持ちはじめているのである。もし、傷が深すぎるような気がしても、どうかぼくの言葉を信じてもらいたい。それは、傷ではなくて、ただ仮面の下をのぞいた印象の、多少強すぎた記憶にしかすぎないのだから。おそらく、ぼくにとっての死体のように、いずれはおまえにも、この記憶が、いとおしく思い出される時が来るにちがいないのだ。)

出がけに、傷の手当てや、接着剤の交換などで、すこし手間取ってしまったので……本当は、途中より道をして、ライターだとか、手帖《てちょう》だとか、財布《さいふ》だとか、仮面専用の日用品を買いそろえるつもりだったのだが……まっすぐ目的地に向い、四時きっかりに駅前のバス停留所に着いた。ここで、木曜日ごとの、おまえの手芸の講習会からの帰りを、待ち伏せようというわけだ。そろそろ、夕方の混雑がはじまりかける時刻で、盛り場らしい騒音が、漬物樽《つけものだる》の中のように、あたりの空間を過飽和にちかい濃度で埋めつくしているというのに、なぜかぼくには、木の葉が散りかけた林のなかのように、奇妙にひっそりとして感じられるのだった。さきほどの衝撃が、まだ残っていて、ぼくの五感を内側から圧迫していたのかもしれない。目を閉じると、強い光をはなつ無数の星が、蚊柱《かばしら》のように渦《うず》をまいている。たぶん血圧も上っているのだろう。たしかに深刻な衝撃ではあった。だが、悪いことばかりでもなかったようである。屈辱が、一種の刺戟《しげき》療法として働き、ぼくを掟破《おきて》りの方へと駆り立てていた。

雑踏をわずかに入り込んだ銀行の建物の軒下にさけて、待つことにする。一段高くなっているので、見とおしはいいが、待ち合わせなどの利用者も多く、とくに目立つということはない。こちらが見つけるより先に、気づかれるなどという心配は、まずないだろう。おまえの講習会は、四時までだから、バス一台乗りそこねても、十分以内に到着するはずだ。

それにしても、おまえの講習会が、こんなふうに役立ってくれようなどとは、思ってみたこともなかった。私に言わせてもらえば、そんな役にも立たないことに、何年間も飽きもせずに通いつづけられるということ自体が、女の存在の不確かさの、いい証明ではないかと思うのだ。とくに、おまえが、ボタン造りを選んで熱中したというのは、なんとも象徴的でしかたがない。いったい、これまでに、どれだけの数の大小のボタンを、けずり、刻み、彩色し、磨《みが》いてきたことだろう。それを使って、なにを留めるというわけでもないのに、おおよそ実用的なものを、おおよそ非実用的に造りつづけてきたものである。いやべつに、咎《とが》め立てしようなどとしているわけではない。現に私は、一度だって、それに反対をとなえたことはないはずだ。もしもおまえが、本当に情熱をもっておぼれ切っているのなら、ぼくはむしろ、その無垢《むく》な目的を、心から祝福してやりたいくらいに思っている……

……だが、この先は、おまえ自身も主役の一人なのだし、そういちいち時間経過を追って説明したりすることもないだろう。必要なのは、ぼくの心の襞《ひだ》を裏返して、ひそんでいた寄生虫の破廉恥《はれんち》な顔を、白日の下にさらけ出してやることだけだ。やがて、三台目のバスが到着し、降り立ったおまえが、ぼくの立っている銀行の前を通りかかる。その後を追って、ぼくも歩きだす。おまえの後ろ姿は、変に生々《なまなま》しくて、変になめらかで、ぼくは心持ち気後《きおく》れしていたようだ。

駅に向う交差点の信号で、おまえに追いついた。さて、ここから駅に着くまでの数分の間に、なんとかおまえを口説き落さなければならないわけである。無理強《むりじ》いするわけにもいかないが、さりとて、まどろっこしいことも言ってはいられない。あらかじめ持ち出してあった、おまえの皮細工のボタンを、さりげなく拾ったようなふりをして差し出しながら、用意しておいたとおりの台詞《せりふ》を、いきなりぶっつける。

「これ、落し物じゃありませんか？」

おまえは、驚きを隠そうともせず、そんなことになった原因をたしかめようとして、手提げを持ち上げ底からのぞいてみたり、口金の具合をたしかめてみたり、どうにも納得がいかないという表情で、小さな視線を、ぼくにあずけるようにした。一度口をきいてしまうと、覚悟もきまるこの機会を逃してはならぬと、押しの一手でたたみかけ、

「帽子からじゃなかったかな？」

「帽子？」

「手品だと、帽子の中から、兎《うさぎ》だって飛び出してきますからね。」

だが、おまえは、にこりともしなかった。それどころか、外科医の鉗子《かんし》のような視線を、じっとぼくの口許《くちもと》に釘《くぎ》づけにしたのだ。自分でも、おそらく意識していないに違いない、我を忘れたような凝視だった。もしもその凝視が、さらに三秒も持続すれ

ば、ぼくは見破られたのかと早合点して、さっさと退散してしまっていたかもしれない。だが、そんなはずはあり得ないのだ。ぼくの仮面の成功は、あらゆる機会にすでに証明済みのことだった。さっきの入れ墨男のように、腕ずくでこじ開けるとか、さもなければ直接に唇《くちびる》で触れてみるとか(温度の違いは隠せまい。)しないかぎり、絶対に怪しまれたりする気遣いはない。それに、声のほうも、意識してふだんより低目に変えてあったし、そうでなくても、人工の唇を重ねているおかげで、ハ行や、マ行や、ワ行のような、唇を使う音は、すっかり変形されてしまっていたのである。

どうやら、やはり、思いすごしだったらしく、おまえはすぐに視線をそらせて、いつもの遠くを見るような表情に戻《もど》った。だが、あの凝視に出会って、ぼくの痴漢はすっかり尻込《しりご》みしてしまったらしく、もしおまえがそのまま立去ってしまっていたとしたら、ぼくも、これがけっきょくお互いのために一番なのだと、いさぎよく計画を中止してしまっていたかもしれない。なにぶん、まだ日中のことではあったし、それに、おまえの前では、仮面の霊験《れいげん》もいくぶん効《き》き目が薄れるようだった。しかし、おまえの方にも、一瞬のためらいがあった。加えて、ぼくらの周囲には、にじみ出してきた思考を、拡散する前に端から吸い取ってしまう、貪欲《どんよく》な海底の原生動物のような雑踏がうねりまわっていたのだ。おまえの一瞬のためらいによってぼくらの間に生じた、磁場の歪《ひず》みの意味を、くわしく問い正してみるゆとりもなく、ぼくはそのためらい目がけて、すかさず用意の台詞の二番手を繰り出していた。

(欄外註――この磁場の歪みという表現は、じつに当を得ている。どうやらぼくは、その瞬間の重大な意味を、薄々ながら予感していたらしい。予感だけでは、自慢にもならないし、言いわけにもならないが、しかしその予感さえなく、もしこの数行がまったく欠けていたとしたら……思っただけでも、ぞっとする……ぼくは、鈍感の罪によって、滑稽《こっけい》の刑を宣告され、すること、なすこと、すべてが笑いの種になるばかりで、この手記も仮面の記録ではなく、単なる道化の記録になってしまうことだろう。道化もいいが、道化を自覚しない道化にだけはなりたくないものである。)

憶《おぼ》えているだろうか、ぼくはさりげなく、いかにも尋ねあぐんでいるといった調子で、例のバスの発着場を聞いたのだ。気づいているかどうかは、知らないが、あの停留所を選んだのは、ただ時間かせぎのための、いいかげんな思いつきなどではなく、つくづくと深謀遠慮を重ねたあげくの、巧妙な罠《わな》だったのである。

まず第一に、その停留所が、同系統の路線では、駅に接した唯一《ゆいいつ》のものでありながら、あまり相応《ふさわ》しからぬ、不便で目立たぬ位置にあったこと。次に、うまく地下道を利用するのでなければ、遠くの陸橋を大廻《おおまわ》りしなければ行けない、駅の反対側にあったこと。第三に、その地下道の構造がひどく複雑で、いくつもある出入口の、どれとどんなふうな位置関係にあるのか、簡単に言葉だけでは説明しにくかったこと。しかも、最後に、その地下道を利用すれば、おまえが乗ろうとしている電車のホームまでの距離は、駅の構内を抜けて行く場合と、さして変らなかったことなどである。そして、むろん、おまえはその停留所を知っていた。

返事を待ちながら、さすがにぼくは緊張していたようだ。下心を見抜かれまいとして、全身がぎごちなく、こわばってしまい、あれでもし仮面をつけていなかったら、たとえおまえが道案内に応じてくれたとしても、うまく足並をそろえられたかどうか、確信が持てなかったほどである。それどころか、呼吸の乱れをうまく隠しおおせたかどうかも疑わしい。ぼくは、薄いガラスの壺《つぼ》――くしゃみをしただけでも、粉々に砕け散ってしまいそうな、紙よりも薄いガラスの壺――に、閉じ込められたような気持で、待ちつづけた。ぼくが苛立《いらだ》っていたのも否定できないが、おまえの返事が手間取ったのも事実だったと思う。なんだって、ためらったりしなければならないのか？

ぼくは、おまえがためらっていることに、こだわっていた。こういうことは、引受けるにしても、断わるにしても、躊躇《ちゅうちょ》なく速断すべき性質のものである。ためらえば、ためらうほど、ますます不自然さを増し、痛くもない腹をさぐられることになるのだ。いやなら、知らないと一と言いえばすむものを、ためらった以上は、すでに半分応じたことになる。半分でも、応じてしまったからには、もはや断わる口実もなくなったのだ。決心しやすいように、何かもう一と言、口添えしてやった方がいいのかもしれない。そのとき、二人の間を、乱暴に押しのけるようにして、若い男が一人、せわしげに通り抜けて行った。気がつくと、ぼくら二人は、目立った障害物になり、雑踏の流れに渦《うず》をつくっているのだった。その渦の中から、やっとのことで姿勢をとり戻し、おまえは窺《うかが》うような視線で、ぼくを振向いて見た。こんどは、くるりと、ぼくの上半身を、まるでカレンダーでもめくるような目のくばり方だった。気にくわない目つきだと思いながら、ぼくはおまえとの、距離をつづめ、とにかくもう一と押し、決心をうながしてやろうと、口をひらきかけたとき、やっとおまえのほうから答えてくれたのだった。

だが、おまえのあの返事を聞いたとき、うまく行ったと、内心手を打ち合わせていた一方、なぜか裏切られたような、苦々しい気持になっていたものだ。……これが、ぼくだったから、いいようなものの、もし本当の赤の他人だったら、どういうことになる?……おまえは一度ためらってから、承諾の答えをした……ということは、承諾に、ためらわなければならないような、意味を与えたことになり……つまり、禁止の柵《さく》らしいものを、ほのめかしたことになり……しかも、それを承知のうえで、七、八分、距離にして数百メートルのあいだ、肩を並べて歩くことに応じたとなると、これは当然、ただの親切以上のものと受け取られても仕方あるまい……すくなくも、拾ってもらったボタンの返礼にしては、値が張りすぎる……さらに、端的に言わせてもらえば、おまえは相手の中の痴漢を、意識して挑発《ちょうはつ》したことになるのである……そして、意識して挑発したからには、おまえもまた……

いや、それでよかったのだ。もともと、そうなることを予期しての計画だったのだから、文句など言えた義理ではない。万一、裏目に出て、断わられていたりしたら、これまでの苦労の一切が、それこそ水泡《すいほう》に帰してしまうところだった。日をあらためるという手もあるにはあるが、一度目は偶然ですませても、二度目は故意の印象を避けられず、ますますおまえの警戒心を強めるだけのことだろう。そう、これでよかったのだ。仮面を通じて、おまえを取り戻し、おまえを通じて、すべての他人を取り戻そうということは、言葉だけの印象から想像されるような、そんな無味無臭のきれいごとではなく、要するに性の禁止の柵を打ち砕き、破廉恥に徹することなのだと、つい昨夜、つくづくと思い知らされたばかりではなかったか。こちらが禁止の柵を越えようとしている以上、相手に応じる気配があったからといって、いまさら騒ぐには当らない。気がつかなかったなどという言いわけを、ぬけぬけ通用させるわけにはいかないのだ。自分は柵を破りたいが、相手には破らせたくないというのなら、それこそ強姦《ごうかん》でもするしか手はあるまい。だが、そんな一方交通の痴漢では、通路の回復が聞いて呆《あき》れる。仮面は、その一回限りの行為で、この世から消え去ってしまわなければならないのだ。生きていたという痕跡《こんせき》一つ残さずに。それに、強姦くらいですませられるのなら、なにもわざわざ仮面の力を借りなくても、蛭《ひる》の巣になったぼくの素顔だけでじゅうぶんなはずだった。

なるほど、理屈としては、そのとおりかもしれない。だが、いよいよ生身のおまえと連れだって、ぎっしり他人で埋まった地下道への階段を降りて行くうちに、ぼくは圧倒的なおまえの実在感に気おされ、乱れ、とまどい、言いようのない苦悩に息詰る思いをしたものだ。想像力の貧困を指摘されれば、返す言葉もないが、しかし一般的にも、触覚をつかって想像するということは、めったにないことではあるまいか。べつにおまえを、ガラス細工の人形だとか、言葉だけの記号だなどと思っていたわけではないが、この触覚的な実在感は、やはり手のとどく距離まで近付いて、始めて感じられるものだった。おまえに近い半身が、日光浴をしすぎた後のように、敏感になり、毛穴の一つ一つが、暑さにうだった犬のように、だらりと舌を出してあえいでいる。そして、その触感をもったおまえが、なんらかの形で、他人を受入れる準備をしているのだと思うと、ぼくは自分が、間男《まおとこ》されたうえに、理由もなく叩《たた》き出された不能者かなんぞのような、たまらなくみじめな気持になってしまうのだった。こんなことなら、昨日の、あの相手を無視した破廉恥な空想のほうが、まだはるかに穏健だ。強姦だって、これよりはまだ健全なのではあるまいか。ぼくは、あらためて、仮面の人相を、つくづくと他人の顔として思い浮べ、顎《あご》ひげを生やし、変に気取った服を着て、サングラスをかけっぱなしにしている、その狩人《かりうど》型の顔に、たぎるような嫌悪《けんお》と、憎しみを感じはじめていたものだ。そして、同時に、その顔を、とっさに拒否しなかったおまえに対しても、ぼくはまったくの別人を感じ、まるで宝石をまぶした毒薬を見るような、切ない思いをさせられていたのである。

だが、仮面はちがった。仮面は、ぼくの苦悩を吸収し、それを養分に変える能力をもっているらしく、まるで沼地《ぬまち》の植物のように、こんもりと欲望の枝葉を繁《しげ》らせていた。おまえに、拒否されなかったというだけで、もうくわえ込んだも同然といわんばかりに、襟《えり》なしの薄茶のブラウスからのびやかに突き立っている、その果汁《かじゅう》の壺《つぼ》のようなうなじめがけて、がっちり想像の牙《きば》を打ち込んでいたのである。ぼくにとってはおまえでも、仮面にとっては、気に入った一人の女というにすぎなかったのだから、その不作法を咎めてみても始まるまい。……そう、ぼくと、仮面とは、それほどまでに遠く、目くらむほどの深淵《しんえん》をはさんで、へだてられてしまっていたのである。しかし、違うといっても、わずか数ミリの顔の表面のことだけで、あとは一切共有しているのだから、単なる言葉の綾《あや》とも取れるかもしれないが、では一本のレコードの溝《みぞ》のことを、思い浮べてみてもらいたい。あんな簡単な仕掛けからでも、何十という音色が再現できるのだ。まして人間の心が、対立する二つの音色を同時に鳴らしたからといって、べつだん驚くほどのことはないだろう。

むろん、驚いたりするはずがない。現に、おまえ自身が、分裂していたのだ。ぼくが二重の存在だったように、おまえも二重の存在になっていた。ぼくが、他人の仮面をかぶった別人なら、おまえは、本人の仮面をかぶった別人だったのだ。本人の仮面をかぶった別人……なんとも、ぞっとしない組合わせだ……ぼくは、第二の出会いを仕組もうとして、この計画を練ったつもりだったのに、結果はあべこべに、第二の別離になってしまいそうである。どうやらぼくは、とんでもない計算違いをしていたのかもしれない。

　そこまで、勘付いていたのなら、さっさと引返せばよかったのに……いや、引返さなくても、言葉どおりに停留所のありかを教えてもらうだけにして、あとの計画は、黙って見送ることにすればよかったのに……一体、どんな理由があって、のこのこと仮面の尻について行ったのか？……はたして、説明に価《あたい》するものかどうか、確信は持てないが、ぼくの裏切られた愛が、追いつめられて憎しみに変り、通路を回復しようという願いが、はぐらかされて復讐心《ふくしゅうしん》に変り、いっそここまで来てしまったからには、とことんまでおまえの不貞を見極《みきわ》めてやろうと、動機は逆でも、行動は仮面と歩調を合わせる結果になったらしいのだ。……だが、ちょっと待ってくれ、ぼくはこの手記の最初のころにも、よく復讐という言葉を使っていたような気がするのだが……そう、使っていた……当時は、おまえを仮面で騙《だま》すことで、素顔の傲慢《ごうまん》に復讐してやろうというのが、仮面製作のもっぱらの口実だったようである。そのうち、他人の恢復といった考え方に傾き、おまえを誘惑する意味も、ずっと内的な、瞑想《めいそう》的なものに変って行ったが、さらにそこに肉体的なものが加わるに及んで、嫉妬《しっと》という形での感情の爆発がおこり、その嫉妬を通じて、渇きのような愛の痙攣《けいれん》にとらえられ、禁止の柵にさえぎられて、痴漢化し、それから最後にもう一度、復讐のとりこになったというわけらしい。

だがこの最後の復讐には、いかにも釈然としないものがあって、気掛りだ。おまえの不貞をつきとめて、それが一体、どんな復讐になるというのだろう。証拠をつきつけて、おまえの懺悔《ざんげ》を聞こうというのか、それとも、おまえに離縁をせまろうというのか？　とんでもない、そんなことくらいで、おまえを手離したりしてなるものか。おまえと仮面で、踏み破った禁止の柵の破れ目から、その不貞を覗《のぞ》くというやり方でしか、おまえとの関係が許されないのなら、いいとも、一生涯《いっしょうがい》でも覗きつづけていてやろう。そして、復讐は、そうした倒錯の持続そのもので、じゅうぶんに果されているのではあるまいか。ぼくの分裂に合わせても、おまえ自身も、同じ分裂を際限もなく耐え続けなければならないのだから。……愛でも、憎悪《ぞうお》でもない……仮面でも、素顔でもない……ただ濃密な灰色のなかで、どうやらぼくは、一応の均衡を見出していたのかもしれなかった。

ところが、ぼくの、その墜《お》ちつくした断念に対して、こんどは意気揚々だったはずの仮面が、逆に落着きをなくしはじめていたのである。あれから、十分後、地下道の外《はず》れのレストランで、コーヒーの匙《さじ》をかきまぜながら、さりげなく言った、おまえのあの一と言が、仮面の自信を奪い、自問自答の合わせ鏡に追いやることになったらしいのだ。

「ちょうど、主人が、出張中なものですから……」

だから、どうなのか、おまえもその先は言わなかったし、仮面も聞こうとはしなかった。もっとも、常識的な解釈をすれば、だから帰って食事の仕度をする必要がなく、外で食べても構わないのだと、誘いに応じた言いわけをしているようにも取れたが、しかし、その語気の黒ずんだ冷やかさには、むしろ、自分に向って自分を主張しているような、毅然《きぜん》としたものがあり、自惚《うぬぼ》れにやにさがった仮面の鼻面を、指先ではじくくらいの効果はあったようである。……あの前には、一体、どんな会話が交《か》わされていたのだったっけ……そう、たしか仮面が、どこかで読んで来たような台詞《せりふ》で、おまえの指の形のよさをほめ、ついで、ボタン細工でついた、右手の親指の腹の傷のことを尋ね、それでもおまえの手が、仮面の視線から逃れようともしないのを見とどけてから、名前も、職業も、住居も、そうした条件を一切含まない、代数方程式のような人間関係のことを話題にして、おまえの気持を探ろうとしかけた直後のことではなかったかと思う。誘惑の主導権が、どちらにあるかなど、疑ってみようともせず、おまえを意のまま操《あやつ》ってやろうと、ただ手ぐすねをひくばかりだった仮面も、こうあっさり先を越されては、必ず負けてくれる約束になっていた相手から、いきなり投げ飛ばされた子供のように、呆然《ぼうぜん》と鼻白むしかなかったのだ。

(欄外註――そういえば、あのときぼくは、自分が仮面の後ろに隠れているのを、発見されたのではないかという、ひどい狼狽《ろうばい》に襲われた記憶がある。)

たしかに、考えてみれば、誘惑したのが仮面であり、誘惑されたのがおまえだなどという保証は、どこにもありはしないのだ。巧《うま》くやったつもりで、あんがい、仮面の手管《てくだ》などとは無関係に、おまえが勝手に誘惑されていたのではあるまいか？　かといって、いまさらやりなおすわけにもいかず、自分をはげますためにも、仮面はますます誘惑者として、積極的にふるまうしかなかったのである。

しかし、いくら誘惑者らしくふるまってみたところで、それだけよけいにおまえがいい誘惑された女になるのだという事実には、なんの変更もありえなかった。片腕を征服すれば、正確に片腕ぶんだけ裏切られ、両腕を征服してやれば、ちゃんと両腕ぶんの仕返しをされるだけの話だ。たとえば、あのレストランに居たあいだじゅう、仮面はおまえの「主人」のことについては、二度と話題にならないように努めていた。あの調子なら、蛭《ひる》の巣のことだって、平気で話題にしかねない感じだし、いくら他人の話だと割り切ってみても、やはり恐ろしいことだったからだ。そのくせ、おまえのほうで、一向に触れる気配を見せないとなると、こんどはむしょうに腹が立ってくるというのだから、世話の焼ける話だ。たしかにそれは「彼」、すなわち、ぼく自身に対する無視にはちがいない。不愉快きわまる侮蔑《ぶべつ》とさえ言えるかもしれない。それでは、触れてもらえばよかったのかといえば、そうも言いきれないから、困ってしまうのだ。おまえが「彼」のことを持出せば、それはいやでも、仮面に対する牽制《けんせい》として作用するだろう。誘惑者としては、やはり、そのまま共犯者でありつづけてくれるように、希望するしかなかったのである。

おまえが下唇《したくちびる》だけで、変な笑い方をしたからといっては、気に病み……おまえの視線がぼくを通り越して、遠くを見すぎているからといっては、それを苦にし……すすめたビールを断わられたからといっては、責め……調子よく飲みすぎたからといっては、こだわり……まるで、氷につかりながら、同時に熱湯をあびせかけられているようなものだった。また、パンをちぎっているおまえの指先――ボタン細工でついた傷のことを別にすれば、水にひたした兎《うさぎ》の皮のようなしなやかな指先――に、うっかり左眼《ひだりめ》が、戦利品でも眺《なが》めるような秋波《しゅうは》を送りでもしようものなら、たちまち右眼《みぎめ》は、妻の密通の現場に立ち合わされた寝取られ男のように、苦痛に身をよじらなければならなかったのである。まさに一人二役の三角関係だ。それも、《ぼく》と、《仮面＝もう一人のぼく》と、《おまえ》という、図面に引けばただの直線になってしまう、おおよそ非ユークリッド的な三角関係だったのである。

食事を済ませると、急にあたりの時間が、ゼリー状に凝固しはじめたようだった。天井《てんじょう》の重さのせいだろうか。不釣合《ふつりあ》いなほど頑丈《がんじょう》なコンクリートの柱が、中央に突っ立ち、支えているものの重さを暗示している。おまけに、この地下のレストランには、窓がないのだ。二十四時間単位の、太陽時間がまぎれ込んでくる余地など、何処《どこ》にもない。あるのはただ周期をもたない人工の照明だけ。壁のすぐ外は、いきなり垂直に切り下げられた、地層と地下水脈で、そこを流れているのは、すくなくも数万年単位の時間だろう。しかも、ぼくらの時間を追い立てにやってくるはずの、おまえの「主人」は、ぼくらがこうして待っている限り、永久にでも戻《もど》って来はしないのだ。さあ、時間よ、ぐんぐん凝縮をつづけて、ぼくら二人だけを包む壺《つぼ》になってしまうがいい。そうすれば、壺ごと街を横切って、たどり着いたところが、そのままぼくらの新床《にいどこ》になってくれるというわけだ。

しかし、ぼくにも、仮面にも、おまえの真意がどこにあるのか、実際にはよく分っていなかったのだ。おまえは、最初はコーヒーだけ、次には食事もと、いかにも見えすいた駈け引《ひ》きにさえ、なんのこだわりもなく——まるで、期待していたのではないかと錯覚させるほど、抵抗なしに——応じてくれはしたが……そして仮面は、どうやら計画どおり行ってくれたらしいと、一時は完全に楽観していたのだが……おまえのその、意識の隅々《すみずみ》にまでモルタルを流し込んだような、毅然とした態度は、すぐまた仮面を疑心暗鬼におとし入れてしまうのだった。むろん、おまえは、ただ無愛想だったのではない。誘いに応じたくせに、無愛想なら、これは禁止の柵《さく》を意識しすぎている証拠で、かえって御しやすいくらいなものだったが、おまえはけっこう、やさしさもあり、微妙な心づかいも忘れはしなかったのだ。すこしも悪びれたところはなく、大胆で、自然で、のびのびとしていた。つまり、何時《いつ》ものおまえと、少しも変らない、いかにもおまえらしいおまえだったのである。

そして、その変らなさが、かえって仮面をまごつかせてしまったのだ。いったい、内部のその何処に、誘惑を待ち受ける者の、あの融《と》けかかった飴《あめ》のような息づかいや、そんな期待の興奮が隠されているというのの閃光《せんこう》にくらまされたまぶしげな視線や、そんな期待の興奮が隠されているというのだろう？……それとも、白い丸テーブルをはさんだ、このぼくら二人の関係は、ただ太陽時間のページの間にふと挿《はさ》み込まれた、風変りな一片の押し花にすぎないとでもいうのだろうか？……禁止の柵に、手をかけて、やがて相手も一緒になって破壊作業に荷担《かたん》しはじめる瞬間のことを、固唾《かたず》をのみながら待ちうけているのも、やはり仮面の一方的な独《ひと》りよがりにすぎないというのだろうか？……だとすれば、食事の終りは、同時にこの気まぐれな出会いの、気まぐれな結末だということになってしまうわけだが……

装飾的で虚無的な礼儀正しさで、給仕が食事の後片付けをしていった。コップの水の表面に皺《しわ》がより、地下鉄が通過したらしい。仮面は、あせり、意味もなくお喋《しゃべ》りをつづけ、その合間合間に、性的な連想を暗示するような言葉を、あの手この手とはさみ込んでみるのだが、同意はおろか、拒否の反応さえ返ってこないのだ。ぼくは、そうした仮面の狼狽ぶりを横眼に見ながら、皮肉な気持で喝采《かっさい》を送り、しかしおまえの不貞を突きとめられそうにないことを、ちょっぴり残念に思ったりしていたものである。

ところが、そんな状態が、二十分ほども続いたころ……憶《おぼ》えているだろうか……いよいよしびれを切らした仮面が、ひょいと足をのばして、自分の靴先《くつさき》を、おまえの踝《くるぶし》のあたりに押しつけたのだ。見えないぐらいの動揺がおまえの表情をかすめた。

視線が宙に固定した。眉間《みけん》に陰が落ちて、唇がぴくりと震えた。だが、おまえは、じつに静かに、しだいに光をにじませていく夜明の空のような寛容さで、仮面の悪足掻《わるあが》きを包み込んでしまったのだった。仮面の内側に笑いが充満する。その笑いは、はけ口を絶たれ、電気をおびたようになって、仮面の中枢《ちゅうすう》をしびれさせる。どうやら獲物を仕止めることが出来たらしい。やはり案ずるほどのことはなかったのだ。靴先から伝わってくる、おまえの触感に、意識のほとんどを預けながら、仮面もやっと口をつぐんで、沈黙の対話をたのしむゆとりを、取り戻しかけていたようである。

じっさい、意味のない世間話でも、いざはじめてみると、けっこう危険なものだったのだ。たとえば、庭木のことで、変に話が符合しかかったり、子供のいない夫婦のことが、ひょいと話題にまぎれ込んだり、譬喩《ひゆ》や形容に、思わず化学用語がまざったり、油断をしていると、仮面を裏切る証拠資料の羅列《られつ》にもなりかねないのだった。人間が、自分の分泌物《ぶんぴつぶつ》で日常生活を汚染していく度合は、どうやら犬の小便などの比ではないらしい。

しかし、ぼくにとっては、なんともむごい衝撃だった。おまえの、その、悠揚《ゆうよう》せまらざる誘惑されぶりは、ぼくがまだ、想像してみたこともなかった一面で、仮面にとってそれがどんなに魅力的なものか、見当つかなくもなかっただけに、よけいに恐ろしい衝撃だったのである。それに、おまえの踝に触れている、このぼくの足は、たしかにぼくの足だし、はっきり自覚も出来るのだが、そのくせ、全力をあげて集中しなければ焦点を結ばない、遠い想像の出来事のように、ひどく間接的な印象にとどまっている。やはり、顔が別なら、肉体も別なのだ。予感はしていたが、事実として突きつけられてみると、あらためて苦痛に、身をよじらされる思いだった。踝くらいで、この有様なら、おまえの全身が可触的な存在として感知されるとき、ぼくははたして正気を保てるだろうか。その場で仮面をひきむしってやりたいという衝動に、はたして抵抗しきれるだろうか。すでに、緊張の限界を感じている、超現実的なぼくらの三角関係が、これ以上の圧力にさからって、その形態を保ちきれるものだろうか……

ああ、あの安ホテルの一室で、ぼくはどんなに歯をくいしばって、あの苦行に耐えたことか。仮面をむしりもせず、おまえを締め殺しもせず、自らを荒縄《あらなわ》でがんじがらめに縛り上げ、眼《め》の部分だけを開けた袋に閉じこめて、犯されるおまえを、じっと見物しつづけなければならなかったのだ。やり場のない叫びが、喉《のど》につまって、ごろごろしていた。簡単すぎる！……あまりにも簡単すぎる！……出会ってから、まだ五時間も経《た》っていないというのに、いくらなんでも簡単すぎる！……せめて、もうほんのちょっぴりでも、抵抗してみせてくれていたらよかったのに……では、何時間なら、気がすむのだ？　六時間？　七時間？　八時間？……馬鹿馬鹿《ばかばか》しい、そんな理屈は滑稽《こっけい》すぎる……五時間だろうと、五十時間だろうと、五百時間だろうと、その淫《みだ》らさに変りがあるはずはない……

では、なぜ、その爛《ただ》れた三角関係に、思い切って終止符を打たなかったのか。復讐《ふくしゅう》のため？　そうかもしれない。それもあるだろうが、もっと別な動機もあったように思う。単に、復讐のためだけなら、その場で仮面をむしり取ってみせるのが、何よりも効果的だったのではあるまいか。しかしぼくは、恐ろしかったのだ。ぼくの平穏な日常を、残酷に掘り返し、打ち壊《こわ》していく、仮面の残酷な仕打ちもむろん恐ろしかったが、それ以上に、あの閉ざされた顔のない日々に戻っていくことが、それ以上に恐ろしかったのだ。恐怖が恐怖を支え、足をなくして地面に降りられなくなった小鳥のように、ぼくはただ飛びつづけなければならなかったのである。……だが、どうもそれだけでもなさそうだ……本当に耐えられないのだったら、仮面は生かしたまま、おまえを殺すという手もあった……おまえの不義は、もはや動かしがたい事実なのだし、それに幸い、仮面のぼくには、アリバイがある……これこそ大変な掟《おきて》破りだ……仮面だってきっと満足できるに相違ない……

しかし、ぼくは、それもしなかった。なぜだろう？ おまえを失いたくなかったからか？ いや、失いたくないからこそ、殺す理由もあったのだ。嫉妬《しっと》に合理性を求めたりしても無駄《むだ》である。見るがいい、かたくなに私を拒み、顔をそむけつづけていた、あのおまえが、いま仮面の下で、二つに裂けてひろがっているのだ！ 惜しむらくは、明りを消してあるので、肉眼で確かめることは出来なかったが……成熟と未熟さが奇妙に同居している、下顎《したあご》のあたり……腋《わき》の下の灰色の疣《いぼ》……盲腸の手術の跡……白いものがまじった、ちぢれっ毛の束……伸びきった両足の間の、栗《くり》色の唇……それらすべてが、犯され、征服されようとしているのだ。出来ることなら、白昼の光のなかで、余さずに見とどけてやりたいと思う。おまえだって、蛭《ひる》の巣を見て拒み、仮面を見て受け入れたのだから、見られて文句を言える義理ではあるまい。だが明りは、ぼく自身にとっても都合が悪かったのである。まず第一に、眼鏡が外せなくなる。さらに、昔、おまえと一緒にスキーでつくった腰の痣《あざ》や、その他、ぼくは知らなくてもおまえが知っているかもしれない、さまざまな肉体的な特徴があるはず《はず》だ。

しかし、かわりにぼくは、膝《ひざ》や、腕や、手のひらや、指や、舌や、鼻や、耳や……視覚以外のあらゆる感覚を総動員して、おまえを捕獲することに集中した。息づかいも、溜息《ためいき》も、関節の動きも、筋肉の伸縮も、皮膚の分泌も、声帯の痙攣《けいれん》も、内臓のうめきも、おまえの体から出された信号なら、何一つ余さずに……

それでも、やはり、死刑執行人にだけはなれなかったのである。全身の水分をしぼりとられ、からからに乾《ひ》上《あが》って行きながら、何時間ものあいだ、ぼくはこの背徳に耐え、闘《たたか》いに耐えつづけていなければならなかった。その苦悶《くもん》のなかでは、死も、ふだん想像しているほどの深刻さは失い、殺人も、小さな野蛮以上のものではなかったはずなのだが……いったい、何だと思う？　ぼくに、それほどまでの忍耐を、あえて選ばせたものは……奇妙な話だと思うかもしれないが、それは、犯されながらも、なお保ちつづけていた、おまえのあの威厳のせいだったのである……いや、威厳はおかしい……あれは決して、強姦《ごうかん》などではなかったし、仮面の一方的な掟破りでもなかったし、おまえは一度だって、拒むふりさえ見せなかったのだから、むしろ共犯関係にあったとみるべきだろう……共犯者が、相棒に威厳を示したりしては、喜劇になってしまう……それよりも、確信に満ちた共犯者ぶりと言ったほうが、もっと正確かもしれない……だから、仮面が、いかに悪戦苦闘しても、凌辱者《りょうじょくしゃ》はおろか、じつは痴漢にさえなれずにしまったのである……おまえは、文字どおり、まさに犯すべからざるものだったのだ……不義であり、不貞であることには変りなかったが……またそれが、ぼくの嫉妬を、大釜《おおがま》のなかのコールタールのように、雨上りの噴煙のように、泥《どろ》といっしょに湧《わ》き立つ熱泉のように、はげしく掻《か》き立てるものであることにも、変りはなかったが……しかし、その犯すべからざる態度によって、ついにおまえが仮面に屈服しなかったという、予想外の出来事は、完全にぼくの意表をつき、ぼくを圧倒し去っていたのである。

ぼくは、いまだに、おまえのあの確信に満ちた密通の意味を、じゅうぶんには理解できたとは言えないようだ。いわゆる好色というのでもなさそうである。好色ならば、なにかもっと媚《こび》に類するものが目立ってもよかったはずだ。しかし、おまえは、終始まるで儀式でも行っているように、ひたすら真剣さを失わなかった。ぼくにはよく分らない。おまえの中で、どんなことが起きていたのか、ぼくにはその跡をたどってみることが出来ないのだ。しかも、悪いことには、そのとき植えつけられた敗北感が、ついに最後まで……すくなくも、これを書いている現在まで……消えない染《しみ》になって残ってしまったのである。この自虐《じぎゃく》の内攻は、嫉妬の発作よりも恐ろしい。せっかく仮面をつけて、通路を開き、おまえを招き入れたつもりだったのに、おまえはぼくを通り越して、さっさと何処かへ行ってしまった。そしてぼくは、仮面をつける前と同様、孤独のままで取残されてしまったのだ。

ああ、ぼくにはおまえが分らない。まさか、誘いがあれば、相手かまわずその誘いに応じ、堂々として女を演じるなどとは、思えないが……しかし、そうではないという保証もない。それともおまえは、ぼくの知らないところで、天性の娼婦《しょうふ》だったのだろうか。いや、娼婦には、あれほど厳粛に女性を演じたりすることは出来まい。娼婦なら、痴漢を満足させても、その卑小さを鞭打《むちう》ち、自虐にまみれさせたりすることはないはずだ。いったいおまえは、何者だったのか。仮面が、やっきになって、柵《さく》を打ち壊そうとしていたのに、おまえは柵に手もふれず、するりと柵を通り抜けて行ってしまった。風か、さもなければ、神のように……

ぼくには、おまえが分らない。これ以上、おまえを試そうとすれば、いずれ自滅するしかなさそうである。

翌朝……といっても、もう昼近くだったが……ホテルを出るまで、ぼくたちはほとんど口をきかなかった。たえず、せかされながら、どこかに出発しようとする夢や、途中で切符をなくしてしまう夢や、寝ているあいだに、仮面が剝《は》げ落ちはすまいかという、不安な目覚めの繰返しで、疲れが、棒杭《ぼうぐい》のように眉間《みけん》の芯《しん》に突き刺さっていた。

しかし、疲れや、羞恥《しゅうち》を、おまえのようにはっきり顔に出さずにすませられたのは、なんといっても、仮面の有難さである。だが、その仮面のおかげで、顔を洗うことも、ひげを剃《そ》ることも出来ないのだ。むくんだ顔が、変らない仮面にしめつけられ、のびかけたひげの先が、仮面にさえぎられて押し戻《もど》され、気持の悪いことおびただしい。こうなると仮面も、みじめなものである。一刻も早く、おまえと別れて、隠れ家に引返したかった。

最後の一服をつけながら、終始損な役割ばかりを押しつけられてきた、ぼくの素顔が、わきから何か一言、おまえの自責の念に触れるようなことを言いかけていたとき、例のコバルトグリーンのボタンを、ためらいがちに差出され、ぼくは思わずぎくりとする。ぼくが拾ってやったやつではない、たしかあの、半月もかけて、いじりまわしていたやつだ。当時は、その熱中ぶりを、ただ腹立たしく思っただけだったが、あらためて見なおしてみると、おまえの気持も分るような気がした。厚く重ねた漆《うるし》の台に、針で引《ひ》っ掻《か》いたような銀縁の線が、妖《あや》しくもつれ合いながら、ゆらいでいる。おまえの叫びが、声もなく、封じ込められているようなのだ。ぼくは、そのボタンに、老女に溺愛《できあい》されて育った孤独な猫《ねこ》を思った。……無邪気といえば、無邪気だったかもしれない……だが、一度もおまえのボタンを顧みようとしなかった「彼」に対する、せいいっぱいの抗議だと考えると、これはまたなんとも切ない、思いつめた行為ではあるまいか……咎《とが》めるつもりで、逆に咎められ、どうやらぼくの負けっぷりも、いよいよ堂に入ってきたようである。女は、奪われるものだなどと、馬鹿《ばか》なことを言い出したやつは、いったい何処《どこ》のどいつだろう……

外は、一面クローム鍍金《めっき》をしたように、光の中でかすんでいた。現実的なのは、鼻腔《びこう》に残っている、おまえの汗の臭《にお》いだけである。顔の手当てもそこそこに、ベッドに倒れこみ、目を覚ましたのは、そろそろ夜も明けはじめるころだった。ほぼ十七時間近くも寝た勘定だ。顔が、やすりをかけられたように、焼けていた。窓を開け、しだいに青く澄みはじめる空を眺《なが》めながら、濡《ぬ》れ手拭《てぬぐい》の湿布をくりかえした。空はやがて、おまえからもらったボタンの色とそっくりになり、つづいて、スクリューに攪拌《かくはん》されながら船尾に消えていく海の色になった。ぼくはやたらと心細くなり、腕や胸の肉を痛いほどつかんで、思わずうめき声をあげていた。……なんという不毛な純粋さだろう！　こんな青さのなかで、生きながらえられるものなど、あるはずがない。いっそ、昨日のことも、一昨日のことも、息の根をとめられて、消え去ってしまえばいいのだ。計画を、ただ形式としてだけ考えれば、一応の成功をおさめたと言って言えなくはないかもしれないが、しかしその成功で、いったい誰《だれ》が、どんな収穫をあげたというのだろう？　あげた者があるとすれば、それは臆《おく》せず堂々と女を演じきり、厚味のある、巨大な影のように、仮面の中を通り抜けていった、おまえ一人だ。だが、今ここにあるのは、ただ空の青さと、顔の痛みだけ……勝者であるはずの仮面は、机の上で、欲望を使いつくしたあとの春画のように、ただ愚かしげに見えた……いっそ、あいつを標的に、空気拳銃《けんじゅう》の射撃練習をはじめてやろうか……その後で、さらに跡形もなく切り刻み、何もなかったことにしてしまったらどうだろう……

しかし、そのうち、青味もあせて、街が昼間の顔を現わしはじめると、感傷的な繰り言も、古いかさぶたのようにぽろりと剝がれ落ち、ぼくはふたたび、蛭《ひる》の巣という逃れようもない現実に、否応なしに引き戻されてしまっているのだった。仮面に、いまさら祝祭の花火のような夢は托《たく》せないにしても、仮面をあきらめて、窓一つない石《いし》牢《ろう》に生きながら自分を埋葬したりするのは、さらにまっぴらである。昨日の今日で、まだ腰がすわらないが、いずれこの三角関係の正確な重心をつきとめれば、たくみに平衡をとって、仮面を使いこなすことも、まんざら不可能とは言いきれまい。一時的な感情が、いくら激しくても、やはり時間をかけて練った計画のほうに、言い分もあるにきまっている。

食事もそこそこに、早目に隠れ家を飛び出した。いよいよ一週間ぶりに、出張から戻ってきた「ぼく自身」の役割に戻らなければならないので、今日は久しぶりに繃帯《ほうたい》の覆面だ。出掛けに、窓ガラスに映った自分の顔を見て、ぎくりとした。ひどいものだ！　あらためて、仮面の解放感を、つくづくと見なおす思いだった。いますぐ、この足で、まっすぐ家に引返したとしたら……自分自身にさえ、刺戟《しげき》的な想像だったくらいだから……昨夜の感触を、まだそっくり体のなかに留《とど》めたままでいるにちがいない、おまえに与える影響も、相当なものになるだろう。試みる価値はじゅうぶんにありそうだ。ただし、自分が耐えられればの話である。残念ながら、自信はなかった。昨夜の感触は、ぼくにだってまだ残っている。おそらくぼくは、発作的に一切を暴露し、狂乱状態になって、おまえを責め立てることだろう。いかに苦悩に満ちたものであっても、あの三角関係を、まだ当分はそっとしておいてやりたかった。「ぼく自身」として、おまえに会うのは、しばらく醒《さ》めきった外の世界に接し、気を落着けてからのことにしよう。

だが、その外の世界は、本当に醒めきっていただろうか？……研究所の門は、まだ閉っていた。くぐり戸から入っていくと、歯ブラシをくわえて、植木鉢《うえきばち》をいじっていた守衛は、一瞬声も出せないほど驚いてしまった。あわてて、玄関の方に駈出《かけだ》して行こうとするのを、おしとどめ、鍵《かぎ》だけをあずかることにした。嗅《か》ぎなれた薬品の臭《にお》いは、履きなれた靴《くつ》のようだった。しかし、人気のない研究所の建物などというものは、臭いだとか、足音だとか、そんな木霊《こだま》のたぐいだけが住んでいる、亡霊の館《やかた》のようなものである。現実との縒《よ》りを戻《もど》すために、出勤表の名札を表に返し、急いで作業用の白衣に着替えた。黒板に、C班の助手にやらせておいた実験の中間報告が書きつけてあった。なかなかいい成績である。だが、そう思っただけで、後がつづかない。この建物の中で、競争心をおこしたり、名誉欲にかられたり、嫉妬《しっと》心をおこしたり、こっそり外国の文献を取り寄せては、抜け駈けをはかったり、人事問題に気を病んでみたり、実験と計算のくるいにヒステリーをおこしてみたり、ともかく、生き甲斐《がい》を感じながら、せっせと仕事にはげんでいたのは、じつはぼくではなく、ぼくに似た別の誰かで、このぼくは、臭いや、足音とおなじく、木霊の同類にすぎなかったような気さえする。……そんなことでは困るのだ。それではまったく約束がちがう。技術には、技術自身の法則というものがあり、顔がどうなろうと、そんなことで影響を受けたりするはずがない。それとも、ミジンコ同士や、くらげ同士や、寄生虫同士や、豚同士や、チンパンジー同士や、野ねずみ同士や、そんなあらゆる段階の人間関係を、自分のなかにひととおり揃《そろ》えていなければ、化学も、物理学も、意味をなさないとでもいうのだろうか？　とんでもない！　人間関係なぞ、人間の労働のほんの付属物にしかすぎないはずである。さもなかったら、姑息《こそく》な仮面劇などはあきらめて、さっさと自殺するしかないことになってしまう……

いや、気のせいなのだ……誰もいないので、臭いや、足音ばかりが、目立ちすぎるせいなのだ……誰に迷惑がかかるわけでもない、皮膚の一部の傷くらいで、仕事にまで影響が及んだりするはずはない……ここでの仕事は、誰がなんと言おうと、ぼくのものである……透明人間になろうと、鼻欠けになろうと、河馬《かば》のような顔になろうと……機械をいじることが出来、考えることが出来るかぎり、ぼくというコンパスの脚《あし》は、あくまでもこの仕事の上に立っているはずだ。

ふと、おまえのことを思った。女というものは、コンパスの脚を、愛の上に立てるものだという説がある。真偽のほどは疑わしいが、愛しただけでも、幸福になれるのだそうである。すると今、おまえは、幸福でいるのだろうか？……とつぜんぼくは、自分の声でおまえを呼び、応《こた》えるおまえの声を聞いてみたいと思った。受話器を外《はず》し、ダイヤルを廻《まわ》したが、しかし二回目のベルが鳴りだしたところで切ってしまっていた。まだ心の準備が出来ていなかったのだ。ぼくはやはり、恐ろしかったのである。

そのうちぼつぼつ、所員たちも出勤しはじめて、その一人一人から、驚きをまじえた、しかしいたわりのある挨拶《あいさつ》をおくられ、建物も、ぼくも、やっと人間臭を取戻す。

やはり、思いすごしだったのだ。特別良くもないが、さりとて悪くもない。研究所では、仕事を他人との通路にし、それで足らないところを、仮面で補うことにして、いずれその二重生活に馴《な》れてしまえば、合わせて立派な一人前である。いや、仮面は単なる素顔の代用品ではなく、どんな禁止の柵も、木戸御免という、素顔には夢のような特権さえ与えられているのだから、一人前どころか、ぼくは同時に何人分をも生活することになるだろう。とにかく、まず馴れることだ。時と場合に応じて、気軽に服を着替える習慣をつけることである。それこそ、一本のレコードの溝《みぞ》が、同時に幾つもの音色をかなでることが出来るように……

午後になって、ちょっとした事件があった。実験室の隅《すみ》に首を寄せあっている四、五人のグループがあったので、何気なく近づいてみると、その中心になっていた一人の若い助手が、あわてて何かを隠そうとした。尋ねてみると、べつだん隠さなければならないようなことではなく、朝鮮人の渡航問題を、どうにかするための署名用紙だったのだ。おまけに、咎《とが》めてもいないのに、くどくどと詫《わ》びを言いはじめ、まわりの連中も、気まずそうに成行きを見まもっている。

……なるほど、顔のない人間には、朝鮮人のために署名をする資格もないというわけか。むろん、助手に、悪意はなく、おそらく直観的に、ぼくを刺戟《しげき》しかねない要素があることに気づいて、むしろ憐《あわれ》みの気持から敬遠してくれたのだろう。たしかに、最初から人間に顔がなかったとしたら、日本人だとか、朝鮮人だとか、ロシア人だとか、イタリア人だとか、ポリネシア人だとか、そんな人種差別による問題など、起りえたかどうかも疑わしい。それにしても、ちがった顔をもっている朝鮮人に、それほど寛容なこの青年が、顔のないぼくには、なぜこうも分け隔てをするのだろう？　人間は、進化の過程で猿《さる》から独立するとき、ふつう言われているように、手や道具などによってではなく、顔で自分を区別してきたとでもいうのだろうか？

しかし、ぼくはさからわずに、自分にも署名をさせてくれるように頼んでみた。誰もが、胸の中で、ほっと溜息《ためいき》をついていた。だが、なんとも後味の悪い、気まずさだった……誰に負い目があって、こんな心にもないことをしなければならなかったのだろう？……《顔》という、見えない壁が、行く先々に立ちはだかっている……こんなものでも、はたして、醒めた世界と言えるのだろうか……

急に、いたたまらないような疲労をおぼえ、適当な口実をつくって、早目に家に戻った。完全に、素顔の気分を取り戻せたと言いきる自信は、まだなかったが、これ以上待ったところで、大した改善はみられまい。いずれ、繃帯の覆面なのだから、声にでも出さないかぎり、気持の動揺まで見すかされたりする気づかいはあり得ないし、それに、動揺は、なにもぼくだけではないはずだ。むしろ、おまえの動揺を、見て見ぬふりでやり過すことのほうが、はるかに気苦労なのではあるまいか。たとえ、まぶしいような狼狽《ろうばい》に出会ったとしても、それに挑発《ちょうはつ》されて、こちらまでが上ずったりすることのないようにと、ぼくは自分に、繰返し言い聞かせていたものである。

だが、一週間ぶりにぼくを迎えたおまえは、まるっきり疚《やま》しさの影さえ見せず、動作や表情の隅々《すみずみ》にまで、ちゃんと一週間ぶりの微笑をたたえ、その屈託のなさには、ぼくもしばらく呆然《ぼうぜん》とするしかなかった。これではまるで、一週間前のおまえを、そのままそっくり冷凍輸送機に乗せて搬《はこ》んできたようなものである。おまえにとって、ぼくは、もう秘密を隠す努力をする必要さえないほど、稀薄《きはく》な存在になってしまったというのだろうか？　それとも、仏面鬼魂で、とほうもない厚顔無恥が、おまえの正体だったのか？　こうなると、ぼくもつい意地悪く、留守中の報告をうながしてみたりしたが、やはり顔色一つ変えようとはせず、せっせと、私の服を始末しながら、近所の家で建蔽率《けんぺいりつ》違反の増築をはじめたのがきっかけで、互いに投書合戦が流行しはじめ、犬の鳴声で子供が不眠症にかかったとか、植木が道路にはみ出しているとか、テレビを点《つ》けるときには窓を閉めろとか、電気洗濯機《せんたくき》の音がやかましいから新品と買いかえろとか、大変な騒ぎになっているというような、世帯じみた話題を、一人で積木をして遊んでいる子供のような罪のない調子で、ただ喋《しゃべ》りつづけている。これがあの、成熟しきった女の情感を、噴泉のように惜しげもなくあふれさせていた、昨夜のおまえと同じ人間なのだろうか？　信じられない……ぼくが、じゅうぶん覚悟した上で始めたはずの、仮面と素顔との分裂に、これほど悪戦苦闘しているというのに、おまえは、とっさの分裂にさえ平然と耐え、後に悔恨の影一つ残していないのだ……一体どういうことなのだろう？……不公平すぎる！……いっそ、すべてを知っているのだということを、そっくりぶちまけてやったらどんなものか……もしあのとき、例のボタンを手許《てもと》に持って来ていたら、黙っておまえに突きつけてやっていたにちがいない。……だが、けっきょく、魚のように黙っているしかないのだった。仮面の種を明かすことは、武装解除されることにほかならない。いや、それで、おまえを対等の場所まで引き下ろすことが出来るというなら、武装解除もけっこうだろう。しかしこの差引き勘定は歩が悪すぎる。いくらおまえの偽善を引き剝《ひは》がしても、ぼくの仮面は一枚きり、後には並の素顔一枚残りはしないのだ。新しい仮面が現われるのに、おまえの仮面は千枚張りで、後から後から、新しい仮面が現われるのに、ぼくの仮面は一枚きり、後には並の素顔一枚残りはしないのだ。

それに、一週間ぶりのこのわが家は、海綿のようにたっぷり日常性を吸い込んで、壁も、天井《てんじょう》も、床の畳も、ゆるぎがたく堅牢《けんろう》に見えてはいたが、しかし一度仮面を経験したものには、その堅牢さが、じつは習慣になった禁止の柵《さく》の一種にすぎないことを、いやでも見抜かずにはいられないのだ。そして、柵の存在が、実在であるよりはむしろ約束にすぎないのと同様、仮面を脱いだぼくも、妙に淡い幻のような存在で、仮面のほうが――仮面を通じて触れた、あのもう一つの世界のほうが――はるかに実在感をもって、思い出されてくるのだった。それは、わが家の壁に対してばかりでなく、むろん、おまえに対しても……あの、死をもって秤《はか》るしかないほどの、絶望的な敗北感から、まだ一昼夜も経《た》ってはいないというのに、もう性懲《しょうこ》りもなく、触覚を通じて展開された、あのおまえの実在感に、ぼくは萎《な》えるような飢えを感じはじめていたのである。ぼくはふるえだしていた。もぐらは、ひげの先が何かに触れていないと、ノイローゼにかかってしまうのだそうだが、ぼくも、なにかの手ざわりを求めて……猛毒であることは、重々承知しながら、薬が切れた、中毒患者のように……どうやらすでに禁断症状をおこしかけていたらしい。

ぼくはもう辛抱できなくなっていた。なんでもいいから、たしかな陸地に、早く泳いで戻りたかった。わが家だと思っていたのが、じつは仮の宿で、仮面こそ――《仮》の面どころか、そこだけが船酔いを癒《いや》してくれる――本物の陸地であるようにさえ思われた。出張中にたまっていた、いそがなければならない実験を、急に思い出したということを口実に、夕食をおえるとすぐまた出掛けることにした。途中でやめられない実験なので、たぶん泊ることになるだろうと言うと、まるで前例のないことだったのに、おまえは微《かす》かに憐《あわ》れむような表情を浮べただけで、べつに疑っているような顔も、不服らしい素振りもみせなかった。じっさい、顔のない化物が、外泊しようが、どんな口実をつかおうが、気にすることなど少しもないわけだ。

隠れ家のアパート近くまで来て、待ちきれずに、おまえに電話を入れた。

「彼……戻りましたか？」

「ええ、でも、すぐにまた、仕事だとか言って……」

「あなたが、出てくれてよかった。彼が出たら、すぐに、切るつもりだったんだ……」

自分の無謀さの、辻褄《つじつま》を合わせるくらいの、軽い気持で言ったことだったが、おまえはしばらく、黙り込み、それから細い声でこう言った。

「可哀《かわい》そうですわ……」

その言葉は、ぽとりとぼくのなかに落ちこみ、純粋なアルコールのように素早く全身にしみわたった。考えてみると、これはおまえの、「彼」に関する始めての感想らしいものだった。しかし、そんなことに構ってはいられない。丸太でも、ドラム缶《かん》でもいいから、早く手のとどくところに投げてもらわなければ、溺《おぼ》れてしまいそうである。……たしかに、「彼」が実在していたとしたら、この逢引《あいびき》は、いささか無謀すぎるだろう。いつ、どんな事情で、引返して来ないともかぎらないのだ。引返さないにしても、電話が掛ってくる可能性は、じゅうぶんにある。昼間ならともかく、こんな時間に、家をあけていたことを、なんと弁解すればいいのだろう。ぼくはおまえが、その懸念《けねん》を持出して、当然しぶるだろうと思っていた。……ところが、おまえは、なんのためらいも見せず、すぐに応じてくれたのだ。ぼくが、じたばたしていたのに劣らず、おまえも、つかまる物を探して、波の上を足掻《あが》きまわっていたのだろうか？　けっきょく、おまえも、ただの破廉恥漢《はれんちかん》だったのさ。猫《ねこ》っかぶりで、偽善者で、鉄面皮《てつめんぴ》で、刹那《せつな》主義者で、淫乱者《いんらんもの》で、女痴漢で……と、繃帯《ほうたい》の下で、歯ぎしりしながら、ひしゃげた薄笑いを浮べていたものの、やがてひんやりとした、おののきが、歯ぎしりを封じ、薄笑いを凍りつかせてしまう。

いったい、おまえは、何者なのだ？

けっして拒まず、悪びれず、柵を壊《こわ》さずに通り抜け、誘惑者を逆に誘惑し、痴漢を自虐《じぎゃく》にまみれさせ、けっして犯されることのないおまえは、いったい何者なのだ？

そういえば、おまえは、仮面の名前も、氏名も、職業も、ついに一度も聞こうとしなかった……まるで仮面の正体を、見抜いていたかのように……仮面の自由も、アリバイも、おまえのやり方の前には、すっかり影が薄くなってしまうのだ……もし、神がいるなら、おまえを仮面狩りの役人に任命するといい……いずれはぼくも、おまえに狩りとられてしまうにちがいない……

非常階段の下の路地で、声をかけられた。管理人の娘だった。例のヨーヨーの催促である。一瞬ぼくは、答えそうになり、それから、驚愕《きょうがく》のあまり、跳《は》ね上って駈《か》け出しそうになる。娘と約束したのは、ぼくではなくて、仮面のほうだったはずだ。やっとこらえて、狼狽《ろうばい》のあまり、ぼくに出来たことは、せいぜいわけが分らないような身振りをして見せるくらいのことだった。ぼくとしては、娘が人違いをしたのだと思う以外に、収拾のつけようもなかったのである。

しかし、娘は、そんな芝居など、まるっきり問題にもしていない様子で、ヨーヨーの催促を繰返すのだ。それとも、娘は、《仮面》と《繃帯》は兄弟なのだから、一方に約束したことは、自動的にもう一方にも伝わっているはずだと、単純に考えただけなのだろうか？……いや、そんな希望的観測も、次の娘の一と言で、ものの見事に打ちこわされてしまった。

「平気よ……内緒ごっこなんだから……」

やはり、最初から、見破られてしまっていたのだ！　それにしても、どういうわけで、見破られたりしたのだろう？　どこで、そんなへまを仕出かしたのか？　仮面をかぶっているところを、ドアの隙間《すきま》から、のぞかれでもしたのだろうか？

しかし、娘は、ただ首を左右に振って、分らないと思った理由のほうが、もっと分らないというようなことを繰返すばかりだ。けっきょく、ぼくの仮面は、この発育のおくれた娘の眼をさえ、ついにごまかしきれない程度のものだったということか……いや、むしろ、発育のおくれた娘だからこそ、かえって見抜かれてしまったというべきだろう。仮面が、犬をごまかしきれないのと同様に。分析的な大人の眼《め》などよりも、未分化な直観のほうが、しばしばはるかに鋭いものである。もっとも身近なおまえをさえ、まんまと騙《だま》しおおせた仮面に、そんなひどい欠点があろうわけがない。

いや、この体験の意味は、そんなアリバイ探しのような、単純なことではなかったのだ。ふいに、ぼくは、その「未分化な直観」の、底知れぬ深さに気付き、しだいにこみ上げてくるわななきを、どうしてもこらえることが出来なかった。その直観が暗示しているものは、どうやら、この一年間のぼくの全体験を、一挙に突き崩《くず》してしまいかねないものだったのである。……考えてもみてほしい、それこそ、娘が、繃帯や仮面などという、外見にとらわれずに、ぼくの本質を見ていたことのしるしではあるまいか。そういう眼が、現実に存在していたのだ。そんな娘の眼から見れば、ぼくのしていたことなど、よほど滑稽《こっけい》なことだったにちがいない。

急に、仮面の情熱も、蛭《ひる》のうらみも、たまらなく虚《うつ》ろなものに思われだし、うなりをあげて廻転《かいてん》しつづけていた三角形も、停電になった遊園地の乗物のように、のろのろと動きをとめていく……

娘を、ドアの外に待たせておいて、ヨーヨーを取ってきてやった。娘はもう一度小声で、「内緒ごっこ」と囁《ささや》くと、あとは唇《くちびる》の端の笑いを隠しきれない幼さで、指先にまきつけながら、駈け下りて行ってしまった。わけもなく、涙がこみ上げてきた。顔を洗って、軟膏《なんこう》をおとし、接着剤を塗って、仮面をかぶったが、面と顔のあいだには、すでにぽっかり隙間が出来てしまっていた。かまいやしない……ぼくは、曇天の下の、凪《な》いだ湖水の表面のように、いくぶんもの哀《がな》しく、しかし確信に満ちた平明さで、あの眼を信じればいいのだと、繰返し自分に言い聞かせていた。本気で、他人に出会うことを願うのなら、誰《だれ》もがまず、あの直観に戻《もど》って行こうと努める以外にはないのではあるまいか……

そして、その晩、おまえとの二度目の逢引《あいびき》から帰ったあと、ついに決心して、ぼくはこの手記を書きはじめることにしたのである。

じつは、あの夜、いますこしで、ぼくは行為の最中に仮面を脱ぎかけるところだったのだ。あの管理人の娘さえ、簡単に見破ってしまったぼくの仮面に、おまえが、疑いもせずに誘惑されているのを見るのが、たまらなかったのである。それにぼくはもう疲れていた。仮面はすでに、おまえを取戻すための手段ではなく、おまえの裏切りをたしかめるための、隠しカメラでしかなくなっていた。ぼくは、自分を回復するつもりで、仮面をつくったはずなのに、出来てみると、仮面はぼくから勝手に逃げ出して行ってしまい、それでは大いに逃亡を楽しんでやろうと、ひらきなおると、こんどはぼくがその前に立ちはだかって邪魔をする。しかも、その間にあって、おまえだけはまったくの無傷なのだ。こんな状態を、持続させていったら、しまいにどういうことになるだろう。「ぼく」は、今後も機会あるごとに、仮面殺しをくわだてることだろうし、仮面は仮面で、その報復を永久に封じようと、あらゆる手段でぼくを牽制《けんせい》にかかるにちがいない。たとえば、おまえの抹殺《まっさつ》案をおし返すとかして……

けっきょく、事を荒立てまいと思えば、おまえにも一緒に立合ってもらい、三者合意のうえで、この三角関係を清算する以外になかったのである。そして、この手記を書きはじめたわけだが……仮面は最初、ぼくのこの決心をひどく軽蔑《けいべつ》していたが、実行を伴うものではなかったから、嘲《あざけ》りながらも、黙って見逃してくれた……あれからもう二た月近く経《た》ってしまった。その間、十数回の逢引を重ね、そのたびに、目前にせまった別離を思うと、まったく身を切られる思いをしたものだ。ただの言いまわしではない、ぼくの場合、実際に身を切られてしまうのである。自信を失い、途中何度か、この手記を中絶しかけたこともあった。ある朝、目覚めてみたら、仮面がぴったり顔に癒着《ゆちゃく》して、自分の素顔になっていたというような童話じみた奇蹟《きせき》をねがい、仮面のまま寝てみたことさえあったほどだ。だが、そんな奇蹟は、むろんおこりようもなかった。書きつづけるしかなかったのである。

そんなとき、一番はげましになってくれたのは、人目につかない非常階段の陰などで、ひっそりとヨーヨーをしている、あの娘を眺《なが》めることだった。自分の不幸をはっきり自覚出来ないほどの、大きな不幸を背負ったこの娘は、しかし不幸に悩んでいる幸福な人間などよりは、どれほど倖《しあわ》せか分らない。おそらく、その、失うことを恐れない心構えが、あの直観を育てることにもなったのだろう。ぼくも、あの娘のように、失うことに耐えたいものである。

たまたま今朝の新聞に、奇怪な仮面の写真が出ているのを見た。どこかの未開人の仮面らしかった。顔ぜんたいに、縄《なわ》をおしつけたような跡が、幾何学的な模様をえがき、むかでのような鼻が、顔の中心をうねって、頭の上に飛び出し、顎《あご》からは、不規則な、わけの分らぬ物体が幾つも吊《つ》り下げられている。不鮮明な印刷だったが、ぼくはいつまでも、魅せられたように、眺め入っていたものだ。すると、その写真にだぶって、顔に入れ墨をした、未開人の顔が浮び上り、さらに、布で顔を覆《おお》った、アラビアの女たちが浮び、それから、誰かから聞いた源氏物語の中の女たちが、顔をさらすことを、恥部をさらすのと同じことのように考えていたという話を思い出していた。誰かからではない、おまえからだ。仮面が、いつかの逢引の際、おまえから聞いたことだった。一体なんのつもりで、あんな話をしたのだろう？　彼女たちは、髪だけを男に見せるものだと心得、死ぬときも、顔をたもとで覆って死んだということだ。ぼくは、おまえの意図をさぐろうとして、顔をかくした女たちのことを、さまざまに思い浮べているうち、とつぜん、そうした顔のなかった時代のことが、絵巻きのように、くりひろげられ、思わずどきりとさせられる。すると、顔は、昔から明るみに出されていたものではなく、文明が、顔に白昼の光を当て、はじめて顔に、人間の中心が据《す》えられたということなのだろうか……顔が在ったものではなく、作られたものだとすると、ぼくも仮面をつくったつもりで、じつは仮面でもなんでもなく、あれこそがぼくの素顔で、素顔だと思っていたものが、じつは仮面だったというようなことも……いや、もういい、いまさら、そんなことはもう何《ど》うでもいいことだ……仮面も、どうやら、折れ合うつもりになったらしいし、この辺でそろそろ、結着をつけるとしようか……ただ、出来るなら、次にはおまえの告白も聞かせてもらいたいものである……この先、ぼくらが何処《どこ》へ行くのかは、知らないが、まだ話し合ってみる余地くらいは残されているように思うのだ……

昨日、最後の逢引のために、おまえにこの隠れ家の地図を渡した。そろそろ、その約束の時間が近づいている。なにか書き残したことはないだろうか？　あっても、もう時間がない。仮面はおまえとの名残《なごり》を惜しんでいた。例のボタンは、当然彼のものだから、彼と一緒に葬ってやることにしよう。

さて、おまえもこれで読みおえたわけだ。ベッドの枕元《まくらもと》の灰皿《はいざら》の下に、鍵《かぎ》が置いてあるから、それで洋服箪笥《ようふくだんす》を開けてみてほしい。正面のゴム長靴《ながぐつ》の左側に、仮面の死《し》骸《がい》と、例のボタンが入っている。処分については、すべておまえに一任しよう。ぼくは一足先に、家に戻っている。おまえが多分、これまでどおりの、何事もなかったような顔をして戻ってきてくれることを、心から念じながら……

《灰色のノートを逆さに使って、その余白に、最後のページから書き加えられた、自分だけのための記録》

……ぼくは待ちつづけた……冬のあいだじゅう、繰返し踏みつけられ、頭を上げてもいいと合図があるまでは、とにかく待つしかない麦の芽のように、なんの感情もなく、ただ待ちつづけた……

最初から老人の顔で生れてきたような、あのアパートの隠れ家で、たぶん膝《ひざ》をのばすゆとりもなく、この三冊のノートを読み進めているはずのおまえの姿を思い浮べながら、ぼくは待つという単一の神経繊維しか持たない原生動物のようになって、光も色もない空虚な期待に、ただ凝然と身を浮べつづけていた……

だが、妙なことに、思い浮べられるのは、そのおまえの姿勢だけで、この手記がおまえの内部に描き出すだろう軌跡のあとを辿《たど》ることは、なぜかまったく出来なかったのである。それどころか、あれほど何度も読み返し、隅《すみ》から隅まで、即座に暗誦《あんしょう》できるほど知りつくしていたはずの、この手記の内容自体が、まるで汚《よご》れたガラスごしの風景さながら、思い出す糸口さえ見分けられないほどになってしまっていたのだ。ぼくの心は、生干しのいかの身のように、べろりと、冷たく、塩辛かった。いまさら、どう足掻《あが》いてみても、いずれやりなおしはきかないのだという、あきらめのせいだったのだろうか。そういえば、こうした空白状態は、一連の実験をやり終えて、ほっと一と息ついた際などにもしばしば経験することだ。そして、その実験が大掛りであればあるほど、その空白もまた根深いものである。

だから、この思い切った賭《かけ》の結果、どんな賽《さい》の目が出ようと、一切あなたまかせの心境だったわけだ。むろん、こうして仮面の正体を暴露することが、おまえを傷つけ、辱《はずか》しめるだろうことくらいは、重々承知していたが、しかし、おまえだって、やはりぼくを裏切り傷つけたのだ、その点の貸し借りを言うなら、おそらく五分五分にちがいない。といって、べつに、開き直ったりしているわけではなく、おまえが、この手記に対して、どんな反応を示そうと、それに言いがかりをつけたりするつもりは、毛頭なかったのだ。仮に事態が、仮面以前の状態よりもさらに悪化して、ぼくたちの関係が氷柱に閉じ込められるようなことになったとしても、それなりに一つの解決として、受入れる覚悟はじゅうぶんに出来ていた。

いや、解決とまではいかなくても、すくなくも事態の収拾ではあるだろう。苦々しい悔恨、苛立《いらだ》ち、敗北感、呪詛《じゅそ》、自虐《じぎゃく》的な感傷……そうした怨《うら》みがましい思いを、すっぽり包み込むようにして、良くも悪《あ》しくも、これで大任を果したのだという、諦念《ていねん》の溜息《ためいき》がぼくの心を塗りつぶしてしまっていた。当然、よかれと願う気持も、ないではなかったが、いきなりベッドの上で仮面をひんむいてみせたりせずに、こうして手記の形をとったということ自体、すでに白旗をかかげたしるしであったはずである。どんな結果になろうと、あの異常な三角関係——一刻の休息もなく、癌《がん》のように増殖しつづける、嫉妬《しっと》の自家中毒——とくらべれば、はるかにましに決っている。

それに、考えてみれば、まったく収穫がなかったというわけでもなさそうだ。一見、無駄骨《むだぼね》を折ったあげくに、元の木阿弥《もくあみ》とも見えなくはないが、あれだけの体験が、なんの影響も残さずに消え去ったりするわけがない。すくなくも、素顔が不完全な仮面にすぎないことを見抜けただけでも、大変な獲物だったのではあるまいか。楽観的すぎるかもしれないが、この知恵が、いずれは大きな力になり、たとえ永久に融《と》けない氷柱に閉ざされてしまったとしても、けっこう氷柱の中での人生を探り当てて、これまでのような悪足掻きは、もう二度とせずにすませられるような気がしてならないのだが……しかし、そんなことは、おまえが降伏条件をたずさえて戻《もど》って来てから、あらためてゆっくり考えればいいことだ。いまはとにかく、待つ以外にはないのだから……

ぼくは、糸を切られたあやつり人形のように、ぐにゃりと居間の畳に倒れ込み、時の流れに対して、なるべく抵抗を少なくするようにと、そのことばかりを心掛けていたものだ。窓枠《まどわく》と、隣の軒とで切り取られた、白っぽい長方形の空が、まるで刑務所の塀《へい》の延長のように見えた。しかしぼくは目をそらそうともせず、むしろそう思い込もうと努めてさえいたものだ。閉じ込められているのは、なにもぼく一人ではなく、この下界全体が、一つの刑務所なのだと考えることは、そのときのぼくの気持に、いかにも似つかわしいものだったのである。そして、誰《だれ》もが、この下界から脱走しようとして、やっきになっているのだと、さらに想像を押しひろげてみる。ところが、尾《び》骶骨《ていこつ》のように、じっさいには無用の長物にすぎなくなってしまった素顔が、思わぬ足《あし》枷《かせ》になり、一人として脱走に成功する者はいないらしいのだ。……だが、ぼくは違う……ぼくだけは、ほんの束《つか》の間《ま》ではあったが、あの塀の向うを経験して来たのだ……その濃密すぎる大気に耐えられず、すぐに逃げ帰って来たとはいえ、ともかくぼくは知っている……あの塀の存在が否定されないかぎり、不完全な仮面の模倣にすぎない素顔などが、ぼくに優越感を抱《いだ》くいわれなど、これっぽっちもありはしないのである……そして、おまえも、ぼくの告白を耳にした以上、すくなくもこの点に関するかぎりは、よもや異議をとなえたりは出来まいと思われるのだが……

だが、その空を閉ざすコンクリートの塀が、しだいに光を失い、黒く闇《やみ》に融《と》け込むにつれて、時間にさからうまいとする努力だけでは、とうていまぎらしきれない、苛立ちに襲われはじめたのだった。いったいおまえは、どの辺まで読み進んでいるのだろう？　一時間の平均枚数が分れば、おおよその見当はつくのだが……一分間に一ページとすれば、六十ページ……あれから、四時間と二十分経《た》っているのだから、早ければそろそろ読み終えてもいいころだ。もっとも、こだわりながら、足踏みせざるを得ない所もあるだろう。船酔いのように、しばらく歯をくいしばって、こらえなければならぬ場所もあるだろう。とはいえ、いくら手間取ったところで、あと一時間とはかかるまい。……と、ぼくは突然、わけもなく跳《は》ね起きて、べつに起きたりする必要はなかったのだと、すぐに思い返したが、しかしいまさら寝なおす気にもなれなかった。明りを点《つ》けに立ったついでに、やかんをガスに掛けてくる。台所から引返す途中、ふとおまえの匂《にお》いが鼻をかすめた。どうやら、寝室の入口の、鏡台のあたりからしてくる化粧品の匂いらしかった。

いきなりぼくは、喉《のど》の奥にルゴール液を塗られるときのような、発作的な嘔吐感《おうとかん》に襲われていた。さっそく、むき出しにされた蛭《ひる》の巣の反応らしい。だが、すでに一度、仮面劇の主役を演じてしまったぼくに、いまさら他人の化粧をあげつらったりする資格があるだろうか。もっと寛容にならなければいけないのだ。いつまでも、化粧やかいもじにこだわったりするような、子供っぽい状態からは、さっさと卒業してしまわなければならないのだ。そこで、蛇嫌《へびぎら》いの治療法にならって、化粧の心理に、意識のすべてを集中してみることにする。化粧……顔の加工……そいつはたしかに、素顔の否定である……表情を変形して、一歩でも他人に近づこうとする、けなげな努力なのだ……だが、その化粧が、思いどおりの効を奏した場合……それでも彼女たちは、その化粧に対して、はたして嫉妬を感じずにすませられるのだろうか？……べつだん、そんな気配もなさそうである……まったく、おかしなこともあったものだ……あの嫉妬深い女たちが、自分の顔を占領した他人に対しては、なんの反応も示さないというのは、一体どういう事なのだろう？……想像力の貧困によるものなのか、それとも、自己犠牲の精神によるものか……あるいは、自己も想像力も、過剰になりすぎて、自分も他人も区別がつかなくなってしまったせいなのか……と、せっかくの狙《ねら》いも外《はず》れて、いっこうに化粧嫌いの療法にはなってくれそうになかった。（もっとも、今はちがう。今なら、その後に、こんなふうに続けようと思う。女たちが、自分の化粧に嫉妬しないですませられるのは、おそらく、素顔の価値の下落を、直観的に見抜いているためなのだ。素顔の有難味《ありがたみ》など、要するに世襲財産が身分の保証であった時代の、遺物にしかすぎないことを、あいにく財産などとは無縁だったおかげで、本能的に感じとってしまったせいなのだ。いまさら、素顔の権威などにしがみついたりしている、男どもなどよりは、はるかに現実的だし、また理屈にもかなっているのではあるまいか。もっとも、その女たちも、子供たちに向ってだけは、化粧の禁止を言いわたす。やはり、何処《どこ》かに、一抹《いちまつ》の不安を抱いているのであろうか？　そうだとしても、その責任は、女たちの確信のなさよりは、むしろ小学校教育の保守性に求められるべきものかもしれない。いっそ、小学校教育から、化粧の効用を徹底させることにすれば、しぜん男どもも、抵抗なしに化粧を受け入れることが出来るようになり……いや、やめておこう、いまさら、いくら別な可能性を言い張ってみたところで、しょせん引かれ者の小唄にしかなりえないのだから。けっきょく、はっきりしたことといえば、仮面も、ぼくの潜在的な化粧恐怖症を、ついに癒《いや》すまでにはいたらなかったという、その一事だけだったのかもしれない。)

気をまぎらすために、テレビのスイッチを入れてみた。運の悪いときには悪いもので、ちょうど海外ニュースをやっており、アメリカの黒人暴動が報道されている最中だったのだ。白人の警官に引き立てられて行く、シャツの破れた貧弱な黒人に重ねて、アナウンサーが事務的な調子で喋《しゃべ》っていた。

——長い、黒い夏を迎え、心配されていたニューヨークの人種騒動は、関係者の予想通りの結果になり、ハーレムの街頭は、ヘルメットをかぶった黒人、白人、警官五百人以上が町にあふれ、さる一九四三年夏以来の警戒ぶり。各所の教会では、日曜礼拝とならんで抗議集会が持たれ、警官の目も、黒人市民の目も、ともに軽蔑《けいべつ》と不信の色にいろどられているとのこと……

歯のあいだに、鋭い魚の骨が突き刺さったような、痛みとうっとうしさが入り混った、いたたまらないような気持にさせられたものである。もっとも、ぼくと、黒人とのあいだには、偏見の対象にされているという以外には、ほとんどなんの共通点もない。黒人には、結び合う仲間がいるが、ぼくはまったくの一人だけだ。黒人問題は、重大な社会的問題になりえても、ぼくの場合は、あくまでも個人的な枠《わく》にとどまり、そこを一歩も出るものではありえないのだ。しかし、ぼくがその暴動の光景に、息づまるほどの思いをさせられたのは、ぼくのような顔を失《な》くした男女が、数千人も、一緒に集まった場合のことを、つい連想させられたからかもしれない。ぼくらも、黒人たちのように、偏見に向って敢然と立ち上るのだろうか。あり得ないことである。考えられる行動といえば、互いの醜さに愛想をつかし、仲間同士でなぐり合いをはじめるとか、さもなければ、似たような連中が完全に視界から消え去るまで、一目散に逃げはじめるくらいが、関の山なのではあるまいか。……いや、そうだとしたら、まだ我慢もなっただろう。ところがぼくは、たしかにその暴動に魅せられていたようなのだ。なんの必然性もないくせに、ほんのわずかなきっかけで、ぼくら怪物の集団は、まともな連中の顔を目がけて、攻撃を開始していたかもしれないのだ。憎悪《ぞうお》だろうか。それとも、普通の顔を打ち砕いて、一人でも仲間をふやそうという、実利的な魂胆からか。両方とも、それぞれ重要な動機にはちがいなかったが、それよりもぼくは、暴動という嵐《あらし》の中に、一兵士として埋没してしまいたいという、願望にせき立てられていたらしい。たしかに、兵士こそ、まさに完璧《かんぺき》な匿名《とくめい》的存在であり、顔など持たなくとも、使命を果すうえになんの支障もないし、立派に存在理由も与えられる。あんがい、顔無しの部隊こそ、理想的な兵士の集団であるのかもしれないのだ。ひるまず、破壊のための破壊に突き進む、理想的な戦闘部隊であるのかもしれないのだ。

そう、空想の中でなら、たしかにそのとおりかもしれない。だが、現実には、いぜんとして一人っきりのぼくである。ポケットに空気拳銃《けんじゅう》をしのばせながら、小鳥一匹、狙《ねら》おうとさえしなかったぼくである。うんざりしながら、テレビを消し、時計を見ると、すでに予定の一時間はとうに経ってしまっていた。

さすがに、ぼくも、うろたえた。外の気配に耳をすませ、数分おきに時計をたしかめながら、刻々水位を増しはじめた不安の洪水《こうずい》に、いたたまらないような気持だった。……ほら、足音がした！……しかし、隣の犬が吠《ほ》えだしたところをみると、どうやら別人らしい。では、今度のは？……やはり違う……おまえの靴音《くつおと》なら、そんな体重をもて余したような、ひびき方をするわけがない。しばらくして、車が停《と》まり、ドアを開閉する音が聞えたが、残念ながらあれは裏の露地の方角だ。ぼくはますます落着かなくなる。一体、どうしたというのだろう。何か、予測していなかった変事でも、起きたというのか。交通事故であるとか、痴漢の襲撃であるとか……それなら、せめて、電話くらい掛けてよこせばいいのに……いくら、痴漢好きのおまえでも……いや、それはいけない、たとえ、冗談にもせよ、言っていいことと、いけないことがあるものだ……あの経験は、決してそんな言い方では触れてはならない、あまりにも敏感すぎる薄い皮膚しか持っていなかったのだ……

それほど、気掛りなら、いっそこちらから出向いてみたらどんなものだろう。なに、あわてることはない、今から出かけてみたって、いずれ行き違いになるだけの話さ。読むだけなら、とうに読み終えたとしても、ぼくになんと言って答えたらいいのか、その印象をまとめるのに、たぶん思わぬ時間をくってしまったのだろう。それに、おまえに委《まか》せた、仮面の埋葬のこともある。ノートは、証拠物件として残しておくとしても、仮面とボタンは、悪夢の痕跡《こんせき》を一切拭《ぬぐ》い去ってしまうために、細かく刻み、打ち砕いてしまうことにして、それで予想以上に手間取ってしまったのかもしれない。いずれにしても、あとは時間の問題だ。もしかすると、もうついその辺まで、戻って来ているのかもしれない。あと三分もすれば、おまえは玄関に立ち、いつものように短く二つ、ベルを鳴らして……そう、あと二分……あと一分……

駄目《だめ》だ、もう一度はじめから、やりなおすとしよう。あと五分……あと四分……あと三分……あと二分……あと一分……と、そんなことを繰返しているうちに、いつか九時になり、十時になり、とうとう十一時近くにもなってしまっていたものだ。ぼくの意識は、緊張のあまり、見開いた一本の鋼鉄の筒のようになり、遠い街のざわめきに共鳴して、うめき声をあげ、おずおずと囁《ささや》き声で問い返す。いったい、どんな可能性がありうるだろう……ここに帰ってくる以外に、どんな行先があるというのだろう……しかし、なんの答えも戻って来てはくれなかった……当然のことである……ほかの答えなどありうるわけがなかった……おまえが、よくよく、この手記の読みちがえでもしないかぎりは……

それから、やにわに、ぼくは罵《のの》り声をあげていた。罵り声をあげながら、あわてた手つきで顔に繃帯《ほうたい》をまき、戸閉りもそこそこに、外に飛び出していた。何をぐずぐずしていたのだ！　こんなことなら、もっとさっさと、決心してしまっていればよかったのに！　もう、手遅れかもしれないぞ！　手遅れ？　なにが手遅れなのだ？　どういうつもりで、そんなことを言ったのか、自分にもよくは分らなかったが、しかしその予感は、怪物の喉《のど》の奥ほども暗く、また不吉な熱気に満ちあふれているのだった。

……そして、その予感が、まさに適中してしまったのである。アパートに着いたのは、十二時すこし前だった。部屋の明りは消え、人の気配もない。こんな時間になるまで、のうのうと待ちつづけていた、自分の独《ひと》りよがりにさんざん悪態をつきながら、非常段階を上って、生唾《なまつば》と一緒にドアを開ける。顎《あご》から心臓のあたりが、薄いパラフイン紙のように、びりびり音をたてていた。物音がしないのを確かめてから、そっと明りをつけてみる。おまえは居なかった。おまえの死体もなかった。部屋の様子は、ぼくが出掛けたときと、そっくりそのままだ。テーブルの上には、三冊のノートが、きちんと揃《そろ》えられており、なにはともあれ、まず一冊目の一ページ目を開いてほしいという、書き置きの紙片までが、さらにその上にインク瓶《びん》でおさえられたままになっていた。……すると、おまえは、けっきょくこの部屋には現われずにしまったのだろうか？……ますます訳が分らなくなってしまう……読んで、姿をくらまされたのよりは、読まずに行方不明になったほうが、多少負担は軽いにしても、変事であることには変りない。洋服簞笥《ようふくだんす》をのぞいてみる。仮面にも、ボタンにも、手を触れた形跡はまったくなかった。

だが、待てよ……この匂いは……そうだ、この黴《かび》とほこりの臭《にお》いにまじって、かすかに色づいているのは、まぎれもなくおまえの匂いである。すると、やはり、おまえは現われたのだ。しかし、書き置きまで、元のままだということは、ノートを無視したことのしるしだと思われるのだが……せっかく、ここまでやって来ておきながら、ぜんたいどういうつもりだったのだろう？

何気なく、その書き置きに目を走らせて、ぎくりとする。用紙は、ぼくが使ったものだったが、字がちがった。裏をつかって、おまえの字体で書かれた、ぼく宛《あて》の手紙だったのだ。どうやら、ノートを読んだ上での、失踪《しっそう》らしい。いよいよ、予想していたかぎりでの、最悪の事態に立ち至ったらしいのだ。

いや、最悪などという言葉を、そう手軽く扱ってはいけない。その手紙の内容は、それまでのどんな予想をも超えて、完全にぼくの意表をつくものだったのだ。いくらぼくが、恐れ、惑い、悩み、苦しみ、案じていたとしても、そんなものはもはや物の数ではなかった。一筆加えただけで、蚤《のみ》が象に変ってしまう、判じ絵のように、ぼくの試みの一切が、意図していたものとはまるっきり異《ちが》ったものに変えられてしまったのだ。仮面の決断……仮面の思想……素顔との闘《たたか》い……それから、この手記を通じて果そうとしていた、ぼくの願いの一切が、たわいもない一場の茶番劇にされてしまっていたのである。恐ろしいことだ。自分で、自分に、これほどの嘲笑《ちょうしょう》と侮辱を与えられようなどと、いったい誰に想像できただろう……

〈妻の手紙——〉

長靴《ながぐつ》のなかで死んでいたのは、仮面ではなくて、あなたでした。あなたの仮面劇を知っていたのは、なにもヨーヨーの娘ばかりではありません。私だって、あの最初の瞬間……あなたが、磁場の歪《ひず》みだなどと言って、得意がっていた、あの瞬間から、すっかり見抜いてしまっていたのです。どうやって、見抜いたのかなどと尋ねて、これ以上私を辱《はずか》しめないでください。もちろん私は、うろたえ、迷い、どうてんしてしまいました。なにぶん、ふだんのあなたからは、想像もつかない、思い切ったやり方でしたものね。でも、あなたの自信たっぷりな様子を見ているうちに、私はつい錯覚してしまっていたのでした。あなただって、私に見抜かれてしまっていることくらい、百も承知にちがいない。承知の上で、黙って芝居をつづけようと、催促しているのだ。最初は、とても恐ろしいことのように思いましたが、すぐに気をとりなおし、これは私に対するいたわりなのかもしれないと考えてみたのです。するとあなたのしていることが、すこし照れ臭がっているようだけど、とても繊細で、やさしい、ダンスの申し込みのように思われはじめたのでした。それに、あなたが、びっくりするほど真面目《まじめ》くさって、騙《だま》されたふりをつづけるのを見ているうちに、私の心は、ますます感謝の気持でいっぱいになりはじめ、ですから、あんなふうに、素直にあなたの後をついて行く気にもなれたわけです。

でも、あなたは、何から何まで、思い違いをしていましたね。あなたは、私が拒んだように書いていますが、それは嘘《うそ》です。あなたは、自分で自分を拒んでいたのではありませんか。その、自分を拒みたい気持は、私にも分るような気がしました。こうなった以上は、苦しみを共にするしかないのだと、私も半ば以上はあきらめてしまっていたのです。だからこそ、あなたの仮面が、私にはとても嬉《うれ》しく思われたのでした。私は、幸福な気持で、こんなことさえ考えていたものです。愛というものは、互いに仮面を剝《は》がしっこすることで、そのためにも、愛する者のために、仮面をかぶる努力をしなければならないのだと。仮面がなければ、それを剝がすたのしみもないわけですからね。お分りでしょうか、この意味が。

分らないはずはないでしょう。あなただって、最後には、自分が仮面だと思っていたものが、じつは素顔で、素顔だと思っていたものが、じつは仮面だったのかもしれないと、疑っていらっしゃるではありませんか。そうですとも、誰《だれ》だって、誘惑される者なら、そんなことくらい、ちゃんと心得た上で誘惑されているものなのです。

でも、もう、仮面は戻《もど》ってきてくれません。あなたも、はじめは、仮面で自分を取り戻そうとしていたようですけど、でも、いつの間にやら、自分から逃げ出すための隠《かく》れ蓑《みの》としか考えなくなってしまいました。それでは、仮面ではなくて、べつな素顔と同じことではありませんか。とうとう尻尾《しっぽ》を出してしまいましたね。仮面のことではありません、あなたのことです。仮面は、仮面であることを、相手に分らせてこそ、かぶった意味も出てくるのではないでしょうか。あなたが目の敵にしている、女の化粧だって、けっして化粧であることを隠そうなどとはいたしません。けっきょく、仮面が悪かったのではなく、あなたが仮面の扱い方を知らなさすぎただけだったのです。その証拠に、あなたは仮面をかぶっても、何一つすることは出来なかった。良いことも、悪いことも、何一つすることは出来なかった。ただ、街を歩きまわって、あとはこの尻尾をくわえた蛇《へび》のような長ったらしい告白を書いただけです。顔に火傷《やけど》をしようと、しまいと、仮面をかぶろうと、かぶるまいと、そのあなたには、なんの変りもなかったのではないでしょうか。あなたには、もう、仮面を呼び戻すことは出来ない。仮面が戻って来ない以上、私だって戻るわけにはいかないではありませんか。

それにしても、恐ろしい告白でした。どこも悪くないのに、むりやり手術台に引き上げられ、用途も、使用法も分らないような、ややこしい形をした、何百種類ものメスや鋏《はさみ》で、ところかまわず切り刻まれているような思いでした。そのつもりになって、もう一度お書きになったものを読み返してごらんなさい。あなたにだって、きっと私の悲鳴が聞えてくるにちがいありません。時間が許せば、その悲鳴の意味を、いちいち解説して差上げたいくらいです。でも、うかうかしていると、あなたがここに引返して来そうで、恐ろしい。本当に恐ろしいのです。顔は、人間同士の通路だなどと言いながら、税関の役人みたいに、自分の扉《とびら》のことしか考えない、巻貝のようなあなた。もともと柵《さく》の内側にいた私を、おさえ込んだだけだったのに、まるで刑務所の塀《へい》ほどもある柵を乗り越えて、婦女拐帯《かいたい》の罪をおかしでもしたように騒ぎ立てなければ気がすまない、見栄《みえ》っぱりのあなた。そのくせ、私の顔に焦点が合いはじめると、あわてふためき、一言の相談もなしに、さっさと仮面の扉を釘《くぎ》着《づ》けにしてしまったあなた。なるほど、おっしゃるとおり、世間には死が充満しているのかもしれません。でも、その死の種をまきちらしたのも、やはりあなたのような、他人知らずの連中の仕業だったのではないでしょうか。

あなたに必要なのは、私ではなくて、きっと鏡なのです。どんな他人も、あなたにとっては、いずれ自分を映す鏡にしかすぎないのですから。そんな、鏡の沙漠《さばく》なんかに、私は二度と引返したいとは思いません。一生かかっても、消化しきれないほどの愚弄《ぐろう》で、私の内臓はもうはち切れんばかりになってしまいました。

（つづけて、判読不能なまでに消された、二行半ばかりの削除あり。）

……なんという不意討ちだったろう。おまえが、ぼくの仮面を仮面と見抜きながら、しかも騙されたふりをしつづけていたのだとは。むかでのような足をもった、大恥の群が、腋《わき》の下や、背筋や、脇腹《わきばら》や、いちばん鳥肌《とりはだ》が立ちやすい部分を選んで、ぞろぞろ這《は》いまわりはじめる。たしかに、羞恥《しゅうち》を感じる神経は、皮膚の表面あたりに宿っているものらしい。ぼくは、恥辱の蕁麻疹《じんましん》で、水死人のようにぶよぶよになってしまった。道化を自覚しない道化にだけはなりたくないなどと、いっぱしな台詞《せりふ》を口にしながら、その台詞自体が、道化の台詞になっていたのだから世話はない。おまえが、万事を、見抜いてしまっていたのだとは。それではまるで、嘘の呪文《じゅもん》を信じこみ、見物されているなどとは露知らず、自分だけが透明人間になったつもりで、一人芝居を演じていたようなものではないか。大恥の群が、ぼくの皮膚をたがやしてまわる。たがやした皮膚の畝《うね》のあいだに、うにの棘《とげ》を植えてまわる。もうじきぼくも、棘皮《きょくひ》動物の仲間入りをさせられるに違いない……

ぼくは、ゆらゆら揺れながら、いつまでもただ呆然《ぼうぜん》と立ちつくしていた。影もいっしょに、揺れていたところをみると、気のせいだけではなく、本当に揺れていたのだろう。それにしても、とんだ間違いをしでかしてしまったものである。どこかで間違ったバスに乗り込んでしまったらしいのだ。いったい、何処《どこ》まで引き返したら、正しい方角に乗り換えることが出来るのか。ゆらゆら揺れながら、しみだらけになった読みづらい地図をたよりに、記憶の道順をたぐってみる。

この手記を書こうと決心した、あの嫉妬《しっと》まみれの夜ふけ……おまえに、はじめて声をかけた、あの誘惑の午後……痴漢になってやろうと思い立った、その前後……やっと仮面の完成をみた、あの薄笑い色の夜明け……仮面の製作に踏みきった、雨もよいの夜……そして、そこに到るまでの、長い繃帯《ほうたい》と蛭《ひる》の巣の時代……まだ駄目なのだろうか？……ここまで来ても、乗り換えがきかないのだとすると、間違った出発点は、さらにその向う側にまでさかのぼって、探さねばならないことになる。やはり、おまえの主張どおり、容器の如何《いかん》にかかわらず、ぼくの中身が最初から腐った水だったということなのだろうか……

べつに、おまえの主張を、そっくり認めてしまったというわけではない。とくに、死の種をまいて歩いたのが、ぼくのような他人知らずの連中だなどという意見には、まったく賛成いたしかねる。他人知らずという、表現そのものは、なかなかうがっていて面白いと思うが、これを結果以上のものとみなすのは、どう考えても思いすごしというよりほかあるまい。他人知らずは、あくまでも結果であって、原因などではないのだ。なぜなら……手記の中でも書いたことだが……現代社会が必要としているのは、もっぱら抽象的な人間関係だけで、だから、ぼくのように顔を紛失してしまった者でも、給料の支払いだけは、支障なく受けることが出来るのである。しぜん、具体的な人間関係である、隣人の存在は、ますます廃物的扱いをうけることになり、せいぜい書物の中か、家庭という孤島群の中で、細々と生きながらえているだけなのだ。いくら、テレビのホームドラマが、甘ったるい家庭讃歌《さんか》をうたいつづけようと、人々が価値をはかられ、賃金を査定され、生活権の保護を受けるのは、すでに敵と痴漢しかいなくなってしまった、その外の世界なのである。どの他人にも、毒と死の臭《にお》いがつきまとっていて、人々は、いつか他人アレルギー症患者になってしまうのだ。むしろん孤独も恐ろしいが、隣人の仮面に裏切られるのは、もっと恐ろしい。下手《へた》に隣人の幻想を抱《いだ》いたりして、現代から落伍《らくご》するような間抜けだけは演じたくないものである。一見凡々たる、この日々の繰返しも、どうやら日常化された戦場にすぎないらしいのだ。人々は、せっせと顔に鎧戸《よろいど》を下ろし、錠前を掛け、他人の侵入を防ぐ作業にせいをだす。そして、あわよくば――ちょうどぼくの仮面が、試みかけたように――自分の顔から逃走し、透明人間にでもなりたいものだと、かなわぬ願いを夢見るのだ。知ろうとして、知ることが出来るような、そんな生易《なまやさ》しい他人ではない。この点についてなら、他人知らずという一と言で、他人を射止められると思い込んでいるおまえの方が、よほど重症の他人知らずなのではあるまいか。

もっとも、そんな些細《ささい》なことに、いまさらこだわってみても始まるまい。肝心なのは、理屈や、言い分ではなく、事実なのだ。ぼくを狙《ねら》い撃《う》ちにして、確実に致命傷を与えることになった、あの二つの指摘なのである。一つは、言うまでもなく、おまえが仮面の正体を見破りながら、しかも騙されたふりをつづけていたのだという、その残酷な暴露。それから、もう一つは、やれアリバイだ、やれ匿名《とくめい》だ、やれ純粋な目的だ、やれ禁止の破壊だなどと、さんざん御託をならべておきながら、現実には何一つ行動らしい行動を伴わず、かろうじて尻尾をくわえた蛇のような手記を書いただけではないかという、容赦もない追い討ち。

鋼鉄の楯《たて》くらいの期待をよせていた、ぼくの仮面が、板ガラスよりも脆《もろ》く打ち砕かれ、これではもはや反論の余地もない。たしかに、言われてみれば、あの仮面は、仮面というよりはむしろ、新しい素顔に近いものだったような気もしてくる。素顔が、仮面の不完全な模倣だという、自説になおも固執するつもりなら、ぼくはわざわざ苦労して、まがいものの仮面を作ったことになるわけだ。

そうかもしれない……と、ふと、せんだって新聞で見た、未開人の仮面のことを思い出していた。あるいは、あれが本物の仮面なのかもしれない。あんなふうに素顔から完全に飛躍してしまってこそ、はじめて正当な仮面を名乗ることも許されるのかもしれない。飛び出した大目玉、牙《きば》だらけの大口、ビーズ玉で編み上げた鼻、そしてその鼻の付け根と両端から、それぞれ枝がのびて、うねうねと顔一面に渦《うず》をまき、さらにその周辺を、長い鳥の羽毛が、矢車のようにとりかこんでいる。見れば見るほど、ぞっとするほど奇怪で、非現実的だ。だが、自分でそれをかぶったつもりになって、さらに見詰めつづけていると、しだいにその仮面の意図が読めはじめる。どうやら、人間を超えて神々の仲間入りをしようという、切実な祈りの表現であるらしい。なんという戦慄《せんりつ》的な想像力だろう。自然の禁止に立ち向おうとする、激しい意志の凝縮なのだ。どうせ作るなら、ぼくも、そんな仮面にしておけばよかったのかもしれない。そうすれば、こそこそ相手の目をかすめるような気持にも、最初からならずにすませられたはずだし……

とんでもない。そんなはずみで物を言ったりするから、用途も分らないような、ややこしい形のメスや鋏《はさみ》だなどと、皮肉られたりするのだ。怪物でいいくらいなら、べつに仮面を持ち出さなくても、蛭の巣だけで充分だったはずではないか。神々も変ったが、人間も変ったのだ。すすんで顔を変形させる時代から、アラブの女や、源氏物語の女たちのように、顔を覆《おお》い隠す時代を通って、やっと現在の素顔の時代に辿《たど》り着いたのである。もっとも、これを、進歩だと言い切るつもりはない。神々に対する、人間の勝利だとも考えられるが、同時に恭順のしるしだとも見られなくはないからである。だから明日のことは分らない。案外、明日になれば、再び素顔を拒絶する時代が来ないとも限らない。しかし、今日のところは、ともかく神々よりも人間の時代なのだ。ぼくの仮面が、素顔に準じているのも、理由のないことではなかったのである。

いや、もうよそう。理由はもう沢山だ。探せば、言い分くらい、いくらだって見つけ出せるにきまっている。だが、いくら言い分を並べてみたところで、おまえから指摘された、あの二つの事実をくつがえすわけにはいかないのだ。とりわけ、ぼくの仮面が、けっきょくは何一つ出来ずに、ただ言いわけにつとめただけではないかという、第二の指摘に対しては、いよいよ身をもってそれを裏付けることになるだけの話だ。恥の上塗りは、もう沢山である。道化や失敗だけならともかく、あれだけの体験が、まったく無にひとしかったというのでは、あまりにみじめすぎて、弁明するさえ気恥ずかしい。絶望を言うさえ空々しい。完璧《かんぺき》なアリバイ、無制限の自由、しかも収穫は無。おまけに、せっせと報告書をしたためて、自分からそのアリバイ崩《くず》しにせいを出していたというのだから、世話はない。これではまるで、陰茎がないくせに、観念的に性欲だけが旺盛《おうせい》な、薄汚《うすぎた》ない不能者も同然ではないか……

そう、あの映画のことだけは、やはり書いておくべきかもしれない。たしか、二月の初め頃《ごろ》のことだったと思う。手記の中では、けっきょく触れずにしまったが、関係がなかったというよりは、むしろ関係がありすぎて……それも、せっかくの仮面製作に、水をさされるような感じだったので……わざと避けてしまったのだ。しかし、行きつく所まで来てしまったのだし、いまさら縁起をかついでみても始まるまい。それに、事情が変ったせいか、すっかり印象も違ったものになってしまった。たしかにあれはただの残酷ではない。風変りな作品なので、あまり評判にはならなかったが、《愛の片側》と言えば、おまえも題名くらいは思い出せるはずだと思うのだが……

――しんと静まり返った、硬い風景の中を、服装は地味だが、見るからに清潔な、ほっそりとした娘が、妖精《ようせい》のように透明な横顔を見せながら、すべるような足取りで歩いて行く。娘は画面を、右から左に進んでいるので、こちらに見せているのは、左側の半身だけだ。背景は、コンクリートの建物で、娘は見えない右側の肩を、その建物すれすれに、こすりつけんばかりにして歩いて行く。まるで、世間をまぶしがっているようで、それが哀愁をたたえた横顔にふさわしく、いっそう可憐《かれん》な印象を強めているのだった。

同じ歩道の、車道よりに、ガードレールによりかかったり、片足をかけたりの姿勢で、不良じみた三人の若者たちが、獲物の到来を待ち受けていた。一人が、娘をみとめて、さっそく口笛を吹き鳴らす。しかし娘は、外からの刺戟《しげき》を受け入れる器官を一切持ち合わせていないとでもいうように、なんの反応も示さない。挑発《ちょうはつ》された、別の仲間が、場所を離れて娘に近づいた。馴《な》れた動作で、後ろから娘の左腕に手をまわし、引き戻《もど》すようにしながら、なにやら卑猥《ひわい》な文句を口にした。娘は、観念したように、足をとめ、ゆっくり若者の方を振向くのだ。……と、はじめて見せた、その顔の右半分は、ケロイドの隆起と引きつれで、無残に崩《くず》され、変形してしまっているのだった。(詳しい説明はなかったが、後に出てくる台詞《せりふ》のなかで、何度か「広島」という地名が繰返されたところをみると、やはり原子爆弾の後遺症だったらしい。)若者は、ぎくりと声もなく立ちすくみ、娘はまた、美しい妖精の横顔に戻って、事もなげに立去って行く……

それから娘は二、三の街を通り抜け、右側に適当な遮蔽物《しゃへいぶつ》がない場所や、横断しなければならない十字路に行き合わすたびに、絶望的な試練と闘《たたか》いながら、(ぼくはすっかり身につまされ、いますこしで席を立ちかけていた。）やがて数棟《すうとう》からなる、周囲を有刺《ゆうし》鉄線で囲まれた、バラック造りの建物に辿《たど》り着く。

その建物もまた奇妙だった。突然二十年前に逆もどりしたように、昔の陸軍の兵隊たちが、当時のままの服装で、ぞろぞろ中庭のあたりを彷徨《ほうこう》しているのだ。墓場からよみがえったような、虚《うつ》ろな表情で、ある者は、号令をかけては、自分でその動作を反復し、また別の者は、三歩進むごとに、不動の姿勢をとって最敬礼を繰返し、なかでも印象的なのは、追い立てられるようにしてのべつ軍人勅諭を口ずさみつづけている、一人の老兵士の姿だった。言葉の一つ一つは、磨滅《まめつ》して意味を失ってしまっているのに、全体の輪廓《りんかく》と調子だけが、ありありと原形をとどめているのである。

ここは旧軍隊の精神病院だったのである。患者たちは、敗戦の事実も知らず、二十年前に停止してしまったままの時間のよどみの中で、忠実に過去を生きつづけているのだった。しかし、その陰惨な光景を横切って行く娘の足取りは、見違えるほど軽々としていて、屈託がない。べつに、声を交《か》わし合うわけではなかったが、時間を奪われた者同士の、やさしいいたわりの感情が、相互の間ににじみ出しているのだった。

やがて娘は、建物の一隅《いちぐう》で、係員に感謝されながら、洗濯《せんたく》の作業にとりかかる。これは娘が自発的に選んだ、一週に一度の奉仕だったのだ。顔を上げると、建物の切れ目から、日差しをあびた空地が見え、子供たちが無心に野球に打ち興じているのだった。

それから、場面が変ると、こんどは娘の家庭での生活風景である。娘の家は、ブリキ製玩具《がんぐ》のプレス加工をしている、小さな町工場で、いかにも散文的な索漠《さくばく》としたものだったが、しかしそこに、娘の顔の右と左が、交互に出没しながらいろどりを添えると、その単調な風景に、微妙な屈折が生じて、作業場に並べられた安っぽい足踏み式のプレス機までが、物悲しい悲鳴をあげはじめるのだ。そして、この日常の細部が、じれったいほど克明にたどられていくうちに、あらゆるものが、決して訪れることのない娘の明日のために、決して報いられることのない顔の美しい半分のために、身をよじって哀悼《あいとう》の意を表しているのだということが分ってくる。さらに、こうした同情が、かえって娘を追い立て、いたたまらない気持にさせている次第も、飲み込めてくる。だから、ある日彼女が、発作的に、無事なほうの半分にも硫酸《りゅうさん》をかけて、醜い側と同じようにしてしまいたいという衝動にかられたとしても、べつに唐突な印象を与えたりはしなかったのだ。むろん、そんなことをしたって、なんの解決にもなりはしない。しかし、かわる手段を思いつけない以上、誰《だれ》にも娘を咎《とが》める資格などありはしないのだ。

また、別なある日、娘はその兄に向って、とつぜんこんなことを言う。

——戦争、まだ当分、始まりそうにないわね。

しかし、その娘の調子には、他人を呪《のろ》うような調子はみじんもない。べつに、無傷な連中への復讐《ふくしゅう》をねがって、そんなことを言い出したわけではないらしいのだ。ただ、戦争が始まれば、一挙に事物の価値規準が転覆し、顔よりも胃袋が、外形よりも生命そのものが、はるかに人々の関心の的になるはずだと、素朴《そぼく》な期待をよせているだけらしいのだ。答える兄の方も、その辺の呼吸はよく了解しているらしく、ごく淡々と調子を合わせ、

——うん、当分はね……しかし、明日のことは、天気予報だって、ろくすっぽ当てには出来ないからな。

——そうね、明日のことが、そう簡単に分るくらいなら、易者なんていう商売、成り立たなくなってしまう。

——そうさ、戦争にしても、なんにしても、たいていは始まってしまってから、やっと始まったことに気付くものさ。

——本当にそうね。怪我《けが》だって、怪我する前から分っていたりしたら、怪我なんかになりっこないんだから……

戦争が、そんなふうに、まるで誰かの手紙でも待っているような調子で語られると

いうこと自体が、なんとも痛々しく、やり切れない雰囲気《ふんいき》をかもし出す。

だが、街には、胃袋と生命の復権を予感させるものなど、何一つありはしないのだ。カメラは、娘のために、街じゅうを駆け巡ってみてやったが、とらえたものは、ねじくれんばかりの飽食と、惜しげもない生命の浪費ばかりだった。深い排気ガスの海……数知れぬ工事場……うめき声をあげている塵芥《じんかい》処理場の煙突……駈《か》けまわる消防自動車……遊戯場と、特価品売場の、血まなこな雑踏……鳴りつづける警察電話……わめきつづけるテレビのコマーシャル……

ついに娘は、もう待ち切れなくなったと考える。もうこれ以上待ってはいけないのだと考える。そこで、めったに頼み事などしたこともない彼女が、兄に折入ってねだるのだ。何処《どこ》か、遠い所に、（一生に一度っきりの）旅行につれて行ってほしいと、強く懇願しはじめるのだ。どうやら、一度よりも、一生のほうに重点がかかっているらしいと、兄もすぐに気付いたが、しかし、妹にこれ以上孤独を強制する確信もなく、べつに救ってやる方途もない以上、せめて目をつぶって応じるのが、不幸をわかち合う唯一《ゆいいつ》の愛情なのではあるまいか。

さて、こんな次第で、何週間かの後、兄妹は、ある海辺に旅をした。ひなびた旅館の、暮れかけた海に面した一室で、娘は傷ついた右側を暗がりに沈め、兄にも美しい半面しか見せないように気をくばりながら、髪にリボンを結んだりして、いつになく楽しげな様子である。妹が、海は無表情だと言うと、兄は、そんなことはない、海は一流のお喋《しゃべ》り者さと言い返し、しかし意見が分れたのはそれっきりで、二人はまるで恋人同士のように、どんな小さな言葉でも、たちまち相手の共鳴によって、二倍にふくれ上るというような具合だったのだ。兄からもらって、タバコを吸う真似《まね》もしてみた。やがて、興奮が心地よい疲労に変り、二人は並べて敷かれた床に、それぞれ横になる。そのうち、月が見られるようにと、開けはなしておいた窓から、黄金のしずくが一滴したたり落ち、海と空との境界にそって横にひろがるのを見て、妹が声をかけたが、兄はもう答えなかった。

妹は、しだいに持ち上ってくる、金の鯨《くじら》のような月の背を眺《なが》めながら、しばらく何かを待ち受けていたが、すぐに待つのを止《や》めるための旅だったのだと、思いなおし、兄の肩に手をかけ、ゆすり起して、囁《ささや》き声で言うのだった。

——兄さん、接吻《せっぷん》してくれない？

兄は、狼狽《ろうばい》のあまり、寝たふりをつづけるわけにもいかなかった。薄眼《うすめ》を開いて、妹の、すでに陶器のように透きとおってしまった横顔を見返しながら、叱《しか》るわけにもいかず、そうかといって、応ずるわけにはなおさらいかなかった。だが娘はひるまない。——明日になればきっと、戦争かもしれないわね……と、哀願するように、あえぐように、祈るように、囁きつづけながら、兄に唇《くちびる》をよせて行くのだった。

こうして、絶望的な禁止の破壊が、怒りと欲望という、調子の合わない二つの槌《つち》のあいだで、狂気じみた不完全燃焼をはじめるのだ。愛と、嫌悪《けんお》……やさしさと、殺意……融解と、拒絶……愛撫《あいぶ》と、打擲《ちょうちゃく》……相反する情熱に翻弄《ほんろう》され、決して我に返ることを許されない、加速度的な墜落……。だが、これを破廉恥《はれんち》と名付けるなら、同時代の者は一人残らず、その破廉恥罪に連座することを避けられないのではあるまいか。

天が半周して、そろそろ夜明けも近づいたころ、娘は兄の寝息をうかがいながら、そっと起上って、着替えをはじめる。かねて用意の封筒を二通、兄の枕元《まくらもと》に置き、足音をしのばせながら部屋を出た。襖《ふすま》が閉められたのと同時に、眠っていたはずの兄が、眼を見開く。半開きの唇から、愚かしげなうめき声がもれ、涙が一と筋、耳の穴めがけて流れ込んだ。床を抜け出し、窓ぎわに這《は》いより、手摺《てす》りの桟《さん》の間から眼だけ出して、歯をがつがつ鳴らしながら窺《うかが》っていると、やがて白い鳥のような娘が、黒くふくれ上った海を目指して、小走りに突き進んで行くのが見えた。白い鳥は、何度も波に押し返され、それでもついに乗り切って、見え隠れしながらどこまでも、沖を目指して泳ぎつづけるのだった。

床についた膝《ひざ》の痛みが、耐えられなくなったころ、遠くに一列に並んだ赤い灯《ひ》が見え、一瞬それに気を奪われた隙《すき》に、すでに点になっていた白い妹は跡形もなく消えてしまい、それっきりもう二度と姿を現わさないのだった。

醜いあひるの子の物語は、かならず白鳥の歌でしめくくられるものと相場がきまっているらしい。御都合主義もいいところである。だがその白鳥自身の身にもなってみるがいい。他人にどんな歌をうたってもらおうと、これは死であり、まぎれもない敗北なのだ。ぼくは嫌《いや》だ。お断わりしたい。ぼくが死んだって、誰も白鳥だなどと思ってくれる者はいないし、それにぼくには勝算もあるのだ。……と、この映画を見た当初は、腹立たしい思いで、顔をそむけていたものだが、今はちがう。ぼくは、あらためて、あの娘に、羨望《せんぼう》の念を禁じ得ないのである。

とにもかくにも、彼女には、行為があった。とりわけ堅固でならした、禁止の柵《さく》も、見事に打ち破ってみせ、死だって、自ら選んだのだから、何もしないよりは、はるかにましだったに違いない。だから彼女は、まるで無縁な赤の他人にさえ、苦い悔恨の情を思い出させ、共犯者のおびえをさそい出すことも出来たのだ。

よろしい、ぼくももう一度だけ、運よく生きのびた仮面に、機会を与えてやるとしよう。なんでもいいから、行為によって、現状を打開し、ぼくの試みを虚無から救い出してやるのだ。幸い、着替えの服も、空気拳銃《けんじゅう》も、そのままにして残してあった。繃帯《ほうたい》を解き、仮面をかぶると、覿面《てきめん》に心理のスペクトルに変化がおきる。たとえば、もう四十歳だという素顔の気分が、まだ四十歳だという具合にだ。鏡をのぞきこみ、ぼくは旧友に出会ったような、なつかしさをおぼえていた。しばらく忘れていた、仮面独特の、あの酔いと自信が、虫のような音をたてて充電されはじめる。だから早合《はやが》点《てん》をしてはいけないと言っているのだ。仮面は正しくもなければ、間違ってもいない。どんな場合でも、正しい解答が、解答のすべてだというわけではないのである。

鎧《よろい》を着込んだ意気込みで、夜更《よふ》けの街に踏み出して行く。さすがに、この時間になると、人通りも絶え、風邪《かぜ》をひいた犬のような空のはためきが、すぐ屋根の辺まで下りてきていた。この、喉《のど》にしみるような、しめっぽい風の様子では、間もなく雨になるのかもしれない。近くの電話ボックスで、電話帳をひき、おまえが避難していそうな心当りを、二、三、しらべてみることにした。おまえの実家と、おまえの同級生の家と、おまえの従姉《いとこ》の家とである。

しかし、三つとも、不首尾に終ってしまった。信じようと思えば、信じられなくもないし、疑おうと思えば、疑えなくもないような、ひどく曖昧《あいまい》な反応で、それだけではなんとも判断しかねたのである。まんざら予期していなくもなかったので、とくに落胆したというわけでもなかった。そういうことなら、じかに出向いてみるまでである。国電の終電車までには、まだしばらくあったし、もし間に合わなくなれば、タクシーを飛ばせばすむことだ。

しだいに怒りがこみ上げてくる。おまえの立腹も、分らないではないが、けっきょく、道化に付き合わされたという、いわば自尊心と見栄《みえ》の問題にすぎなかったのではあるまいか。べつに、自尊心を、尾骶骨《びていこつ》なみに扱うつもりはないが、しかしはたして、絶縁状をつきつけるほどのことであったかどうかになると、やはり首を傾《かし》げざるを得ないのだ。それでは聞くが、あの映画の中で、兄が接吻したのは、妹のどちら側の顔だったのか？　答えられはすまい。おまえは、ぼくに対して、あの娘に対する兄ほどの協力もしてはくれなかったのだから。おまえは、仮面の必要を認めても、決して禁止を犯したりはしない、家畜化された仮面についてだけだったのだ。……だが、今度からは、気をつけるがいい。今度、おまえを襲うのは、野獣のような仮面なのである。すでに正体を見破られている以上、嫉妬《しっと》に目をくらまされたりする弱味もない、掟破《おきてやぶ》りに専念できる仮面なのである。おまえは、自分で自分の墓穴を掘ってしまったのだ。

まったく、書くなどということで、ろくな結果が出たためしはない。

ふと鋭くひびく、女の靴音《くつおと》が聞えてきた。と、仮面だけが残って、ぼくは、消滅してしまう。とっさに、考える余裕もなく、すぐわきの露地に身をひそめ、拳銃の安全装置を外《はず》して、息を殺すのだった。こんなことをして、何になるというのだろう。単に、自分をためすためだけの芝居なのか、それとも本気で、何事かをたくらんでいるというのか。おそらく、女が、攻撃範囲に入ってくるまで、そして、最後の決断の瞬間まで、自分にも答えを出せないままでいるにちがいない。

しかし、考えてみよう。こんな行為で、ぼくは果して白鳥になれるのだろうか？　人々に、共犯の哀愁を覚えさせたり出来るのだろうか？　考えるだけ無駄《むだ》なことである。はっきりしているのは、せいぜい、孤独で見離された、痴漢になれるということだけだ。滑稽《こっけい》の罪を免除されるという以外には、なんの報酬もありはしないのだ。たぶん映画と現実の違いなのだろう。……ともあれ、こうする以外に、素顔に打ち克《か》つ道はないのだから、仕方がない。むろん、これが仮面だけの責任ではなく、問題はむしろぼくの内部にあることくらい、知らないわけではないのだが……だが、その内部は、なにもぼく一人の内部ではなく、すべての他人に共通している内部なのだから、ぼく一人でその問題を背負い込むわけにはいかないのだ……そうだとも、罪のなすりつけはお断わりだ……ぼくは人間を憎んでやる……誰にも、弁解する必要など、一切認めたりするものか！

足音が近づいてくる……

だが、この先は、もう決して書かれたりすることはないだろう。書くという行為は、たぶん、何事も起らなかった場合だけに必要なことなのである。

解説

大江健三郎

　安部公房が、戦後作家のうち最上の短編小説技術をそなえた作家のひとりたることは、すでに否定しようがない。戯曲についてもまたおなじである。短編小説と戯曲の領域において安部公房が発揮する構成力の卓抜さは、それらもっとも未来的な作品に、ほとんど古典的な完成度をあたえている。

　ところが、長編小説の作家としての安部公房は、むしろ構成への配慮をみずから拒否し、バランスをつき崩《くず》して、その作品と読者とを、不安な宙ぶらりんの状態にほうりだしてしまうことがしばしばある。そういう時、読者が、確かにこの長編小説には豊かな論理と鋭いイメージと正確で柔軟な語り口とがあることは認めるにしても、全体としてバランスにかけた、もっとも惜しむべき失敗作だ、と考えて書物を閉じてしまうとするならば、その読者は、ついに真の安部公房に出会うことはできない。われわれは、その不安な宙ぶらりんの状態におちいることによって、はじめて安部公房の世界にはいりこむ準備をおえたのである。われわれはかれの長編小説を再読することによって、ただちに、バランスの欠落と感じられていたところのものが、じつは周到に構成された方向づけにほかならず、しかも、きわめて短い章節によってではあるが、そうした方向づけを確実にうけとめて、いわば小説の進行の流れを、いちどに逆流させる転回点が設定されていることに気がつく。そこに視点をおき、あらためて小説全体を展望すると、あらゆる細部に生きた血が流れる状況に接することになる。いわば有機的なバランスが小説を統御していることに気づくのである。しかも、その有機的なバランスは、読者を単一の方向づけに固定しない。逆に、単一の方向づけによる束縛からわれわれを解放して、自由の感覚とともに小説の世界に参加していることに気づかしめるのである。安部公房のスタイルは、精妙に考えぬかれた論理の鎖をくりひろげてゆくところにその基本的な体質があるが、いったんかれの小説の世界に参加した読者は、この論理の鎖がかれを一定のレールにとどめる役割をするどころか、まったく自由な滑走のためのスケート台のように作用することに気づく筈《はず》である。安部公房の長編小説の世界に、自由にときはなたれたわれわれが経験するのは、つづまるところ、存在論の旅ということであろう。存在論という言葉が、この国の文芸批評にあいまいな意味づけとともにしばしば用いられるようになった昨今、それを援用することは危険ではあるが、安部公房は、存在することの意味あいについて、この国のいかなる作家・批評家にもまして激しく問いつめつづけてきた。その問いかけが、かれの長編小説に、これまでのべてきたような形式と内容とを課したのである。そして安部公房は、およそ信じがたいほどの努力をかさねて、このような形式と内容とをもつ、困難きわまりない長編小説の制作をなしとげ、また新たに、より困難な課題にむかって勤勉な沈黙をつづけているのである。

具体的に『他人の顔』の構成の欠陥と感じられるところのもの、しかしじつはそれこそが、このすでに各国語に訳されてフランスではその年度に翻訳紹介された文学作品のうちの最優秀作におされた『他人の顔』の、的確な転回点を内蔵するところのものを、分析すべく試みたい。一般にこの小説が外観上のバランスをとることを配慮しながら書かれるとしたなら、主人公が人工の顔をつくりあげ、それを身につけて妻を誘惑するにいたるまでの部分は、より短くされ、妻の意識の照射による逆転と主人公のあらたな試みの部分は、より長くされて、いわゆる成功した長編小説の外形をそなえることになっただろう。現に、おなじような着想によりながら、結果は凡庸な通俗小説としかならなかったマルセル・エーメの中編小説“La tête des autres”は、そうした構成によっていた筈である。安部公房にたいして好意的な批評のうちにも、妻と仮面の男の関係をもっと書きこむべきであった、という声があった。

しかし、いったん主人公の回心に接した後、ごく自由にこの小説の各部分を再訪してみる読者は、現実にはいちどしか、単一の方法でしか、なしとげられることのない、妻と仮面の男との出会いが、じつはありとある可能性を総ざらいする形で、すでに主人公によって現実化されていたことに気がつくであろう。すなわち、主人公の性的妄《もう》想《そう》としてあらわれた部分もまた、作家の周到な配慮によって、主人公のノートに現実におこったこととして記録される事件と、まったく同等の重みをもつことに思い到らないではいられない。しかも、小説は、それまでに考えつくされたいかなる行為とものことなる、新しい関係づけを、主人公が妻にたいして打開するであろうことを示して終るのである。

妻の書きのこした手紙が、表面的にこの小説の意識の進行を逆転させたかに見える時、主人公はいかにも卑小に感じられる。それまでの主人公を軸《じく》とする長い記述は、このいわば予想しうるドンデンガエシのための不器用な準備工作にすぎなかったのか、と読者は不満をおぼえる。しかし、じつは妻の手紙のはたす役割は弁証法的な触媒の効果とでもいうほかにない性格のものである。この手紙は、実際のところ、他のノートと同様に、仮面の男自身が書いたものではないか、とさえ疑われるほどだ。つづいて主人公は、かれの人間的な実在のもっとも充実した瞬間を把握《はあく》する。妻の手紙にうちのめされた筈のかれが、まったく卑小な人間どころではなくなる。『他人の顔』のように、およそ主人公からヒロイックな属性をうばいつくすことによって出発した作品において、この段階の主人公が、まさにヒーローの魅力を（それも個人の、というより、人間そのものの）そなえることに成功するのは、驚くべきことである。《よろしい、ぼくももう一度だけ、運よく生きのびた仮面に、機会を与えてやるとしよう。なんでもいいから、行為によって、現状を打開し、ぼくの試みを虚無から救い出してやるのだ》と主人公はいう。しかもわれわれはすでに、主人公が偶然に見た映画の回想によって、かれのいう行為《い》の起爆力については、その威力を、その限界をもふくめてよく知っている。しかもそれでは、主人公の新しい行為のゆくすえをわれわれが知りつくしているのかといえば、それはそうではない。《それでは聞くが、あの映画の中で、兄が接吻《せっぷん》したのは、妹のどちら側の顔だったのか？　答えられはすまい》確かに答えられないのは妻のみならず、われわれすべてなのである。おそらくは主人公にもまた、それに答えられはしないのだ。　かれの見た映画自体、絵空事《えそらごと》にすぎず、それはこれからかれのはじめようとする行為のように現実そのものではないからである。

それではこの最後の段階においてわれわれを感動させ、この小説全体に真のバランスをそなえた展望をひらかせ、主人公に一種の実存的な威厳をあたえるものはなにか。それはすなわち、小説のこの段階における主人公の回心、あるいは決意が、魔法の杖《つえ》の一触さながらに、この小説全体を、《顔に、ぽっかりと深い洞穴《ほらあな》が口をあけた》人間の存在論的な追及の総体とかえるからである。それはまた、《顔》というものに関《かか》わって生きている人間という存在の、総合的な追及が、すなわちこの長編小説の内容にほかならず、その観点から見れば、ここには無意味な細部などはどこにも見出《みいだ》せない、ということをさとらしめるからである。

安部公房の長編小説は、これまでのべてきたように、それぞれが存在論としての深まりと総合性をそなえているものであるが、それだからといって自己閉鎖しているのではない。その作品の設定は、じつに特殊であって、しかも破綻《はたん》がないが、それだけで自己完結しているのではなく、現実世界にむかって開いている。『他人の顔』についていっても、ここにしばしばエピソード的に導入される朝鮮人についての考察をつなぎあわせると、それはわれわれと朝鮮人とのもっとも本質的なかかわりあいの問題へと開いてゆく扉《とびら》にまで、読者をみちびく。また、一九六三年に書かれたこの長編小説は、おそらく米国の黒人暴動について本質的なアプローチの契機をそなえた、わが国で最初の長編小説であったと思われるのである。

安部公房自身によってシナリオ化された映画『他人の顔』は、この長編小説の主人公の決意した行為《い》が、たとえ映画においてであれ、小説においてと同様、十全に表現されうる性格のものではない、ということを示して興味深いものであった。映画の主人公は、かれのために仮面をつくってくれた医師を不意に刺殺する。はたしてそれは行為《い》であったろうか。小説の平面にそれを投影すれば、主人公は自分自身のために仮面をつくったかれ自身を刺殺しなければならない。それはかれの行為《い》のひとつであるかもしれないが、同時にこの小説が開く無限の行為《い》の可能性の、残りすべてを否定するものともならざるをえないであろう。すなわち、ここに提示された行為《い》とはフィルムに立体化できず紙に平面化もできえないところの真の行為《い》である。安部公房は、そのように総合的な自由をそなえた行為《い》への脱け口にわれわれをみちびき、そしてかれの、読みおえて本を閉じることでは決して自分をその世界から切り離すことのできない、異様な把握力をそなえた長編小説を終えるのである。しかし、この紙の上の終りが現実に生きるわれわれにとっての終りを意味しないことはすでにのべたとおりである。安部公房はかれの最初の長編小説をこのようにも存在論的に書きはじめたのであった。《終った所から始めた旅に、終りはない。墓の中の誕生のことを語らねばなら

ぬ。何故《なにゆえ》に人間はかくいい在らねばならぬのか？》

（昭和四十三年十二月、作家）

この作品は昭和三十九年九月講談社より刊行された。

他《た》人《にん》の顔《かお》

新潮文庫　あ-4-1

昭和四十三年十二月二十日　発行
平成二十五年　九月二十日　七十刷改版
令和　七年　一月三十日　七十八刷

著者　安《あ》部《べ》公《こう》房《ぼう》

発行者　佐藤隆信
発行所　株式会社　新潮社
郵便番号　一六二―八七一一
東京都新宿区矢来町七一
電話　編集部(〇三)三二六六―五四四〇
　　　読者係(〇三)三二六六―五一一一
https://www.shinchosha.co.jp

価格はカバーに表示してあります。
乱丁・落丁本は、ご面倒ですが小社読者係宛ご送付ください。送料小社負担にてお取替えいたします。

印刷・大日本印刷株式会社　製本・株式会社大進堂

ISBN978-4-10-112101-7　C0193